庆祝建党100周年长篇精品丛书

榕城花满城

叶子 著

海峡出版发行集团 | 海峡书局

图书在版编目（CIP）数据

香州花满城 / 叶子著 .—福州：海峡书局，2021.5
（2024.7 重印）
ISBN 978-7-5567-0814-7

Ⅰ . ①香… Ⅱ . ①叶… Ⅲ . ①长篇小说 - 中国 - 当代
Ⅳ . ①I247.5

中国版本图书馆 CIP 数据核字（2021）第 092865 号

责任编辑　刘晓闽
书名题字　茅林立
装帧设计　陈小玲

香州花满城
XIANGZHOU HUA MANCHENG

著　　者	叶　子
出版发行	海峡书局
地　　址	福州市台江区白马中路 15 号
印　　刷	三河市兴博印务有限公司
厂　　址	河北省三河市杨庄镇大窝头村西
开　　本	787 毫米 ×1092 毫米　1/16
印　　张	18.5
字　　数	184 千字
版　　次	2021 年 5 月第 1 版
印　　次	2024 年 7 月第 2 次印刷
书　　号	ISBN 978-7-5567-0814-7
定　　价	79.00 元

版权所有　翻印必究
如有发现印装质量问题请寄承印厂调换

目录

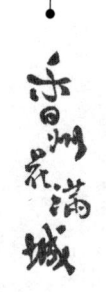

引　子		1
第一章	开满鲜花的村庄	3
第二章	下海	13
第三章	香州花王	19
第四章	援疆	37
第五章	转机	47
第六章	搬迁	57
第七章	等待	73
第八章	王大圣	86
第九章	大师	107
第十章	火电厂	125

第十一章	离婚	139
第十二章	蝴蝶岛	157
第十三章	韵荷	175
第十四章	追账	199
第十五章	小玉	208
第十六章	李兰	229
第十七章	选择	243
第十八章	共渡难关	255
第十九章	百川归大海	271

引子

香州满城都是鲜花。北方来的客人看了这些色彩缤纷、挤挤挨挨的花儿,都是又诧异又惊喜:"天哪!怎么会有这么多花!这么漂亮!"

朱子奇就会自豪地回答:"那是!你什么时候来,我们什么时候都有花!"

有时,朱子奇望着客厅那盆怒放的蝴蝶兰,会想:"如果这一生平平淡淡,没有悲喜,没有大起大落,那该是如何?你愿意过这种平淡的生活吗?"朱子奇自己回答自己:这一生还是要有悲有喜,像鲜花怒放又枯萎,这样才有滋味。若一生如一株绿植从不开花,这样生命未免缺乏色彩。

此时,朱子奇已近知天命之年,身边朋友走的走,散的散。朱子奇的大舅子王金国是香州花王,当选为香州政协委员,因市政园林绿化工程款被拖欠，公司濒临破产，后化险为夷。朱子奇读师范大学期间有两个死党，都来自同一个县，号称铁三角，其中朱子奇和王光辉高中时还是同学。朱子奇喜欢画画，毕业后教了十年书，后调到香州市美术馆，而王光辉和张锦城跳槽到了镇政府。朱子奇非常羡慕王光辉和张锦城，九十年代在镇政府上班，时间相对自由，可以在办公室喝茶看报纸，下乡可以免费受招待，年底福利比教师好出不止三倍五倍。只是日后没有想到，干到镇长的王光辉在一次抗台风转移人民群众生命财产时因公殉职，英年早逝，让人痛惜不已。随着镇政府工作压力越来越大，土地问题，上访问题，搞得张锦城焦头烂额，一度陷入抑郁，不得不吃"百忧解"入睡，最终走出阴霾恢复阳光，承担起更大的重任。多年以后，他们羡慕起班里那些执着于三尺讲台的同学，一支粉笔一杯清茶，平淡而幸福，没有纸醉金迷，也绝不会被生活逼得走投无路……一群人意气风发走在奔小康的路上，努力建设着自己的家乡，把家乡变成天底下最美的地方……

第一章
开满鲜花的村庄

兰香镇兰香村毗邻香州城市中心，因为种花卖花，经济蒸蒸日上，让周围各村眼热得不行。说起兰香村，那可是大有渊源。据传明朝永乐年间，家居莆田的王氏家族遭人陷害，避难来到闽南香州南郊，因酷爱这里的秀美风景，便在此安家，后得仙人托梦，告知种花可得长寿长福，便大修花圃，采集珍种，世代种花、卖花，一直延续至今。从五十年代起兰香村建起花圃苗场，发展花卉苗木。1963年，朱德委员长来到该村视察，后来陆定一又为兰香村题额，兰香村便声名鹊起。这里花圃面积七公顷，花卉品种近千类，花、树、盆景等达八十多万株，产品畅销全国多个省市及港澳地区。另外，兰香村还建有庭院花圃，院内院外，处处争妍斗艳，无论什么时候，兰香村都给人春天般的感受。

朱子奇的老婆王朝云是兰香村人。村内的入口处有一圆形洞门，上书"兰香村"三字。进门之后，便是一个面积约为八十余亩的园林小院，林荫小径相接，罗汉竹、扁柏树相衬，桃李水仙、梅兰竹菊，真是菲芳争艳，应有尽有。园中还有一座小山，上有赏花亭一处，是赏花观玩，陶冶性情的好去处。更有一盆盆异彩纷呈的盆景植物，有古朴的苍松、高俊的榕树、潇洒的石竹，令观者无不感叹园艺之美、之巧、之秀。

兰香村园圃中，最为出名的一处要算素有园中之园雅称的"兰花圃"了，这里栽植着三千余盆各种各样的兰花。大青兰、素心兰、报岁兰、四季兰盆盆郁郁葱葱，争奇斗艳，更有无比珍贵的金色镶边的金边报岁兰与银色镶边的银边报岁兰，以及每荚可开十三朵花的"十三太保"和每荚可开十八朵花的"十八学士"。兰花的气味香远流长，幽而不腻，其花朵之色调更是淡雅素丽，绝不张扬，媚人之态，巧然天成。

全村八百多户农民，种花为业已有五百多年的历史。栽培的花卉有兰花、茶花、梅花、菊花、海棠等一千多个品种；此外还有用黄杨木、榆树、榕树制作的盆景。在兰香村附近的凤凰山上，可以看到万亩连片的荔枝果园，山上山下，荔枝成林，郁郁葱葱，每逢七八月间收获季节，一串串鲜红的荔枝点缀其间，红绿相映，呈现出一派美丽的果园风光。

每次朝云回娘家的时候，都可以看到鲜艳夺目的鲜花。而朝云每次回到城里都不空手，大哥王金国总是塞给她一盆蝴蝶兰，或者是玫瑰，或者是水仙，或者是多肉植物。家人因了鲜花的点缀，心情便分外愉悦些。嫂子彩霞来自蝴蝶岛，高中毕业，只差一分上不了大专，只好回乡务农。要是赶上现在高考扩招的好时候，她读个本三绝对没问题。彩霞来自海边，大海总是能奉献给人类无数美味的海鲜。托嫂子的福，朝云夫妻俩也能蹭到一点海鲜吃。在几十年前，他们的家乡都是很穷困的地方，如今都建设得很美，到处都是秀丽的田园风光。

朝云见大哥不在，问嫂子："大哥去哪了？"

彩霞说："催货款去了。上次有个客户买了五万元的观赏榕，只给了一万元的定金，剩下的四万元迟迟不给，之前只是电话催要，这次你大哥生气了，亲自上门去讨要，也不知能不能要回来。"

王金国与花有缘。这几年，他一跃成为香州城养花大户，人称"香州花王"。什么流行他就种什么，他种过虎皮兰、三角梅、加拿大海枣、多肉等。海枣树形高大，是很受欢迎的园林绿化树种，而香州城正在着力打造"生态+城市"，王金国的海枣树供不应求。一棵海枣三百元左右，纯利润大概有一百多元。后来，当多肉植物流行起来的时候，王金国的花圃里多肉品种最多，颜色五彩缤纷，他甚至研究出一种淡红色的接近于透明的多肉，很适合女性放在案头观赏。多肉繁殖很快，只需要摘下一片叶子扦插就能成活。有一种露娜莲，是丽娜莲和静夜的杂交品种，叶片层次分明叶心呈浅紫色，有牡丹雍容华贵的气质。买多肉的大都是女性，有这些多肉作陪，相伴的时光安静又温馨。养花是美好的。无论是从嫩芽儿开始栽种，还是从剪枝养根水培起步，都是令人心动的。浇水施肥，剪枝去叶，入盆上色……鲜花带给人惊喜与期待，而每一朵鲜花都浸透了王金国的汗水。

彩霞从花圃里精心挑选了三盆多肉给小姑子，朝云像得了宝似的，满心欢喜。有一盆是"婴儿手指"，叶子圆柱形，呈粉嫩色，像婴儿的手指粉嫩粉嫩的，十分惹人喜爱。淡淡的粉色，如少女脸上的那一抹嫣红。

门外传来喇叭声，王金国回来了，笑嘻嘻的，把四沓钞票递到彩霞手里。彩霞一看，三沓是百元大钞，一沓是五十元，不禁叫起来："怎么只有三万五？不应该是四万吗？"

王金国说："算了，虽然少了五千，就当作送一个人情吧。让小利得大利。"

彩霞很不满："你倒是充好人，吃亏的是我们，我每天种花，起早摸黑，都得了腰椎间盘突出，你怎么不同情一下你老婆？"

王金国搂住彩霞的肩膀："老婆大人辛苦了！"

他们夫妻俩每天都小心地呵护着百花，而花儿也给了他们丰厚的回报。王金国先是买了一辆桑塔纳，十几万，又黑又亮，起步，踩离合器、挂挡、慢抬离合、踩油门，车动了，慢慢跑起来了，速度也达到了八十迈，此时真有风驰电掣之感，好激动啊！看到路边的村庄和树木飞快地向后闪去，这种速度让人爽快极了，也让王金国出行、谈生意方便多了。这是兰香村最早的一辆"水龟车"，小孩喜欢用手摸着啧啧赞叹，经常在后面追着跑，偶有机会被搭载一程便幸福得飘飘然。再后来，王金国又买了一辆货车，等彩霞学会开车以后，也给彩霞买了一辆宝马，夫妻一人一辆。

他们家的三层别墅是村里最豪华的，地板都是大理石铺成的。若有人找他谈生意，在村口问路，大家都会说："喏，就是那座装修最漂亮最豪华的三层别墅。你只要认全村最漂亮的房子，就是王金国家。"

后来，当电商兴起的时候，王金国请了香州市的电商高手帮他在网络上营销，更是赚了个盆满钵满。

王金国是个务实的人，口袋里有了钱，他不嫖也不赌，整天想着如何让钱生出更多的钱。他在S市黄金地段买了三层楼，租给工商银行做办公室。后来S市房价大涨，王金国又狠狠赚了一笔。他在香州市拥有三套商品房，五间店面，如今的他不用劳作也能够保证一辈子吃穿不愁了。单单一间店面的租金每月三千，五间一万五，一年十八万，已远远超过朝云夫妻俩一年的工资了。

这次临走时，彩霞塞给朱子奇夫妻俩一筐荔枝。朱子奇特别喜欢夏天，他是个吃货，尤其喜欢新鲜的荔枝。荔枝果肉晶莹剔透，荔枝的甜，让人感觉整个人生都是甜的。它穿着精灵似的红嫁衣，里面是观音菩萨洒下的甘露，带给人美丽的遐思。沁甜无比的滋味，让人就像是置身人间天堂。品尝这甜蜜的水果，朱子奇觉得自己像一只被糖浆粘住的蜜蜂。所有的南方人都是有福之人，享受的是唐朝杨贵妃的待遇。吃着嫂子送的荔枝，朱子奇感觉幸福极了。不单单是荔枝好吃，重要的是亲情可贵，在这个世界上，有亲人惦记着你，有了好东西记着你，这是人生最甜美的事情。有了这些甜蜜的水果，走过一年又一年一季又一季春夏春冬，觉得幸福而充满力量。朱子奇觉得：每个人一生中遇见的人，就是各种各样的水果，他们可酸可甜，可软可硬，可以外表坚强，内心柔软；也可以尖刺在外，酸涩在心。一年花果季，朱子奇遇见的都是满满的花果亲情。说实话，这几年他们沾了大舅子不少光。

　　大舅子的好日子衬得朱子奇的日子暗淡无光。朱子奇脾气耿直，跟校长一直不大对付。香州二中校长张得志总觉得朱子奇好高骛远，每逢张得志推出一项教学新政，朱子奇总会挑毛病反驳，朱子奇竟然说教改公开课纯粹是舞台上的表演，摆花架子给别人看。那副指点江山、挥斥方遒的样子让人气不打一处来。在张得志的价值判断中，朱子奇想得太多，太深奥，太离谱，超过了所有人的理解。

　　这天，朱子奇的电动车破胎了，他下车一看，轧到了一根铁钉。他推着电动车往前走，推得满头大汗。好不容易找到一间修理电动车的店面，他催促店主："能快点补吗？我上课要迟到了！"

　　店主不紧不慢地看了他一眼："再快也得按步子来呀！"店主卸下外胎，将内胎浸在水里查看，找到两处破洞，将外皮磨平，贴上一个仿若膏药的皮套，静等风干。朱子奇不停地看手机，完了，完了，迟到了。等膏药好不容易干了，店主将外胎装上，朱子奇给了钱，风一般往学校赶。一到教室，见班主任在替他督修，朱子奇松了一口气。班主任面带同情对他说："校长请你到他办公室一趟。"

朱子奇头皮一紧，知道没好事。果然，刚进了校长办公事，张得志满面严霜："朱子奇，你整整迟到了十八分钟！你这是教学事故，教学事故，你懂吗？"朱子奇分辩说："校长，不好意思，我电动车破胎了，紧赶慢赶到学校，迟到了，对不起。"

"破胎了？每个老师都说他电动车破胎了，都迟到个十八分钟，那学校不就乱套了吗？电动车不能骑你不会拦辆的士吗？满勤奖扣掉，再扣你一百元绩效！"

朱子奇悲哀地走在回家的路上。天边乌云滚滚，天气预报说今天有暴雨。不一会儿，雨水哗啦啦从天上倾泻下来。朱子奇垂头丧气走在路上，他没有带伞，被淋成了落汤鸡。他也根本没打算要避雨，就这样失魂落魄走在雨中。前面一个收废品的老头吭哧吭哧骑着三轮车。三轮车上的纸箱堆得老高，一颤一颤地摇晃着。突然一个乞丐疯疯癫癫从斜刺里冲出来，大概急着避雨。三轮车来了个急刹车，纸箱震动得厉害，绳子突然断了，满车的纸箱哗啦啦掉了下来。老头怒冲冲地指着乞丐怒骂："找死！走路不带眼睛！"乞丐也大怒："这路又不是你家的，你撞到我了，你要赔我的医药费！"两人均破口大骂起来，也许他们心里早就积压着一股邪火，都想借机发泄一下。他们的声调越来越高，终于大打出手。一个警察远远看了，走过来。乞丐见势不妙，拔腿溜走了。老头气哼哼地低头捡纸箱，捡着捡着，眼泪流了下来，和着雨水，痛辣得睁不开眼睛。朱子奇默默上前帮老头捡纸箱，并帮老头捆好。老头感激地递给朱子奇一支烟。朱子奇接了过来，突然有些想哭：干脆辞职下海算了！

朱子奇沮丧无比，全身有气无力，觉得自己一无是处，活在这个世上简直多余。他对自己完全丧失了信心，周六周日躲在家里不想出门也不敢出门，他觉得全世界都在嘲笑他。家真是个温暖的港湾啊，家是这个世界上最安全的地方，没有批评，没有伤害，他可以一个人安安静静地蜷在沙发上舔伤口。

朱子奇想要逃离，想要改变。他把下海的想法对朝云说了，他越说越兴奋："我就跟着大舅哥养花卖花，我脑袋瓜又不比大舅哥差，一年起码也挣个十来万。"

朝云摇摇头："子奇，我看你不是做生意的材料。做生意要锱铢必较才能挣钱，你脸皮薄，货款让人欠着你也不好意思讨，今天送朋友一盆兰花，明天送朋友一榕树盆景，你不亏钱才怪。"

朱子奇兴头上被泼了一盆冷水，老大不高兴："可我在学校里待得难受。要是再待在学校里，我非憋死不可。"

朝云劝道："其实，我看你还是改改自己的脾气吧。你脾气直，有时候说话冲口而出，连我都受不了。"

朱子奇跳起来："那你意思都是我的错了？"

朝云道："你是我老公，我当然站在你这一边。你急赤白脸的做什么？我只是希望你好。其实，我看平常人中很少有大奸大恶的，只是人与人之间有的投缘，有的不投缘；有的说得来，有的说不来。我看你和张得志大概是天生气场不合，你自己也有毛病，经常用自己的喜恶去衡量一个人，因为一件事而全盘否定一个人，实在是以偏概全。一个人能当到校长，总有他的过人之处。"

朱子奇一头栽到床上，抱着头看着天花板喃喃自语："反正我非辞职不可。我快憋死了，再这样下去我就疯了。"

朝云还是苦劝："我看你还是忍忍吧。一个铁饭碗来之不易，你说砸就砸了，多可惜！再怎么说，教书终究是吃皇粮。你下了海，以后老了干不动了，没有保障，到时怎么办？再说了，咱们输不起。家里没存款，孩子吃饭上学都要钱，万一做生意赔了，欠了一大屁股债，真到那时跳楼的心都有。"

朱子奇翻了个身，将屁股对准老婆："你这个保守派！你这个乌鸦嘴！你就这样咒你老公？你就不能说点吉利的话让人高兴高兴？"

朝云还是唠唠叨叨："让人高兴的话谁不会说？忠言逆耳，良药苦口，只有真心对你好的人才会对你说真话。不然你明天去跟张得志说你要辞职下海，我保准他马上盖章批准。他巴不得你滚得越远越好，你信不信？你要是一意孤行，到时可没后悔药吃。"

朱子奇道："不管怎样，我就是要趁年轻下海折腾折腾。到时呛水了淹死了我也认了。说不定能赢一把呢？你看咱们现在过的是什么日子？每个月的工资都是紧巴巴的，刚过半个月就把钱花完了，勒着裤腰带眼巴巴地等着下个月发钱，这样的日子我受够了。你看咱大舅哥，人家虽然是一个农民，起了高楼，开着轿车，你不知道，他看我的眼神都是怜悯的，可能他自己都没有觉察。让他这样多看几眼，我都不想活了。"

眼见劝不动老公，朝云说："还是留条退路吧。先停薪留职一年，万一到时下海呛了水，还有个岸可以靠靠。"

朱子奇见老婆说得有道理，也就同意了。去找张得志说明情况的时候，张得志果然像朝云所说那样爽快地同意了。朱子奇便有些疑惑，自己这个决定到底是对是错？不管是对是错，既然已经选择了，那只能往前走了。

第二章
下海

朱子奇一心想着在商海里大显身手，买回了许多关于养花种花的书籍，苦心揣摩。朝云带着朱子奇回娘家，对王金国说："哥，子奇投奔你来了。他办了停薪留职，以后就跟着你种花卖花。"

王金国有些诧异："你真的不教书了？教书不错啊，蚊虫叮咬不着，也不用看天公眼色，不怕刮风下雨，你真的想好了？"

朱子奇非常肯定地点点头："想好了。"

"那你就先在我这儿帮忙着，工钱我会算给你。等你积累了一定的经验，你再出去单干。"

于是，朱子奇天天到大舅哥的花棚里报到。虽然不用像上课那般准时准点，却有他意想不到的艰辛。花朵是娇贵的东西，最怕病菌虫害，经常要喷洒农药。十几株蝴蝶兰喷洒下来，朱

子奇的腰都快累断了。有时候客户来要货，村里并没有剩余的劳动力，请不到临时的搬运工，朱子奇只好和大舅哥及大舅哥的老婆彩霞一块儿亲自上阵搬运。一趟一趟机械地来回往返，朱子奇大汗淋漓，全身奇痒，又没有多余的手去抓痒。他的四脚酸痛无力，很想停下来歇息一阵子，但眼见大舅哥和彩霞毫无怨言一趟一趟地搬运着，他只好咬紧牙关跟随。他不想让大舅哥夫妇俩笑话，说他是百无一用的书生。倒是大舅哥看他那累得气喘吁吁的样子，有些不忍心："子奇，你累了就休息一下。"

朱子奇咬紧牙关："一休息就懒得动了。既然赶时间，就一鼓作气吧。"

五千株蝴蝶兰搬运完，大舅哥留朱子奇吃饭。朱子奇说："不了，全身上下臭烘烘的，我先回家洗洗。"朱子奇回到家里，没顾得上吃饭和洗澡，歪在沙发上一下子就睡着了。很多年以后，朱子奇听周围的人喊"失眠、失眠"的时候，他会在心里说："那都是吃饱了撑的。让他去扛扛沙包，扛扛化肥，保准睡得特香。"

朱子奇潜心学习大舅哥如何培植蝴蝶兰，一眨眼一个月时间过去了。王金国对妹妹说："子奇能吃苦，我以前还看错他了。他脑袋瓜好用，可以单干了。你们可以先租一个场地，我送一千株蝴蝶兰给你们。"朱子奇朝大舅哥一抱拳："谢谢！那我就不客气了。"王金国说："做生意里面门门道道很多，原料供应商、种植户、买家三者之间经常存在三角债，不过你现在刚刚起步,还不会碰到这些问题,等你以后做大了我再教你。"

朝云大喜过望,她把多年的积蓄两万元拿出来交给朱子奇:"老公,这些钱你拿去用。租场地、买花苗、运输什么的到处都要钱。这可是咱们所有的家当,你要仔细着花。"

朱子奇接过钱,兴奋地亲了老婆一口:"你放心,我一定挣大钱让张得志那个小人看看,让他眼红,让他流口水。"

很快,朱子奇租了个五百平方米的场地,开始像模像样地单干起来。朱子奇运气好,新加坡需要大量的蝴蝶兰,朱子奇搭上大舅哥的销售便车,也卖了五千株蝴蝶兰,已经从香州海关出口,只等新加坡海关验货了,客户收到蝴蝶兰货款就会入账。

晚上,朱子奇吩咐朝云买了卤鸡翅、卤鸡爪等卤料,一家人自斟自饮。朱子奇快活地喝了一杯啤酒:"老婆,一株蝴蝶兰纯利润20元,总共卖了五千株,这一笔生意一下子净赚十万元。十万!我要教多少年书才能挣到十万呢!"

朝云也很受鼓舞:"看来我是太保守了,你下海是对的。"她夹了一根鸡翅到朱子奇碗里:"你多吃一点。这阶段你辛苦了!你黑了,瘦了,明天我炖点西洋参给你补补身体。"

朱子奇日日盼着货款的到来。他三天两头到银行查账,但账目上没有多出一分钱。突然有一天王金国垂头丧气来找他:"出事了。"

朱子奇吓了一跳:"什么事?"

王金国说:"新加坡海关说咱们的蝴蝶兰带有病菌,不能入关，只能现场销毁。"

朱子奇魂飞魄散："什么病菌？明明每一株蝴蝶兰都开得那么艳，开什么玩笑！不行，我要去海关问问，死也要死个明白！"

到了香州海关一问，人家指点他们要找出入境检疫科。检疫科的同志查了他们的货号，对他们解释说："很多病菌是咱们肉眼看不见的。当时咱们海关发货时检验是合格的，不知是不是运输途中滋生了病菌，新加坡海关要求比较严格，他们说不行就是不行。"

朱子奇哀求道："海关同志，您能不能跟新加坡那边通融一下？我们辛辛苦苦种点花不容易呀！我还跟银行贷款了五万元！"他恨不得飞到新加坡海关跟人理论。

检疫科的同志摇摇头："这事谁也没办法。只能这样了。你们回去后好好研究研究怎样才能不让蝴蝶兰带上这种病菌。"检疫科很忙，那位同志转身忙别的事去了。朱子奇一屁股跌坐在椅子上。他真想放声大哭。前阵子，他看到蝴蝶兰市场好，一咬牙跟农业银行贷款了五万元，本想这趟生意赚了钱马上可以翻身，没想到竟然是没顶之灾！

王金国劝慰了朱子奇几句，各自回了家。王金国入行早，他已成气候，这次虽然损失不小，但撼动不了他的根基。朱子奇就不一样了，刚下海就亏了这样一大笔，急得他想上吊。

朱子奇灰头土脸回到家，朝云急切地迎上来："怎么样？海关的同志怎么说？"

"完了，全完了。那批蝴蝶兰被新加坡海关没收了，说是有病菌。血本无归。"

朝云傻了眼，埋怨道："看来你还真不是做生意的料啊！早知道你就应该听我的话，不要折腾什么停薪留职！银行的贷款怎么办？卖血也凑不出这么多钱来！"

朱子奇朝老婆嚷嚷道："我已经够烦了，你是要逼我去跳楼吗？"

朝云吓得噤了声。夫妻俩愁云惨雾，孩子觉察出家里气氛不同往日，也不敢说笑，连走路都轻手轻脚的。

银行催着还款，朱子奇朝大舅哥借了三万元，大舅哥已经尽力了。剩余的两万元，朱子奇东拼西凑，朝母亲开口借了一万（老母亲把自己的棺材本都拿出来了），又跟几个同事、朋友这个三千那个一千地凑了一万五（利息五千），总算把贷款还清了。要是不还清，银行是要找到学校去的，到时会被张得志笑掉大牙。一时之间，朱子奇多出了几个债主。

朱子奇整整瘦了一大圈。五万五，如果教书的话，他要十年才能还清这些债务。十年！一想到这朱子奇就两眼发黑。以前的心劲不见了，现在到了花棚里他都是无精打采的，再也没有信心继续"下海"了。现在看来，一个人这辈子要吃什么饭是天注定的，他确实不适宜下海，只适宜当个教书匠练练嘴皮子。

朝云也支持丈夫把花圃关张大吉。于是把剩下的花苗全部卖给大舅哥，抵消了一万元债务。王金国也算是仁至义尽了。

场地退还给出租的人。

眼看要开学了,朱子奇听说了一个消息:学校有一个到新疆支教的名额。援疆回来后评职称可以优先考虑。学校里的老师没人报名,大家听说新疆苦寒,万一在新疆搞坏了身体,即使黄金万斗也无福享受。张得志正在苦恼,哪知朱子奇又来找他了:"校长,我报名去新疆支教。"

"你想好了?要是报上去了,就没办法反悔了。"

"想好了。"朱子奇现在迫切想换个环境。他的心情糟糕透了,他希望能够到外面走一走,好好捋清楚自己乱纷纷的思绪。

张得志大喜。这个朱子奇,前几年净跟他过不去,今年来倒是帮他解决了一项重要的工作!

第三章
香州花王

王金国这个香州花王赶上了好时候。香州城目前正致力于打造园林城市,市委书记构建了一幅"城中有林、城中有花、城中有湖"的美丽蓝图。香州将进一步强化"绿水青山就是金山银山"的绿色发展理念,把生态作为城市的核心竞争力来打造,坚持吃生态饭、做生态事、走生态路,在新的起点上加快建设富美新香州。潋滟山水中,"看得见风景、摸得到幸福、载得动梦想"的富美新香州正款款而来。城市风景发生了蝶变,车行路上,犹如画中游。

王金国做梦也没有想到,自己一个农民,有朝一日也会成为市政协委员。他的花木公司越做越大,成了香州市数一数二的有钱人。兰香镇正在拆迁,镇长王光辉是妹夫朱子奇的同学,那天王光辉现场办公后,到王金国的别墅喝茶。这次拆迁工

作，他很需要王金国这个花木大佬的支持。一见面，还没等王光辉开口，王金国就说："光辉，我的花圃养花养了几十年，起码帮我赚了近亿元。这次碰到拆迁，补偿费那么低，我真是亏大了！"

王光辉道："没办法呀！路线图就是这样规划的，补偿费是国家定的，我又能做什么！"

王金国敬了王光辉一支大中华，开玩笑道："村里人都在违规抢建，我也要抢建，把这花圃建成三层楼，赔偿金马上多出上百万！"国家政策规定，房屋的赔偿价和花圃、园地的赔偿价是不一样的，二者价格差别很大。

王光辉也开玩笑："你要是带头违规抢建，我就第一个拆你的房！"

王金国发牢骚："你这样的朋友不要也罢！"

王光辉话锋一转，口气软了下来："说实话，老王，我真的非常需要你的支持。你是村里有头有脸的人物，你一举一动大家都在看。你要是带头签了拆迁补偿合同，其他村民一定会效仿。"

王金国道："我牺牲太大了，你怎么谢我？"

"我帮你找块好地儿当花圃。上林村有块三十亩的地，你看怎么样？"

王金国摇摇头："地盘大是大，就是交通太不方便！"

王光辉思忖片刻："你要是支持我的工作，我推荐你成为市政协委员怎么样？"市政协马上要换届了，王光辉跟市政协主席是老相识，相信他开口推荐一下王金国没什么问题。

"市政协委员？你有没有在说笑？"

王光辉一脸认真："没说笑。"

王金国一咬牙："那就这么定了。这生意不划算啊，一个市政协委员的资格让我亏了好几百万。"王金国在心里盘算开了。人要衣装，佛要金装。人活一张脸，树活一张皮，他一个农民，如今有了市政协委员的头衔，也算是扬眉吐气，祖坟冒青烟了。

香州市政协会议召开的时候，王金国成功当选了政协委员。从此以后，每逢召开政协会议，王金国都要请政协主席等人吃饭，已成惯例，大家也惦记着这一餐，宛若吃大户。王金国同时还要给几位同好各送上名贵的花木，政协主席特殊，自然是优中选优。说老实话，王金国当这个政协委员是亏本的，但他乐意亏这个本。这里汇集了香州城各行各业的精英，踩着红地毯，和香州各界名流煞有介事地坐在酒店会议厅里指点江山，顿觉自己身价百倍。

王金国喜欢开政协会议。这个会议大气，包容，三教九流，群贤荟萃，五湖四海，宾朋毕至，各行各业生机勃勃。像他这样泥腿子出身的大老粗，参加政协会议后，一如井底之蛙忽然升空俯瞰大地，或如蜗居小池塘的鱼儿一下子跃入江河大海，眼前瞬间豁然开朗，世界忽然变得无比广阔。多彩的生活，形形色色的追梦者，众多成功者的传奇，让人仿佛来到了自由世界的天堂。你可以认识很多人，无意间带来的商机足够公司再前进一步。只要你有本事，尽可以"海阔凭鱼跃，天高任鸟飞"。重要的是，他在这里见识到了生活的道路宽阔多样，条条大道通罗马，猪朝前拱，鸡往后刨，你有你的活法，我有我的招数，互相之间或并驾齐驱，或快慢有别，错落有致，各自追梦。所有参会的男人都西装革履，女人打扮得秀丽端庄，每个人都活得从容自在，淡定自由，每个人的生活都精彩纷呈，这就是王金国自掏再多的腰包也要当这个政协委员的原因。会议上，与会者个个都像忧国忧民的杜甫，医改要钱，教育要钱，非物质文化遗产要钱，基建要钱，民生要钱，到处都要钱，王金国恨不得生出个印刷机来印钱。

王金国特别喜欢政协主席的谈话："市委、市政府定下了由农业向工业转型奔小康的目标，我们政协就要千方百计为香州市的发展建言献策，提高站位谋全局。工业时代下的农业要转型升级。什么是大农业呢？大农业是朝着多功能、开放式、综合性方向发展的立体农业。它区别于传统的、主要集中在耕地经营的、单一的、平面的小农业。小农业是满足自给的自然经济，大农业是面对市场的有计划的商品经济。小农业向大农业转化涉及观念的转变。第一，过去讲以粮为纲，现在讲粮食是基础的基础，从字面上理解，好像都强调粮食生产的特殊位置，但实质上过去讲的粮食只是狭隘地理解为就是水稻、小麦、玉米等禾本科作物。现在讲的粮食即食物，大粮食观念替代了以粮为纲的旧观念。第二，过去也讲农林牧副渔全面发展，但不是讲究它们之间互相联系，相互促进，追求的只是单体的经济效益。现在讲综合发展，则是要提倡适度规模经营，注重生态效益、经济效益和社会效益的统一，把农业作为一个系统工程来抓，发挥总体效益。新农业效益观替代了单体经济效益观。第三，过去的小农业满足于自给自足，现在的大农业则要面向市场，追求农业生产的商品率，农业商品观念替代了自给自足的小农经济观念。像花木公司的王金国同志，他就在大农业的路上迈出了一大步，做出了典范。金国同志，你有什么宝贵经验要多分享啊，可不要藏着掖着。"

被主席这么一表扬，王金国心里特别顺畅，他说："主席说笑了，要说有什么经验，我绝不会藏着掖着。关键的一点是技术要过关，我公司里重金聘请了好几位花卉种植技术专家，一个是防虫害，一个是品种要创新，要走在别人的前面。另外一点是销售渠道要畅通。最重要的一点是，我运气一直不错。"

主席开玩笑："希望你运气一直这么好下去。"每次政协开会，都会发点小纪念品，这些一概由王金国承包了。王金国作为先富起来的一代人，他有责任有义务反馈社会，比如捐赠给希望工程五十万元，还长期资助六名贫困儿童的学习与生活费用。

会后，王金国自掏腰包请大家吃饭。政协主席说："再过两年就是建党一百周年了，政协要抓紧时间行动，除了把民生搞上去之外，文史办要出一套红色书籍，书画界要办展，音协至少要创作出五首红色歌曲，为党的一百周年生日献礼。"

男高音歌唱家朱可说："我刚创作了一首歌，歌名叫《那一场红色之约》。"

主席很感兴趣:"唱来听听。"

朱可站起来清了清喉咙,拉开架势开始唱:"三角梅开红艳艳,红旗漫卷遍山冈。镰刀劈开旧世界,铁锤砸出新天地。香州大地披锦缎,敢把日月谱新篇……赴一场红色之约,许我一场幸福烟花;红我一枚红色花瓣,许我一面红旗招展。"他激情澎湃,反复吟唱,赢得了阵阵掌声。

王金国太喜欢政协会议了。这个会恢宏大气、雄浑厚重,这里是香州城各界精英的聚集地、风流人物的竞技场,能在这样集香州城政治、经济、文化、科技、教育于一炉的地方开会,郑重地讨论香州城的发展前景,每个人身上都有了一种指点江山、挥斥方遒的风度,好像香州城的未来是由他们这些人决定的。参与了政协会议就是参与了宏大的叙事,自己不再是一个渺小的微不足道的个体,变得高大上起来。这对任何一位有追求的人来说无疑是一个得天独厚的平台,它占据了事业的制高点,有更加广阔的用武之地,这是多少人都梦寐以求的,多少年来他自己也一直为之奋斗。王金国误打误撞成为香州市政协委员,仿佛走进了生活的另一扇大门。

自从参加了市政协会议以后,王金国眼界开阔了不少,谈吐也变得自信起来,与发改委的张副主任来往得挺热乎。那天在酒局上,他无意中听张副主任说:"这次香州市的五年规划是要把香州打造成生态园林般的宜居城市,王总,你的公司大有可为啊!"

王金国连忙端起酒杯:"谢谢主任提携!我先干为敬,您随意！"拥有信息量绝对是衡量一个人社会地位的一项重要指标。张副主任得到的信息往往都是重大信息。信息是方向，有了信息就知道该怎么做，能怎么做，要怎么做。高层随便漏下的一丝信息，也足够普通老百姓揣摩许久。所以，张副主任把东湖建设信息透露给王金国的时候，王金国如获至宝。在这个世界上，多一个人就是多一条路，多一分希望。所以，王金国说话专挑张副主任爱听的说，按惯例在称呼上把"副"字去掉，恭敬地称对方为"张主任"。

张主任象征性地抿了一口。

王金国问："不知东湖园林改造什么时候投标？"

张主任道："快了，设计图纸已经定下来了。到时你关注市政府信息公告栏就可以了。"

王金国还想进一步打探，比如说大概是什么时候？天天守着政府信息公告栏，一天没有，两天没有，说不定哪天没看就错过了。他还想打探一下标底大概是一个什么数字，张主任摆摆手："喝酒，喝酒，酒桌上不谈公事。"王金国心领神会："好的好的，改天专程拜访您。今天专心喝酒，不醉不归。"

送张主任回家的时候，王金国将一张门禁卡和一串钥匙交给张主任："这是绿洲国际的别墅，第8栋。环境不错。我一直没空去住，荒废了也可惜。张主任随时可以带亲朋好友到别墅度假，也好给房子增加一点人气。"

张主任道："这怎么好意思？"并不伸手接。

王金国一把将门禁卡和钥匙塞进张主任口袋里："张主任工

作这么辛苦，一直为人民服务，应该的，应该的。"

张主任感叹："别人看我们大小是个官，以为我们要风得风要雨得雨。他们不知道，现在这个时代官员面临前所未有的考验，考验你的执政能力，考验你的人品。我这是两袖清风啊。还是你活得潇洒。这样吧，我带老婆孩子周末去度假，也在老婆孩子面前牛一回，过后再把钥匙还给你。"

王金国忙道："就放在你那边吧，这别墅空着也是空着，有人去住住才有人气。"

主任说："那不行，说好了过后钥匙还你。如果不还，那性质可就不一样了。"

过后，王金国又给了张主任老婆一张香州金兰会所的贵宾卡，终身使用。然后又许久不见张主任的面。张主任真是忙，王金国约了三次才约到他。本来约在晚上八点见面，哪知王金国到了张主任家楼下，摁门铃无人来开。抬头一看，主任家黑黢黢的，连主任老婆孩子都不在。主任家在1608，王金国怕自己看错了楼层，又连数了几次，确定主任不在家。打电话，张主任说了声抱歉，临时有事还在忙，估计要晚点才回家，不然您先回去，以后再约。王金国哪肯放过机会，只说您尽管忙，我慢慢等。

夏日非常闷热，没有一丝风，王金国大汗淋漓。蚊虫又多，王金国被咬了好几个大包。手中带着东西，虽然用黑塑料袋包了，但还是怕被人看见。他没有带秘书小玉来，不然可以让小玉先把东西放回车里，等需要的时候再叫小玉从车里拿过来。

之所以不带秘书是因为所有的领导都不喜欢让人知道家住在哪里，越少人知道越好。张主任肯把家里的地址告诉他，已经是给了他天大的面子。

王金国在张主任家楼下苦等。他不敢离开，怕万一主任回来被别人捷足先登，也怕主任回来时不见生气。他又怕所提的东西被人看见，将东西放在花圃的暗处，有心去岗亭蹭蹭保安的风扇，又怕东西被人顺手牵羊。一会儿牵挂这个，一会儿顾虑那个，时间就显得特别漫长。时间一分一秒过去，王金国从八点一直等到十一点多，中间他几度想放弃，又想着机会来之不易，一定要好好把握。于是便苦等。眼巴巴地盼星星盼月亮，终于盼到张主任回家。张主任远远走来，王金国便迎了上去："主任回来了！"

张主任有些诧异，他原以为王金国大概已经走了。见王金国热得大汗淋漓，衣衫都贴在后背上，他有些感动："不好意思，临时加班，让你久等了。"

"哪里哪里，主任事务繁忙，你辛苦了！"

进了张主任家，王金国悄悄将东西放在门后，张主任瞥了一眼，也不说话。开了空调烧了开水，取出一小袋肉桂："你今天有口福，别人拿了几包顶级的肉桂送我，咱们来品一品。据说这肉桂得了金奖，这一小袋就要几百元。"

王金国笑道："我这是陪公子喝好茶，我有福气。"

两人各自喝完一杯茶，张主任道："也不早了，咱们长话短说。东湖园林改造招标定在8月17日上午九点，在市政府八楼

会议室。你记得先下载表格填好，在规定的时间之前上报。"

王金国点头如舂米："谢谢主任，我一定按时提交投标申报表。不知这次参加招标的公司多不多？"

张主任意味深长道："参加招标的公司挺多，大概有二十多家吧。这可是一块大肥肉啊，香州的花卉公司都闻风而动，我们是要审查投标公司资质的。你也知道，这招标投标是很复杂的，有时机缘巧合，一号老板这时身边没有人盯着这块肥肉，才轮得到底下的人。"

王金国此行最想从张主任口中挖到投标的底线："主任，您见识广，像这次的园林改造基数大概是多少呢？"

张主任正色道："这个我不清楚，即使知道了，我也不能告诉你，我们是有纪律的。我只能提供上次沧湖园林改造招标的数据供你参考，上次是东森花卉公司中的标，他们的报价是八千一百二十万，比第二名仅少十万，险胜。那第二名悔青了肠子。沧湖的绿化面积和东湖差不多，现在苗木价格也比较稳定，你可以参考一下。"

王金国大喜，连声说："谢谢，谢谢，要是我真的中标了，一定好好感谢主任。"

张主任打了个哈欠。王金国连忙起身告辞。

第二天，电视台就发出了东湖绿化工程招标的公告。这个公告完全是一整套的标准，从标题到内容，从招标方式到招投标的，都正式得不能正式了。

林业局李局长特地送了一份公告给张主任，张主任看了，笑道："这文章做得好！一切要确保公开、公正、透明。"

提交投标意向书的时候，本来这种事只需秘书去办就行，王金国还是放心不下，他亲自和秘书跑了一趟。在行政大厅，秘书和一个男人打招呼，王金国随口问道："是哪家公司的？"

秘书答道："是金鑫公司的。"

王金国心中一凛，金鑫公司实力雄厚，是强有力的竞争对手。回来后，王金国将公司两个副总叫到办公室，协商标的到底写多少钱合适。三个人一起分析了上次沧湖园林改造的投标数据，又分析了现在的局势，商量来商量去，一致认定成本起码要一亿元以上。现在物价逐年提高，加上人工费越来越贵，没有一亿元拿不下来。若成本一亿元，那他们至少要写一亿一千万，这样才能赚上一点点，因为中间还夹杂着公关费，以及公司每月都要发放给员工的工资。

一个副总提醒道："可是去年的中标价是八千一百二十万，一下子多了近三千万，这怎么可能中标？"

王金国也发愁："要是写得太低，我们不单单赚不到钱，还可能亏本。"

另一个副总建议道："不然那一千万利润不要，写个一亿零八十万元，就当是交个朋友。政府的大腿粗，只要这次跟政府挂上钩，说不定以后还会接上其他的生意，这样利润就追回来了。"

王金国觉得有理，当下商定写一亿零八十万元。他严肃地对两个副总说："这是咱们公司的核心机密，一定不能泄露给其他公司，要是让我知道了有泄密的情况，那只能请你们另寻高就。"

两个副总都表示，跟公司坐同一条船，绝无可能把标底泄露给其他公司。

招标会就定在市政府的会议室进行。张主任前来督导招标工作，他环顾一下会场，呵，来了不少人。会前，已经确定竞标的有十二家，因为王金国花了工夫，张主任投桃报李，暗中给大部分投标的公司侧面做了思想工作，他们只不过是到场凑凑人气。还有两家是县里的企业，基本没有竞争力。主任担心的是金鑫集团。他们很久之前就放出风声，势在必得。曾经有人登门做这家集团的工作，可是没有成功。他们回答得十分干脆："招标会上见！"

临到投标时，王金国心一横，那八十万利润也不要了，写了个一亿零二十万。第二名写了一亿零五十万，王金国险胜。当下公司欢欣鼓舞，都为竞争到了一块大项目而高兴，年底的奖金唾手可得了。

招标会后，王金国请主任和局长一起庆功。王金国道："悬哪，我以为差点要……"局长端着酒杯说："那是你们公司有实力！有点小插曲好，说明我们是公开透明。"

当晚喝了五瓶茅台。局长喝醉了，先回了家。王金国对主任说："我们到茶楼喝茶吧？"往日里这类提议主任都是一口否决的，没想到今天主任笑吟吟地说："那好，喝喝茶解解腻。你找个好一点的茶楼，我车里还有几袋好茶叶。"

王金国一拍手掌："太好了，可以蹭老兄的好茶。"

一杯茶下肚，主任笑着跟王金国说："老弟，我有个小事想请你帮忙，也不知你愿不愿意。"

王金国连忙说："有机会为主任效劳，当然乐意。承蒙主任看得起，就怕我能力有限，帮不上忙。"

主任说："工资低得可怜，家里人合计了一下，想开个塑胶公司。我任着公职，不能当法人，用家里人的名字也不合适，想来想去，就只有你这个朋友可靠一些，想请你当塑胶公司的法人，你意下如何？具体责任我来负。"

王金国心里咯噔了一下，他虽然文化不高，但也知道法人的含义，万一公司出了事，那可是法人直接负责任的。但是，眼下要是拒绝主任，马上就得罪他。况且，主任也会爱惜他自己的羽毛，公司财务肯定都要主任签字，最后才会找他签字，如果主任珍惜他的公职，相信主任也不敢乱来，就怕主任本身也身不由己。一念至此，王金国便满口答应："好的，承蒙主任看得起，我就来当贵公司的法人。"

"那我就以茶代酒，谢谢你了！"

"主任客气了，举手之劳而已！"

半个月后，塑胶公司的秘书将手续办齐了，带着王金国到银行签字，办理了法人手续。自此以后，公司并没有怎么劳烦王金国，只是间隔一两个月请他签签字。财务是个仔细的人，每一个账目都跟王金国解释得清清楚楚。但是渐渐的，王金国越来越不安了。王金国想，这个塑胶公司会不会有什么猫腻？

万一哪天事情不妙，到时追究起来，那可不是闹着玩的。但主任在投标一事上帮了大忙，王金国只能舍身相报。

绿化工程紧锣密鼓上马了。因为东湖生态园是香州全市开展"打造宜居城市工程"的重要组成部分，是按照全市"生态之城"定位来组织建设的项目，所以项目定位高、标准高，对苗木的要求很高，特别是三角梅主题园的苗木一定要符合设计要求。东湖生态园作为精品园，要体现香州丰富的三角梅资源，要展示香州高超的桩景盆景花艺水平。园区种植的乔木及桩景涉及数量和品种多，尺寸大，对乔木及桩景姿态、胸径、树形、冠幅、分叉等各种参数要求高，王金国在公司会议上一再强调要在苗场里择优遴选，特别是那些胸径二十厘米以上的乔木、桩景、特选苗木，一定要保障苗木品质，加快绿化种植工作。

会议结束时，王金国再次强调："咱们公司里现有的苗木要充分利用起来。如果公司里没有符合要求的三角梅，要做好询价工作。特别是罗汉松和黑松等桩景要考虑定位和档次要求，最高限价控制在单株一百万元以下采购。各询价小组成员要互相监督，分片实施，深入香州及周边地区各苗木场，认真调查，实地了解，取得实实在在的市场价格。坚持公开、公正、诚信、透明，不得损害公司集体利益，不得违反工程建设管理规章制度，做到项目清洁，干部清廉。希望大家都确实负起责任，精准落实。散会。"

自从东湖绿化工程上马后，王金国忙得不可开交。他经常陪着城建黄总在工地上考察。

领导说了，项目区域内的原生树种要尽量保留，现状苗木要根据实际情况充分利用，树种选取可参照钱塘江绿道建设经验，多选择会开花、有花香的树种。要充分利用片区现有的生态机理和地形结构，降低成本的同时减少生态破坏。上级的要求很严格，王金国用了大半个月才确定了具体花卉苗木品种及数量，大局已定，其余只需微调。

公司在东湖岸边种了美人蕉，鲜红的花朵上圈了金黄色的花边，在绿叶的衬托下显得格外娇艳。雨后初晴，美人蕉绿色的叶子上沾满了晶莹的水珠，在阳光的照射下，闪耀着钻石一样的光芒。东湖生态园里绿植品种繁多，有睡莲，有薰衣草，有大王椰，有加拿大海枣，有盆景榕，有三角梅，有腊肠树，移步换景，让人眼花缭乱。盆景榕形态各异，一株盆景榕就要几千元，那两排盆景榕一下子就耗费了五十万。三角梅也是经过精心嫁接的，同一株三角梅盛放着白、红、粉三种颜色，艳丽异常。所有的绿植都经过精心布局，保证一年四季都有鲜花盛开。王金国整天忙里忙外，身上仿佛有使不完的劲儿。

朝云很羡慕大哥。她比大哥会读书，结果在小诊所里当护士，整天卖药打针，一个月工资三千，还动不动要加班。同人不同命，实在没奈何呀。饭桌上，朝云对老公表达着自己对嫂子彩霞的艳羡："嫂子买了个翡翠镯子，一看就是A货，水色很好，她说才三万多。三万多！我不知道什么时候才能攒个三万多！"

朱子奇撇撇嘴："你不要只看别人光鲜的一面，这个世界上，谁没有苦恼呢！"

正说着，王金国和彩霞夫妻俩登门来了，愁眉苦脸的。朝云连忙把他们迎进来："怎么啦？你们钱多得花不完，还有什么发愁的呢？"

王金国唉声叹气："我快被小松气死了。这小子，仗着兜里有几个钱，整天不学好，跟着人家打架，现在好了，出人命了。"

朝云吃了一惊："小松杀了人？"

"没有，是另一个捅的，但小松参与了斗殴事件，哎，他已经年满十八了，要是被判几年，他这一辈子就毁了。"

朝云松了一口气："没杀人就好。这事也给小松一个教训，这样他才会明白事理。"

彩霞抹着眼泪："都怪我们两个，平时忙着干活，没空教育孩子，只懂得拿钱给他花，现在后悔都来不及了。"

王金国夫妻俩还有漏气话没有说。原本，王金国想着自己与政协主席交好，第一时间想到了请政协主席帮忙。哪知对方说了一大堆官话，说什么"相信法律"等等。王金国恳求了许久，对方才为难地说："法院院长牛得很，这种事我也不好过问。你再另外想想办法。"

王金国放下电话，呆怔了许久。他原以为自己和政协主席可以称兄道弟了，没想到这只是自己一厢情愿自作多情。

彩霞骂老公："看你交的什么朋友！你每次请人家吃吃喝

喝，要是放在古代，你还能得个孟尝君的名声。人家孟尝君遇到困难还有鸡鸣狗盗之徒帮他，可你呢？什么好处都没捞着。有钱时，猫兄狗弟一窝蜂来打秋风；有事了，一个帮你的都没有，一个个都是缩头乌龟！"王金国为人慷慨，他不擅于拒绝别人，几乎有求必应，几千元几万元借出去，往往是"肉包子打狗——有去无还"。这让彩霞意见很大，那都是夫妻俩的血汗钱啊！她舍不得买衣服，舍不得享受，九十几万想凑成个整数一百万，但王金国总是让九十几万变成七十几万、六十几万。她跟王金国吵，王金国便嫌她小气，嫌她烦，而彩霞越来越伤心，觉得老公对别人永远是春天，对她永远是冬天。她觉得老公这种取悦型人格很愚蠢，好名声顶个屁用呢？老婆才是他最亲近的人，可是他却屡次伤老婆的心，实在是蠢得不能再蠢。

　　王金国被戳到了痛处，脸上红一阵白一阵。老婆的话是大实话，可太不中听了。怎么就落到这样可悲的地步呢？他还是死鸭子嘴硬："谁说没人帮？正想办法着呢。这种事，哪里有说解决就解决的？这事要是不难，也不用别人帮了！"在政协主席那里碰了钉子，王金国本想不然找张主任协调看看，但心有余悸，生怕再次丢脸。

　　夫妻吵成一团。儿子这次犯的事给夫妻俩打击很大，他们家世世代代都是老实人，安分守己，现在怎么就出了个打架斗殴的小流氓呢？如同一片庄稼地里，突然长出了罂粟苗。王金国五内如焚。

　　正吵着，彩霞忽然想起朱子奇有个高中同学杨天兴在法院工作，夫妻二人这才直奔朱子奇家。无论如何，朱子奇是妹夫，不帮小松没有天理。

朱子奇二话没说带着大舅子去找老同学。杨天兴也算是讲义气，帮王金国分析了利弊，指点了些要害的地方，还推荐了一个律师给王金国。

后来，小松以寻衅滋事罪被判处有期徒刑一年。在那些参与斗殴的年轻人当中，算是判得最轻的一个了。探监时，王金国隔着玻璃对着小松流眼泪："小松啊，以后要吸取教训学好啊！你爸爸我好歹也是兰香村的一号人物，你也算是含着金钥匙出生，多少人羡慕都来不及！你即使不给我长脸，你也别给我丢脸啊！"

小松在里面痛哭流涕："爸，我错了！我不想待在这里，我要出去！爸，你救救我！我保证以后学好！"

王金国心如刀绞："你好好表现！争取减刑！爸爸在外面等你！"

王金国仿佛一下子老了十岁。儿子的糟心事早在亲朋好友间传开了，他颜面扫地。他一边喝酒，一边感慨："钱多有什么用呢？像朝云他们夫妻俩穷归穷，可女儿教育得好好的，乖巧懂事，又是学霸，我们真得好好向他们取取经啊，学学他们是怎么教育孩子的……"

彩霞上去夺过他的酒杯："你少喝一点，给小松做个榜样！"

王金国一把夺回来："小松现在不在，要做榜样，等他出来。晚上我一定要喝醉，太清醒了睡不着……"

第四章

援疆

市里给全市三十名援疆教师开了动员会。动员会强调了援疆的重大意义，强调了援疆的纪律。指挥长说："你们能被选拔上来支援新疆建设，这本身就是一种荣耀。希望你们能够对得起这份荣耀。"

朱子奇有些兴奋，也有些恍惚。他知道自己并没有指挥长说得那么高尚，他只是想换一个环境。就像一株植物，换一个地方也许能开花结果。他没有忘记自己的业余爱好，他喜欢绘画，也许，新疆的大漠风光能够给他灵感。

朝云帮朱子奇收拾了满满两大箱行李，其中一件棉大衣搁不下，只好拿在手里。朝云叮嘱老公："那边很冷，可别冻坏了身体。我听说金浦县一个老师，援疆回来后，整个人身体都垮了，年纪轻轻的精神萎靡不振，以前能喝半斤白酒，现在都滴酒不沾了。"说着说着，眼泪就掉了下来。朝云是个泪点很低的人，连看个电视剧都会掉眼泪。

朱子奇抱着老婆，轻轻拍了拍她的肩膀："好啦好啦，又不是生离死别，搞得这么伤感。现在通讯这么发达，微信上可以视频，一年时间很快就过去了。倒是你在家里要照顾好自己和孩子，辛苦你了。"

两天后，援疆教师队伍开赴新疆。朱子奇第一次乘飞机，充满了新鲜感。敞亮的候机大厅让人陡生成功人士的错觉。到新疆的飞机要飞六小时，经过天山的时候，朱子奇惊讶地连声赞叹。天山褐色的棱角分明，如同一个硬汉。中学时朱子奇非常喜欢梁羽生的《七剑下天山》，里面的爱恨情仇让他着迷。他也看过《七剑下天山》的电视剧，剧中的天山一片皑皑白雪，让人生出沧桑之感，如今他终于可以近距离地观察天山了！

他们统一住在援疆点，援疆点建设得不错，设备挺齐全。朱子奇被分配到木垒县的一所农村中学教美术课，学校条件虽然差些，但孩子们都很淳朴。往常孩子们很少上美术课，他们对朱子奇笔下的线条充满了好奇，孩子们很崇拜朱老师，这让朱子奇的内心备感满足。朱子奇欣慰地发现，孩子们的汉语都学得很好，而他经常找孩子们当他的维吾尔族语的老师。他学会了简单的"谢谢""再见"等日常用语。他课时不多，每周有六节课，上完课，他就到处去采风，寻找他的绘画题材和灵感。新疆的广袤风光把他从前在香州的满腹牢骚磨平了，他进入了良好的创作状态。他画了海市蜃楼，画了胡杨林，画了天山，一口气创作了几十幅作品。其中一幅《大地之眼》他自己尤为喜欢。那是他到天池采风后的作品，背景是皑皑白雪的天山，中间是醒目的天池，春风吹皱一池湖水，恍若大地的眼睛。白雪的白，湖水的蓝，让人极为触动。援疆的伙伴们都非常喜欢这幅画，央求他装裱了挂在会议厅里。

这天，一个江苏的食用菌王姓老总来考察投资援疆项目，会议结束后，老总站在《大地之眼》前看了许久，问道："冒昧问一下，这幅画作者是谁？我能收购这幅画吗？"

指挥长道："这是我们的援疆老师朱子奇创作的。小陈，你把朱子奇喊来。"

小陈兴奋地来到朱子奇的宿舍，朱子奇正埋头作画。小陈大声嚷嚷道："朱老师，赶紧跟我来，有老总要买你的画！"

朱子奇云里雾里来到会议室，老总对他说："朱老师，我很喜欢您这幅《大地之眼》。那些松柏上积压的白雪，让我想起创业时我所受过的那些苦。而那蓝蓝的天池水，就像我现在创业成功后的美好。以天山为素材的画我见过不少，唯独您所使用的线条和色彩特别能引起我的共鸣。我想收购这幅画，不知您意下如何？"朱子奇心中大喜，他从来没想过自己的作品能卖钱，他努力按捺住内心的狂喜，尽量不动声色问道："不知王总能出什么价钱呢？"

王总说："一万。"

一万！他一年省吃俭用也才只能省下一万块钱！太好了，有这一万来解燃眉之急，还一部分欠款，日子就不会这么难过了。朱子奇本想再讨价还价一番，但怕自己要价太高使得这桩好事告吹，再者也怕给老总留下市侩的印象，因此也就痛快地答应了："既然王总喜欢，那就按王总说的吧。宝剑赠英雄，鲜花送美人，这幅画能够让王总收藏，也算是得其所了。"

王总当即让手下付了一万现金给朱子奇，朱子奇揣着现金，手有些颤抖，他怕夜长梦多，马上拉着小陈陪他到了最近的工商银行，将钱打进妻子的账户里。

朱子奇的画卖了一万元在援疆办引起了轰动，祝贺之声不绝于耳，援疆办的所有同志都蜂拥到他宿舍里参观他的画作。由于宿舍太小，屋子里挤得水泄不通。大家都用崭新的目光打量朱子奇："朱老师，看不出来啊！你还有这一手！"

朱子奇憨厚地笑笑："我本来就是省美术协会会员，我打算再创作几幅精品，争取申请加入中国美术家协会。"

当晚，援疆办加了餐，朱子奇买了三箱啤酒，与大家同饮。借着酒兴，就在餐厅里举办了一场小小的自发的文艺晚会，每个人都兴高采烈，仿佛过节一样。

朱子奇回到宿舍已经十二点，他兴奋得无法入睡，想给朝云打电话，又怕吵醒她。今晚，他特别想念老婆。在援疆办，大家戏说交通主要靠走，通讯基本靠吼。

第二天，朱子奇走路去上课。积雪很深，有的地方雪块已经凝结成冰。朱子奇告诫自己要小心，不过他相信今天跟往常一样没事，这条路他经常走，况且上天山采风都没事，上班就更没事了。早上他本想给朝云打个电话的，又怕她正在上班路上分心，就想着忍耐到中午才打。有了一万块钱，她会高兴成什么样子呢？以前，朝云老是抱怨他败家，宣纸一摞一摞地买，颜料钱也用得凶，还自费去外地参观美术展。想到这里，朱子奇不禁微微一笑，不料脚下一滑，整个人扑倒在地。一阵剧痛袭来，右脚剧烈疼痛，右手大面积擦伤，血流不止。完了，乐极生悲。朱子奇试图站起来继续走路，但右脚已经迅速肿大，走不动了。所幸公文包还在，他强忍疼痛，拨通了教务处的电话："喂，你好，我是朱子奇，我在上班路上摔了一跤，估计右脚骨折，走不动了，课麻烦你们找个老师代一下……"

　　远在香州的朝云根本不知道老公摔了跤。昨晚，孩子突然发了高烧，王朝云深一脚浅一脚把孩子送到医院，陪着孩子打点滴。夜深人静，只有日光灯镇流器偶尔发出的吱吱声。朝云摸了摸孩子的额头，仍然很烫，烧还是没有退。朝云想，要是老公不去援疆该多好啊，至少在这样伸手不见五指的深夜里，夫妻俩可以一起送孩子上医院，自己就不会这样孤独无助。一股怨恨涌上朝云心头，他倒好，拍拍屁股远走高飞，留下一堆债务和孩子。在这样的夜里，他睡得正香吧？她恨恨地想拨通他的电话，想想还是算了。女儿握着她的手，安慰她："妈，别担心，输完液我就退烧了。"

　　朝云百感交集，眼泪倏地流了下来。可恶的老公，还不如孩子贴心啊！正在心里百般责怪着老公，她突然发现手机里有一条未读短信，一看，竟然是银行来的短信，她的银行账户里多出了一万块钱！她揉揉眼睛，还以为自己看错了，仔细一看没错，里面写的是朱子奇转账。老公哪里来的钱？明天非得好好问问他不可。

孩子终于退烧了，第二天坚持要上学。朝云做了早餐，等孩子吃完后送孩子到了学校，自己急急忙忙去上班。她在香州市一家诊所当护士，从卫校毕业后就应聘在这家诊所上班。一大早就有好几个感冒来拿药的，还有一个发烧需要输液的小孩，另一个是跌倒了需要处理伤口的，忙到九点多才发觉自己还没吃早餐。刚想吃早餐，忽又想起账户里多出的一万元，她怕等一下又有什么事，顾不得吃早餐，拨通了老公的电话："喂，老公，你有没有在上课？方便接电话吗？我卡里怎么多出了一万元？"

此时朱子奇已被闻讯赶来的同事送到医院拍了片，脚踝粉碎性骨折，医生建议他保守性治疗，还是不要手术的好。给朱子奇用过药后，医生正在帮他上石膏固定，疼得朱子奇龇牙咧嘴："哦，那一万元是卖画得来的钱。"

"卖画？卖给谁？你什么画那么值钱？"

医生触碰到朱子奇的痛点，朱子奇不禁大叫一声："哎哟！"

朝云问道："你怎么啦？"

"没怎么啦，今天上班路上不小心摔伤，擦破点皮而已。我这边忙，先挂了啊，晚上再打给你哈。"

中午，朝云按捺不住一肚子疑问，拨通了援疆办的电话。得知老公骨折住院，朝云百爪挠心，她马上又拨通了朱子奇的手机："老公，我要去新疆看你。"

朱子奇急了："骨折而已，又不是什么大病。你要是来新疆，孩子怎么办？我这边已经期末快放寒假了，我过几天出院就回香州去。你千万不要来。要是来了，又给援疆办添麻烦。"

朝云都快哭出来了："那你要多喝些骨头汤啊，多吃钙片，这样才恢复得快！"

"你放心，援疆办的伙伴都很关心我，我这是掉进福窝里了。"

援疆办的人轮流来照看朱子奇，还带来了食堂师傅特地熬的骨头汤，朱子奇非常感动，内心十分过意不去："你们本来工作就忙，还要来看我，拖累大家了！"

指挥长开玩笑："你要是怕拖累大家，就赶紧好起来！"

朱子奇感受到了集体的温暖。指挥长大会小会上经常说："不谋全局者，不足以谋一域；不谋大势者，不足以谋一时。"他是援疆工作上的一颗螺丝钉，一定要快点好起来，不要拖大家的后腿。在新疆，看到了新奇的景物，接触了新奇的人，朱子奇有脱胎换骨之感。特别是去兵团军垦博物馆参观完之后，看到前辈为支援新疆建设筚路蓝缕，朱子奇为自己个人的渺小感到惭愧。自己整天为了个人的小利益小前途怨天尤人，心胸太狭小了，格局太狭小了。他要放大自己的格局，努力工作，尽量发光发热，这样过一辈子才值得。

几天后出院，学校也放寒假了。朱子奇回到了香城，朝云又哭又笑，天天熬骨头汤给老公喝，把朱子奇养得白白胖胖。在香州期间朱子奇感觉最幸福的是，可以吃上香州的水果。照理说新疆是瓜果之乡,但朱子奇天生不爱吃葡萄,他爱吃家乡的柚子。柚子可以从秋天存放到冬天,以往每年朱子奇的秋天都是从柚子开始的。秋风起,一轮圆月挂在空中,中秋的夜晚,闽南家家户户的桌子上除了月饼和茶,一定少不了一颗大柚子,这柚子象征着团圆。不管红肉、黄肉、白肉,只要水分充足,那就是上好的柚子。掰开果皮,一股清香扑鼻而来。水果纤维帮助消化,促进胃肠蠕动,一天五蔬果,疾病绕着走。冬天是柑橘的季节。闽南人大年夜的供台上,一定少不了又大又甜的柑橘,象征着大吉大利。剥开橘子,一片片月牙似的橘瓣聚在一起,像一个小灯笼,橙黄的果肉就像一朵黄色的小菊花,放进嘴里咬一口,甜甜的果汁满口都是,爽口极了。

　　朱子奇庆幸自己生活在香州这个瓜果飘香的城市,一年四季都可以吃到汁液淋漓的水果。春有杨梅,夏有菠萝,冬有黄金百香果。一年春夏秋冬四季流转,细细品味日子的滋味,朱子奇发现自己所在的南方水果之乡,一年四季的后面都躲藏着一位水果佳人。这些水果佳人披着赤橙黄绿青蓝紫七彩光芒的外衣,诱惑你用叉子叉起缤纷的美味,用舌尖品尝冷冽的清甜。阳春三四月,自桃花李花凋谢之后,红艳艳的桃子、翠绿绿的李子就如约来到了水果摊上。桃子脸上都是一抹胭脂红,活泼泼挤挤挨挨喜气洋洋的,咬上一口,桃儿脆脆的,李儿酸酸的,少年青涩的味道就是如此吧?五月,杨梅成熟了,刚上市时就让人迫不及待想吃一口,酸得朱子奇龇牙咧嘴,捧着腮帮子直吸冷气,就差满地打滚了。那青杨梅更别提了,不但酸,还涩。

咬一口，那硬刺里蕴含的酸汁四处迸射，如果不小心抹到眼睛里，顿时酸得热泪横流，真想大哭一场。不过，成熟的杨梅可是酸甜可口、消化生津的佳品，每年朱子奇都会酿一罐杨梅酒，以备女儿胃肠不适时服用。

朝云笑他："一个大男人，整天就想着吃。"

过了春节，朱子奇卸了石膏，走路仍然一瘸一拐，但回新疆的时间到了，他坚持回新疆，一瘸一拐不影响他给孩子们上课。

朝云甚是牵肠挂肚："伤筋动骨一百天，你在新疆一定要小心点，千万别再摔了。"

朱子奇笑着摸摸她的脸："好啦，好啦，老婆大人的话我肯定要听。我只是发愁，我被你养得这样白胖，一点都不像援疆的模样，到时伙伴们都要笑话我啦！"

朱子奇去援疆，怕朝云一个人忙不过来，便让父母到城里帮忙做饭，接送孩子上学放学。朱子奇的父母吃了一辈子苦，临老被儿子接到城里享福，闲暇时喜欢到中山公园散步。中山公园进门处就是喷泉，水花迸射在晨光中闪闪发光，微风吹皱了七星池的春水，石头护栏蜿蜒向前，高大的木棉树遮住了半边天空。绿色的草坪如绿色的毛毯般舒展着，人们贪婪地呼吸着一天中最新鲜的空气。石椅上坐着人，石桌上可泡茶，甚至有两张天蓝色的塑料躺椅。有人在倒退走，有人在小跑，有人在跳健美操。前面有几个老人在一起闲聊，凑过去听，他们说的几句民谚很是有趣，"高官不如高薪，高薪不如高寿，高寿不

如高兴",听起来很有道理。不远处有一个男师傅带着女徒弟在练太极,两人的白绸衣飘飘然,身姿舒展,像两只修长的白鹤。女徒弟慢悠悠地将右手推出去,仿佛在推动一股强大的气流,男师傅在旁颔首嘉许。

东南角有一个老年人自建的小剧团,别看它杂乱,壳子弦、大广弦、三弦、二胡、台湾笛、月琴等一应俱全。保留曲目有《陈三五娘》《山伯英台》《吕蒙正》《杂货记》,两个老人家听得有一搭没一搭。老人们喜欢在公园里消磨时光,也许是因为公园里有这么多鲜花绿叶,仿佛让人回到了年轻的时候。

第五章
转机

朱子奇一瘸一拐成了学校里一道独特的风景。学生们轮流接送他上下课，木垒日报大篇幅报道了朱子奇的事迹，朱子奇成了援疆的先进典型，经常被大会小会请去作报告。援疆一年大大地改变了朱子奇，他到现在才明白人不仅仅要有物质上的追求，还要有精神上的追求。他申请加入中国美术家协会顺利通过了，这让他备受鼓舞。全国美术家协会会员共一万多人，省内只有几百名国家级会员，香州城国家级会员才十几人，朱子奇一跃成为香州城美术界的新秀。

自从王总买了朱子奇的画后，王总四处向人宣传朱子奇的画，陆陆续续有人找朱子奇买画，这大大改善了朱子奇的经济状况。他猛然发现存画已经不多，申请加入中国美术家协会的那几幅画他舍不得卖，一直珍藏着。

待到他援疆期满载誉归来时,朱子奇职称提了一级,同时,他还意外地听到了一个好消息,张得志要调去别的学校任校长了!朱子奇简直想大笑三声。哈哈哈!障碍自然扫清,不战而胜,全不费工夫,简直是天助他也!其实冷静下来想一想,张得志也不是什么坏人。只是有些人天生气场不合,或者是八字不合,彼此看彼此不顺眼。如今气场不合的人走了,朱子奇只觉周身通泰。

好事接踵而来,朱子奇突然得知市美术馆空出了一个编制。自从香州经济发展以来,政府对文化越来越重视,加大了文化方面的投入,美术馆因此鸟枪换炮搬了新馆。新馆请了知名设计师设计,抽象的"红砖大厝燕尾脊",流畅的线条折射着红光,向着远方游子招手,指引他们寻找回家的路。美术馆作为一个城市文化的传播媒介,致力于提高公众文化艺术修养,协助艺术教育,为艺术家创作活动提供交流和借鉴的机会。要是能调到美术馆工作,那是朱子奇梦寐以求的事。

命运确实诡异,有时以为一样东西明明稳稳当当唾手可得,突然像煮熟的鸭子不翼而飞,比如他的职称,条件已经足够,却迟迟不能聘上;记得以前拿到职称评聘的文件,所有老师几乎看都没看。校长在台上大讲特讲民主推荐要求与纪律时,底下人的眼睛或者望着桌面,或者看自己的手心,或者瞪着天花板,有的干脆直接玩手机,看微信上的新闻和段子。职称大都倾向领导,领导上了,底下的人才有份,这一点大家都心知肚明。明知弱肉强食,但没有能力改变,只好逆来顺受。时间一长，好像变成了铁律和真理，理应如此。

有时以为一件事完全没有希望，就像画作去参评，高手如云，只是抱着重在参与的心态，不抱什么希望，结果却有意外之喜，竟然得了奖，还是全国二等奖。原以为一辈子当个教书匠，没想到命运中途拐了一个弯。

风声是在星期天上午市美协组织的采风活动中得知的。市美术馆的陈副馆长瞅准了左右没人，悄声对朱子奇说，子奇，我们馆里的一个干部调走了，空出一个编制。你赶紧去争取吧，先下手为强。注意，这事还处于保密状态，你嘴巴可得捂紧，嘴巴没捂紧，竞争对手会像蘑菇一样冒出一大片，你可别给自己添堵啊。朱子奇感激地冲善意的陈副馆长点点头。他与陈副馆长趣味相投，都喜欢写意画，陈副馆长这也算是投桃报李了。按陈副馆长的说法，这种机会是百年一遇千载难逢。这个社会有太多的秘密，抢先知道秘密的人就占了先机，这对那些平头老百姓不公平。没办法，不公平是先天的。朱子奇父亲是农民，当初朱子奇高考填志愿的时候连世界上有财贸局国土局都不知道呢。

朱子奇大喜过望，连声称谢。教书固然清闲，但美术馆的工作与他的兴趣爱好一致，馆里时不时地举办美术展，他可以开阔眼界博采众长，更重要的是，有很多机会可以接触一流的画家，请他们指点他的画作，他的进步必然神速。他对陈副馆长说："那得拜托您帮我在馆长面前美言几句啊。"

陈副馆长摆摆手："这事目前还是机密。要是我去跟他说，反而坏事。这事得你自己亲自去跟馆长说，越快越好。还有，你要记住一点，千万不要跟人提起这风声是我透露给你的。"

朱子奇连忙点头："好的，好的。"

命运跟朱子奇开了个大玩笑。他教了十几年书，总觉得与社会好像隔了一层玻璃。朱子奇做梦都想调换一个工作环境。他屡次想调动，心愿却总是实现不了，因为他从来都不是一个行动派，他只是一个幻想派。在学校里待了十几年，几乎没有等到什么机会，他都绝望了，死心了，想着就一辈子待在学校里吧，清心寡欲，撑不了也饿不死。

现在，机会突然来了，在他已经死心的情况下来了。编制从天而降，好家伙，不容易呀，朱子奇的心又重新活泛起来，如今他已超过三十五周岁的报考年龄，只能走调动的路子。朝云也告诉他一定要抓住这次机会，要是抓不住这个机会，他这辈子的人生也就一眼望得到头了。要是能到美术馆上班，对他的专业大有好处。自从朱子奇卖画挣了钱，朝云就开始想入非非了，说不定自己能当名家的妻子呢。

朱子奇当晚梦见了一条大鱼。他和朝云两人站在齐膝高的水里，一条大鱼在他前方缓缓游动着，有鱼吃好啊，但他觉得自己肯定抓不住，他尝试着抓住鱼尾巴，鱼尾巴很滑，就在快脱手之际，朝云一把抓住大鱼，把大鱼托出水面，大鱼在朝云手里摇头摆尾跳跃着。然后，他们把大鱼带到一家餐馆烹煮，朱子奇也记不清是自己还是厨师用刀把鱼鳃挖了出来，然后一刀剁下鱼头，将鱼头大卸八块。醒来以后朱子奇有些不解，也不知那鱼身哪里去了。他打开手机百度了一下：梦见活鱼意味着什么。现在的手机真是方便，百度就像无所不知的老师，答案马上跳出来了："鱼是喜庆。鱼线条优美，在水里灵活游动，象征着顺利和喜庆。梦见死鱼，预示着事业不顺，生活艰难，要忍饥挨饿。"朱子奇有些糊涂了，那自己梦中的鱼先是活的，然后被大卸八块，难道是意味着原本事情是顺利的，后来变得不顺利吗？那自己的调动之事到底能否成功呢？

朱子奇是个关系赤贫户，他在自己的箩筐里扒拉来扒拉去，好不容易理出两条关系，一条是他这方面的，他曾经在一次采风活动中跟美术馆馆长照过一次面，虽然是七八个人一起，总算有一面之缘，这一面之缘很宝贵，因为平常小和尚很难有机会见到大菩萨。如今先上门去报个名挂个号应该没多大问题。另一条战线是大舅子这边的，王金国如今是市政协委员，大概认识一些人，如果有贵人在上面打个招呼，那问题应该不大。两条战线都不是直接关系，都是迂回曲折百转千回的关系，都没有什么把握，朱子奇颇费踌躇，如今做事最忌两头找人，要是两方彼此知道了，觉得对方并不信任自己，一生气甩手不管了，后果很严重。可是如果只找一边，又没有什么把握。朱子奇心一横，打算两头找，事态紧急，过了这个村没了这个店，要是不努力，只能眼睁睁看着泥鳅溜走。

于是朱子奇给馆长发了个短信，字斟句酌表达了想去馆长家里坐坐的愿望，手机被朱子奇攥在手里都攥出了汗。过了一个多小时，馆长回了个短信，让朱子奇有什么事到他办公室去聊聊就可以。这个短信让朱子奇长长地松了一口气，总算答应让他去办公室坐坐，虽然在那一小时里朱子奇不停地看手机，简直疑心手机坏掉，中间一个短信提示，却是天气预报，让人气恼。在那一小时里，朱子奇的心如电梯般七上八下。馆长是看见了不理他呢，还是馆长在开会，没听见手机响？朱子奇在这一小时里灌了三大杯茶，上了两趟厕所，最后终于等来了救命的短信。

　　去找馆长的时候，朱子奇一路上心情原本挺愉快，他是满怀乐观抱了希望的，因为他现在是中国美术家协会会员，而且画作得过全国奖、省级奖，多多少少有些名气，在美术馆工作最适合不过。馆长应该没什么理由拒绝他的要求。他是空着手去的，要是拿着东西去，公共场合不好看，今天先去报个名，过后再找机会向馆长感谢。今天是周五，他刚好下午没课，打算找完馆长后就直接回家。

　　进了美术馆，朱子奇的心突然扑通扑通跳了起来，他这人从来都怕见领导，不禁有点慌张。他下意识地整了整裤腰带，快步走上五楼馆长的办公室。

　　朱子奇在办公室门口喊了声馆长好，馆长示意他进来，开始烧水泡茶。朱子奇斜坐在沙发上，赔笑道："馆长，这次听说馆里空出了一个编制，真是盼星星盼月亮盼来的好消息啊。"不料，馆长并没有附和朱子奇那种"盼星星盼月亮终于盼来好消息"的喜悦心情，他淡淡一笑："小朱啊，为人处事很重要啊。听说上次采风时大家都给省美协领导敬酒了，就你一个人没敬。

领导跟我打听这个人是谁,说这个人很有个性啊。小朱啊,人可以有傲骨,但千万不要有傲气啊……"

朱子奇浑身一震,馆长的话像一支利箭,正中他的心脏,霎时鲜血直流,他活生生成了一个光秃秃的靶子。他涨红了脸,语无伦次:"馆长,那天我感冒,医生叮嘱我那几天不能喝酒。当时我也一直向领导表示歉意……"朱子奇没想到一个不经意的细节,至今还会被人冷不丁提起。

馆长脸上冷冷的:"感冒了不能喝酒,那是,身体要紧。"他觉得眼前这个县里的美术老师可笑又可怜。

朱子奇红了脸:"我太不懂事了,以后榆木疙瘩要学会开窍。"

馆长敲了敲桌子:"世事洞察皆学问,人情练达即文章。小朱,你还需要历练历练啊。"

朱子奇想哭。人情世故一直是他的软肋,要是馆长看死了他,那他真的是毫无机会了。他死命抠着自己的掌心,告诉自己,别哭,都一把岁数了,都当爸爸的人了,千万别哭,女儿都十岁了。气氛压抑沉闷,馆长说:"你安心工作吧。"是送客的意思,也带着一丝轻飘飘的安慰。馆长的口气比刚才温和了些,但朱子奇还是听懂了馆长的意思。

朱子奇难以招架,他一向是个拙嘴笨舌之人,结结巴巴道:"协调能力这方面我可能有欠缺,我努力学习。"

馆长摆摆手:"馆里调人进来,要调进来就马上能用的人。布展开展是馆里的重要工作,天天有迎来送往的事儿。今天先这样吧,我还有点事。"馆长摆手的动作像是摁下一个开关,把朱子奇的希望之门决绝地关上了，朱子奇一头磕在门上，眼冒金星。那一刻，朱子奇突然有了买彩票的感觉，买的时候兴冲冲的，当他满怀希望用指甲将答案刮开的时候，里面赫然有一行字——感谢您的参与。被拒绝的感觉太糟了，比被人狠狠打一耳光还难受。

朱子奇机器人般从馆长办公室里走出来，梦游般把电动车骑回小区车库，突然想起老婆培训去了，自己应该去接女儿放学，自从他援疆回来后，老爸就回乡下去了。朱子奇调转车头往学校赶去。馆长一番话让他心如刀割，无地自容，直想钻到地底下去，差点都把女儿忘了。本来今年工作比较顺，人太顺了难免会飘飘然，人一定不能有飘飘然的时候，当你飘飘然时老天爷会马上给你一巴掌，把你扇得眼冒金星。

到了校门口，学校已经过了放学高峰期，只剩两个学生孤零零地站在校门口，女儿一看见他的身影，既高兴又埋怨："爸爸，你怎么到现在才来？"

"对不起，爸爸下班迟了。"朱子奇强挤出一丝笑容。女儿叽叽喳喳地讲着学校的见闻，吵着要吃肯德基，她根本没有意识到父亲满腹心事，在迟钝这一点上，女儿与他惊人地相似，朱子奇隐隐地为女儿的将来担忧，但这脾性与生俱来，又无可奈何。朱子奇强打精神与女儿说笑，内心却很痛苦，唉，自己这么失败，如何在女儿面前做一个父亲呢，他觉得自己简直没有资格做一个父亲。自己都这么幼稚，这么不成熟，怎么稀里糊涂就当了别人十年的父亲呢。

好不容易等女儿啃完鸡腿喝完可乐将女儿带回家，女儿进了书房写作业，朱子奇躲进卧室，躺到床上。他觉得疲累至极，全身没有力气。席梦思蓬松温暖，躺在上面好歹有一丝丝的安慰。朱子奇没有开灯。对，他要的就是黑暗。他想把自己藏起来，偷偷地舔自己的伤口。对，就是这种黑暗才能让他把伤口敞开来透透气，否则人前他只能遮得严严实实的，因为不透风，伤口会溃烂得更迅速。

回想自己这三十多年夹着尾巴的人生，朱子奇也曾自我催眠，但人家偏偏把他的伤口撕开来给他看。他天生是一个直来直去的人，说话生硬不够柔和，永远学不会长袖善舞。他悲哀地想到鲁迅的"欲做奴隶而不得。"一个人躺在床上，苦闷加郁闷。秋雨没完没了地下，天地间一片灰暗。半夜，朱子奇起来到厨房找吃的，这日子不知怎么过成这样，结婚十一年，用了四副碗，消毒柜里的碗有大的有小的有青花边的有红花边的，餐桌上瓶瓶罐罐林立。女儿倒是乖巧，做完作业自己睡了。

朝云培训完回家，刚进门便急着问："怎么样？"朱子奇垂头丧气告诉老婆："出师不利，馆长有人选了，那个小王借调到美术馆好几年了，馆长大概许诺他只要一有编制就把他正式调进来。昨天馆长非常干脆地拒绝了我，根本没有回旋的余地。我看还是算了吧，再熬十几年就退休了，何必呢。"

朝云怒道："我最看不得你这种遇事一碰钉子就放弃的怂样。我们去找找我哥，说不定我哥有什么办法呢。"两人带着死马当作活马医的心态买了两斤大红袍到了王金国家。王金国听

了这事二话不说拍了拍胸脯："我开市政协会议的时候认识了市政协主席，我找他说一说这事，虽说美术馆跟他不沾边，但同在香州，大家抬头不见低头见的，应该搭得上线。"夫妻俩大喜过望。两人告辞出来，王金国将茶叶塞还给妹妹："拿回去拿回去，太见外了。"

朱子奇硬是将茶叶放回大舅子屋里："找人办事总得破费，不能让你费工又费本。"

王金国将茶叶又塞回来："你们俩靠工资过日子不容易，好刀用在刀刃上，这茶叶你先留着，哪天用得着的时候再用。"

第六章
搬迁

朱子奇打电话约老同学王光辉泡茶，其实是想借泡茶之机听听老同学对调动的看法。只听手机那边一片嘈杂，王光辉在手机那边大声说："改天吧！我现在忙得连拉屎的时间都没有！"

兰香镇的搬迁工作已经进行两拨了。第一期征迁工作刚刚结束，第二期的征迁工作就紧锣密鼓地开始了。兰香镇紧邻市区，是块风水宝地。征迁会议是星期一进行的，征迁丈量工作第二天就开始了。这是迅雷不及掩耳的速度。为什么赶得这么急呢？因为有了几次征迁的经验。前几次征迁的会刚开完，风声就飞出去了，小道消息传播的速度比火箭还快。到处都在抢建，都想多得一些赔偿款，撑死胆大的，饿死胆小的，不抢建的人被认为是傻瓜。现在政策调整改成开完会马上测绘，测绘

完你再抢建也是白搭。这是一场硬仗，县里面要求三个月内完成征迁工作，单单测绘可能就需要十天左右，再加上绘图成图，就过去个把月时间，先征再迁任务繁重，三个月期限是一道紧箍咒。这个项目由市委陈副书记亲自挂帅，从市到县到镇，层层加码。王光辉身为镇长，是兰香镇具体负责的总指挥官，他瘦高个儿，皮肤黝黑，手下私底下称他为黑炭，美其名曰"黑包公"。朱子奇几年前曾经跟老同学探讨过自己调到镇政府上班的可能性，王光辉欲言又止道："外人看着我当个小官很风光，其中艰辛不能为外人道，而且，遇到一些事情还得采取一些非常手段，有时做工作需要连哄带骗。"朱子奇想细细追问，王光辉却岔开了话题，接着对他说："你书生意气，我看你不适合从政。还是潜心钻研一下你的绘画艺术，说不定以后会在香州城直至省里甚至全国崭露头角。"

朱子奇也知道王光辉说得有理。大学期间，他们之间的一场对话让他印象深刻。他们交流的是对动物的看法。在所有的动物中，王光辉最喜欢老虎，兽中之王。王光辉觉得老虎充满了力量，说这话的王光辉也像老虎一样充满了力量，仿佛他可以召唤老虎。并且，对老虎的喜爱从没有随着时间的消逝而消减，相反，愈加增强了。朱子奇相信王光辉对老虎的喜爱是真心的，因为王光辉一直是学生会干部，是老师的宠儿，做事雷厉风行，风风火火。而朱子奇，在所有的动物中最喜欢梅花鹿，特别喜欢那对美丽的鹿角，这遭到了王光辉的嘲讽。王光辉说，正是这对鹿角惹麻烦，在遇到敌人的时候，这对鹿角要是挂到了树枝，这会让它送命。而朱子奇偏偏迷恋的就是这样美丽而无用的事物。虽然两人意趣不一，不知为何却彼此吸引。自从毕业后，王光辉已经早早地跑到了朱子奇的前面，这个老同学就像大雁一样在天空中从容地飞翔，朱子奇怎么追也望尘莫及了，他已经失去了追逐的力量与信心。如今听了王光辉的一番肺腑之言，朱子奇也就打消了从政的念头。

　　王光辉身为征迁工作小组组长，先给干部们开了动员会，强调工作时一定要做通老百姓的思想工作："我们干部只有到人民群众中去，并且同人民群众保持血肉相连的关系，才能使党的方针、政策得到更好的贯彻。这是问题的一方面。另一方面，群众需要领导。没有领导，群众的积极性既不能提高，也不能持久。要领导就要有威信，没有威信就不能真正地领导。领导的威信从哪里来？靠上级封不出来，靠权力压不出来，靠耍小聪明骗不出来，只有全心全意、尽心竭力、坚持不懈为人民办事，才能逐步地树立起来。领导要有水平，水平从哪里来？水平来自对客观规律的认识和掌握，而规律性的东西，正是蕴藏在广大群众的实践中。因此，要做好本职工作，就要眼睛向下，善于从群众的实践中汲取营养，获得真知。所以，无论是从发挥党的领导作用，还是从调动群众积极性这两方面说，都要求我们的各级干部始终同广大人民群众保持密切的血肉联系。这就是干部的一项十分重要的基本功。我们的干部都应当苦练这一基本功。在我们前进的道路上有许多困难和问题，究竟从哪里入手去解决问题，依靠什么去战胜困难，从不同的角度可以谈出不同的思路和方法来。但根本的一条，就是要发动群众，依靠群众。这就要求我们做工作时要深入实际，深入群众，坚持从群众中来，到群众中去。"

紧接着，征迁工作小组紧锣密鼓地召开了征迁动员会。村民们都集中到村里的大埕上，听干部们讲征迁一定会公平、公正、公开，大埕上热气腾腾的。家庭户测绘工作有条不紊地进行着，王光辉不单单要主持第二期征迁工作，他还要着手解决第一期征迁的历史遗留问题，最棘手的是钉子户王大圣。王大圣坚持不搬，影响了第一期工程进度，县领导批评了王光辉。王光辉一肚子冤屈，灰头土脸的，也不知要找谁诉苦。他闹不明白为什么有时候他已经很努力了，却还是要挨批评，他做梦都在琢磨如何感动王大圣，让王大圣同意搬迁，但目前所有方法都不奏效。大概是自己能力不够，缺乏历练吧。他肚子饿得咕咕直叫，于是给老婆赵玲打了个电话，说下班后直接回家。老婆哦了一声有些意外，老公天天在外瞎忙，今天准时下班，是件高兴事，却有些反常。王光辉回到家里，家里竟然锅冷灶冷，打开冰箱，啥东西也没有。王光辉想找个饼干什么的先垫垫肚子，但竟然遍寻不着。王光辉火了："我跟你说下班后要直接回家的，你怎么没做饭？"

赵玲正在敷艾缇嘉面膜，看不清她的表情："你只说下班了要直接回家，又没说让我做饭。以前多少次做了你的饭都倒掉了？今天家里剩下一点面条，我胡乱煮了对付了。不好意思，家里光光的，什么吃的也没有。拜托你以后要是要回家吃饭，你就说得明白些。"赵玲以前也给王光辉做过饭，但王光辉应酬多，经常不回家吃饭，做好的饭菜经常倒掉，赵玲一次等两次等越等越窝火，干脆只做她和孩子两人的饭食。也难怪赵玲委屈，年轻时她可是出名的美人儿，追她的人一大排，千挑万挑挑了王光辉，工作忙得陀螺似的，整天让她独守空房。

王光辉火了："吃你一顿饭有这么难吗？想给我做饭的女人多的是！"他不喜欢赵玲这种冷冰冰的样子。赵玲从不喝酒，永远一副理智清醒的模样。而对于像王光辉这样爱热闹爱喝酒的男人来说，一个滴酒不沾的女人是极端扫兴的。虽然他也知道在这种事上没有对错之分，只有喜恶之分。而对于赵玲来说，她要是也像王光辉一样动不动就满身酒气回来，那孩子谁来带？

赵玲一把扯掉面膜，冷冷地看着老公："是呀，现在想给你做饭的女人多的是，只不过不知这些女人中有哪个愿意花钱买车给你开？"

王光辉一下子被噎住了，无话可说。聪明原本是一种可贵的品质，但一个女人如果太聪明，一句话就扎到人的死穴上一针见血，那这样的女人就未免太可怕了。他悻悻地抓起车钥匙往外走。赵玲在他背后喊："你又要死哪里去？"王光辉吼道："去吃碗面条。你准备饿死你老公吗？"

这阵子夫妻两个正在冷战，上个月女儿发烧了，赵玲半夜三更一人抱着女儿上了医院，输完三瓶药液，回到家天都快亮了，这是最需要男人的时候，哪怕你帮忙买瓶水，或者给个肩膀靠一靠，或者你人坐在那儿本身就是一种安慰，就是一颗定心丸。可是王光辉不在。王光辉正奋战在抗台风的第一线上，作为驻村领导干部，一定要在现场，他连续五天都没有休息。兰香镇所处的沿海地带，夏季台风频仍，每年都会兴风作浪几次。

赵玲第一次打电话的时候，王光辉说："我这里抗台风，离不开，你先带着孩子上医院吧。"再后来打王光辉的电话，干脆关机，恨得赵玲直咬牙。其实这真冤枉了王光辉，电话打不通是因为村里的信号中断了，而不是他嫌赵玲烦而关的机。但赵玲就认定是王光辉嫌她烦关了机，如果此时王光辉站在她面前，她肯定扑上去咬死他。等王光辉胡子拉碴、一身泥浆和汗臭回到家里，女儿的烧已经退了。本来，回程途中王光辉的车子遇到了泥石流，差点就光荣"牺牲"了，他想跟赵玲说说当时的惊险，但赵玲横眉冷对，王光辉也就不说了。王光辉心里对女儿内疚，他请了一天假，想好好陪女儿。女儿睁开眼，有些诧异："爸爸，你怎么没去上班？"

王光辉拍拍她的小脸："今天爸爸专门请假陪你。"

女儿欢呼起来："生病真好！生了病就有爸爸陪啦！"

女儿这句话让王光辉心酸得差点掉下泪来。虽说男儿有泪不轻弹，可有时王光辉真想号啕大哭一场。作为父亲，他真是太不合格啦，回家时经常酒气熏天，有时要亲亲女儿，女儿总是急急地逃开，捂着鼻子嚷嚷："爸爸太臭啦。"赵玲习惯性地拉着脸："你又喝醉啦。"王光辉涎着脸道："我没醉，我只是喝多了。"工作压力大，偶尔喝酒是最好的减压方式，如果有美女相陪更是美妙，他喜欢跟自己一起 High 的女人。每次兴兴头头回到家里，被老婆一脸义正词严泼冷水，整个人都凉了。老婆永远正确的样子让他讨厌得很。

赵玲恨道："喝，喝，喝，总有一天喝死！"王光辉在 2005 年曾经有一次喝了酒骑摩托车回家，结果撞到一粒石头坷垃，摩托车倒了，他整个人也摔了，被压在摩托车下睡死过去，幸亏路过的好心人把他送到医院，手骨折了，脸也擦伤了，在医院里住了半个月。那件事让赵玲心有余悸，她一直劝王光辉戒酒，但王光辉却不思悔改，酗酒得越来越厉害。夫妻俩因为喝酒的事吵过无数次架，赵玲的口头禅是："我不是你老婆，酒才是你老婆，你抱着酒瓶子过日子去吧！"王光辉便故作疯癫："酒瓶子在哪里？拿来给我抱啊！"

这次赵玲变本加厉，王光辉听妻子咒他总有一天喝死，不禁气冲脑门："喝死拉倒！"

赵玲感觉很悲哀。忠言逆耳，良药苦口，怪不得以前那么多皇帝宠信奸臣不喜欢忠臣，无非是忠臣常说些让人不爱听的话。

王光辉气得一头栽到床上。然而，扪心自问，作为丈夫，他合格吗？以前加班晚了，回来后赵玲总是冷嘲热讽，说你都把全部力量贡献给党啦，怎么没见你当个省委书记什么的？一般来说，王光辉都是忍气吞声，因为赵玲赚的钱比他多，理所当然说话声气比他高。赵玲开个茶叶店，一年下来可以赚个二三十万，他王光辉有车开完全拜老婆所赐。而王光辉一个月领着三千多元，以前还有加班补贴，现在中央明确八项规定，各级领导都害怕出事，加班补贴都不发放。总而言之，王光辉是一个穷人。他的那点工资，也就是家里的伙食开销。房贷是老婆还的，人情往来也是老婆掏的钱。乡镇干部就像一头牛，只有负重的份儿，什么粮草儿都见不着。还经常要被打屁股，领导往往只看结果不看过程，有时事情太复杂出了岔子，就是一通强火力的批评扫射。这委屈这郁闷又对老婆说不得，一个大男人总得有点自尊心吧，男人一般不把伤口敞出来，只躲在没人的地方慢慢舔；而伤口被衣服遮着，老婆看不见，往往领导刚刚扫射完老婆又上来火力扫射一番。有时想想，这做人还真是没多大意思。所谓经济基础决定上层建筑，王光辉在家里一般是忍气吞声，夫妻间的冷战通常以王光辉的作小伏低而告终。王光辉觉得，一桩婚姻要维持，总得有一个人让步有一个人妥协，那妥协的一方表面上是弱的，其实反而是内心强大的一方。对此，王光辉还暗暗在内心表扬过自己。但一个大男人总是有火气的，到了后来，王光辉再加班晚了，干脆就在办公室过夜，因为他一想到回家后老婆那张臭脸就泄气。王光辉经常感到孤独，不知道是不是自己太挑剔了，找不到一个知心知意的人，对方要么太急躁，要么太啰唆，要么太迟钝，要么爱贪小便宜，要么太自以为是，孤独的感觉好凄凉啊。

对于赵玲来讲，她对丈夫是满腔怨气的。王光辉下乡时，经常开着家里的桑塔纳，油门一踩就走了，也不知他有没有算过油钱？王光辉说，申请派车太麻烦，有时事情紧急，自家的车比较方便。赵玲想，哼，他的事没一样不紧急的，紧急得私车公用成了常态。但赵玲又舍不得王光辉，一份公务员工作，那是一份荣誉一份尊严。夫妻俩一起走出门，笑脸通常是朝王光辉去的，而不是冲她这个茶叶店老板，所以，日子就这么将就着过。现在，赵玲一门心思想的都是怎样挣钱。王光辉整天在乡镇工作，就如驴拉磨，套着绳索，拼命地拉，希望能吃上胡萝卜。成败、荣辱、得失都系在这根胡萝卜上，但大部分毛驴可能一辈子都吃不上这根胡萝卜，只能一辈子围着磨盘打转。因此，王光辉起了一个网名叫毛驴。有时候毛驴太累太压抑，生活草率而荒芜，真想甩手不干，甚至想爬上危楼纵身一跃粉身碎骨一了百了，但也只是想想而已，身为人子，不能这般不负责任。于是，毛驴自有毛驴的休闲方法，靠着抽烟、听音乐打发时光，灵魂飘飘荡荡，这种飘荡的感觉真好，平时肉体绷得紧紧的，难得灵魂有出窍的时候，就让它在空中痛痛快快地飘荡一番吧，就仿佛去一个美妙的地方旅行一般。王光辉是一个有着严重小布尔乔亚情结的人，他喜欢文学书籍，可惜一忙起来，书根本看不进去，什么海德格尔、陀思妥耶夫斯基之类的早被抛到九霄云外去了。工作之余，他喜欢边抽烟，边听音乐。书上说，喜欢抽烟的男人是口唇期人格，就是婴儿时期母乳没有得到满足，所以嘴里总是喜欢含些东西。王光辉总觉得这西方理论多少有些荒谬，照此说来，口唇期人格就是那些渴望停留在婴儿阶段、潜意识里不想长大成人的人了？不管怎样，他喜欢抽烟的感觉，吞云吐雾，快活似神仙。无论是读书、抽烟、喝茶、听音乐，都能够让他暂时从烦人、沉重的现实中抽离开来。但这种时候很少，每当他难得有空闲想沉浸于自己世界的时候，赵玲就会说："陪我逛逛街吧。你一百年没有陪我逛街了。"王光辉只好放下书站起身："得令，老婆大人。"是的，他不敢不从，若不从，必然又引起一场家庭战争。

抗台风过后不久，有一天赵玲回到家里，眼泪汪汪地看着王光辉。王光辉被她看得心里发毛，不知道哪里又出了娄子："怎么啦？"赵玲扑过去捶他："我听你们单位小李说抗台风时你差点被泥石流淹了，怎么不跟我说？"

一听是这事，王光辉悬着的心才放了下来："这都什么时候的老皇历了，那天是想跟你说来着，可你一副江姐的模样，谁爱跟你说呀！再说了，我光荣了，你不是刚好可以趁机再嫁了吗？"

赵玲一听，小拳头落得更频繁了，眼泪鼻涕糊了一脸，王光辉抱住老婆，两人算是和好了。

王光辉天天奋战在征迁现场。他口渴得厉害，嘴唇都起皮了，咕嘟嘟灌下一瓶矿泉水。自从他到兰香镇政府上班后，他基本就丧失了自我。一个镇政府的小科员，奋斗一辈子，混个镇书记已经是祖坟冒青烟；相反，若是一毕业就到省城某个厅工作，奋斗到老，说不定可以捞个厅长当当。所以，王光辉和那些分配得好的同学比较起来，不免慨叹加嗟叹。所幸他在三十五岁的时候终于提拔了副科，三年后干上了正科。幸亏搭上了末班车,好险,每每想到这事,王光辉都要吓出一身冷汗。要是过了年龄线,那就一辈子当个窝囊的科员了。

多年来枯燥、机械的工作让王光辉感到极度疲劳。但他怀疑这种极度疲劳是不是根本与周围的环境、空气无关,而是他本身的肺出了问题?就拿砍伐山林的事来说吧,上级严令禁止不能砍伐山林,可村民面对巨额利润的诱惑往往铤而走险,有一次王光辉下乡时顺便抓了个盗砍林木的,也活该那人主动撞到王光辉眼皮底下。那人被王光辉招来的林业局人员带走时,王光辉一直感觉背后有怨毒的目光死死盯着他,恨他多管闲事。那天夜里,王光辉失眠了,上级政策如山,而下面的老百姓则说他"太死板",在心里给他记了一大笔账,难道夹心饼干就是这样炼成的?

王光辉都不知道自己整天忙什么,就是忙。王光辉觉得,自己是这个世界上最忙碌的人,真的,比奥巴马还忙。奥巴马公务之余应该还有游泳的时间,而王光辉忙得连放屁的时间都没有。老百姓都说公务员上班就一杯清茶、一张报纸,每月固定进账,还有数不清的灰色收入。这说法让王光辉觉得屈、觉得冤,不单单是屈,不单单是冤,那是屈大了,冤大了。看看新区的变化,有了十公里鲜花缭绕的江滨路,有了五家年税收上亿的大企业,国道拓宽了,驱车在满是绿化带的国道上,那心情是美美的,不像以前的柏油路坑坑洼洼的,司机都怨声载道。要是没人干活,这翻天覆地的变化从哪里来?

今天王光辉在后湖社监督丈量工作,测绘人员丈量到第四十七户的时候，王光辉刚好下来检查，王光辉眉头一皱："这第三层明显是抢建的，你们看，地板上水泥沙石都还没来得及收拾，砖缝之间的土都还是湿的，这户人家先不要量。"

房主急了："为什么别人家都量了，我们家就不能量？"

王光辉眉头一挑："哪户人家有量？你带我去看看。"

房主瘪了："我要是带你去，岂不是要跟人家打架？"

王光辉心知房主不敢说，他就是要用激将法。房主转而哀求道："你们就把我家量了吧！家里人口太多，要是有办法，早就在城里买房了，谁会再建第三层？"说着，可怜巴巴地递过一瓶盐典，"来，先喝口水吧。喝水。"

王光辉摆摆手没有接。他知道，此时要是喝了他家的水，那想说的话就说不出口了，只能说出违心的话。王光辉很强硬："要是把你家量了，那全村违建、抢建的岂不是都要量？你让我怎么开展工作？"王光辉对测绘人员挥了挥手，"走吧，我们去量下一户。"每次执法，难免有阻挠、冲突与哭闹，但违建者理亏，加上特警在边上，村民也怕因为妨碍公务被抓起来，谁也不想自找麻烦，所以执法基本上还能顺利进行。为首的陈队长冲王光辉一笑，从口袋里摸出烟要过来递烟，王光辉朝他挥挥手，意思是不用客气，你尽管忙去。陈队长点点头致意，带着队伍往前走。

王光辉到后湖社征迁指挥部看了看，心里很满意。十几个征迁户在指挥部里对图，遇到有争议的地方，村主任和镇干部马上裁决，没有争议的就把协议签了，秩序井然，已经签了八百多户。王光辉看了看表,离午饭还有一点时间,他没有通知任何人就到了第一期征迁的前坂社征迁指挥部,远远地就听到稀里哗啦搓麻将的声音,王光辉脸色铁青,虽然这第一期征迁工作基本结束,可也不能公然在指挥部搓麻将!可能感觉到气氛不对,等王光辉到了指挥部门口,麻将已经被麻利地收起来了,但麻将桌还在,无辜地站在那里,成为一个现场罪证。王光辉对端到面前的铁观音视若无睹:"你们这一届村两委刚刚选出来,以前你们自由惯了,但现在不行,你们的身份不一样了,思维要转换,行为也要转换。你们要做好吃苦的准备,做好吃亏的准备,以后双休日、节假日加班加点是常态。坐班制一定要坚持下来。上班期间打麻将,像什么话!行政警告一次。明摆着让村民看了笑话。以后不符合村干部身份的事不许做,玩笑不许乱开,省得让人抓住把柄。我问你们,那个钉子户王大圣搬了没有?"

村主任小声道:"还没有。他跟我们死磕,话都不跟我们说,也不让我们靠近,老是扛着一罐煤气嚷嚷着要跟我们一起死,说死了也要拉上几个垫背的。话说回来,他为了抢建三层楼,确实背了很多债务,现在拿不到一分赔偿款,他真的没活路。"

王光辉的脸黑下来:"我们是老百姓的父母官,就要像父母那样既仁慈又严格,不能单单仁慈,也要记得严格,子女做了不对的事,一定要警戒他。百姓要利益没错,但利益要合情合理,而且要合法。懂吗?合法!"王光辉提高了音量,扫视了现场一圈:"他这样做首先是违法的!如果闹到法庭上,他那是违章建筑,一分钱也拿不到!现在好歹还有个工本费,就不要太贪心了!你们让他自己好好想想!对于闹事的人,我们绝不姑息!"

让王光辉恼火的是,网上竟然出现了"兰香镇镇长王光辉强拆"的帖子。王光辉看了心烦意乱,后面的跟帖说什么的都有,简直唾沫横飞,唯恐天下不乱。在一群充满抵触情绪的村民面前,乡镇干部的工作压力可想而知。如果你手中有点权力,而一个老百姓触犯了法规,那么在你对他追究责任的时候,就可能会有人骂你是狗官,为富不仁。总有网络看客起哄,站在违建被强拆的老百姓那边。好比你去买东西,一个比你岁数大的人插队在你前面,如果你和他争吵,那么可能就会有人说你斤斤计较,心胸狭窄。好比你去坐车,一个老人提出要和你交换上下铺的位置,你如果拒绝了,可能就会有人说你小小年纪不懂得敬老,这么点方便都不肯行。总会有那么多人,完全不问事情的起因缘由,就站到看上去比较弱势的那一方去。

见王光辉苦闷,两违办主任递给他一支烟,劝道:"老大,不要把那些看客的话放在心上。这些看客中有一些人貌似表达着自己深邃的思想和见解——反正受委屈的、焦头烂额的人又不是他们。当然还有一些没有任何独立思考能力的人,他们选择善良,只是因为做一个"善良"的人,要比做一个"讲道理"的人轻松,因为他们只需要站在看上去可怜的那一边就好了。就是这样的几种人,凑在一起,为了达到某种目的,他们无所谓事实的真相，无所谓事情的道理，无所谓那个真正在这件事里受了委屈或者付出的人是多么需要人的体谅和支持，没有任何责任感地说些轻飘飘的空话。"

两违办主任说得在情在理，王光辉一拍大腿："冲你这些话，晚上允许你不加班。"

"好咧，谢谢头儿。"两违办主任嘿嘿一笑，走了。

王光辉长叹一声。这世上最可笑的事，莫过于善良本身居然因为善良之名而寸步难行，什么事都做不了，什么事都完不成。一件事情，王光辉只想知道它本来的面目，他不想看谁流泪了，谁控诉了，谁颤巍巍在风中发抖，或者谁喊得比较大声。王光辉只在意真相，在意道理，在意在一件事情里真正付出努力并最后被辜负的那个人。当王光辉想通了这个道理以后，他就选择不要做一个"善良"的人了。他只要做一个讲道理、负责任、雷厉风行的人。王光辉想，在这个世界上，他将会遇到许许多多"另类"的人，这些人是人群中最难相处、最偏执、最牢骚满腹的人，自己工作无法得到所有人的全部肯定，但求问心无愧罢了。

下午开党员民主生活会，到了批评与自我批评的环节，两违办主任心一横，豁出去了："王镇长工作上勇于创新、勇于承担，这一点大家是有目共睹的。就是有一点，我觉得工作上是不是太急了一些？工作节奏太快了，难免会出差错。慢工才能出细活儿。"

这话一出，现场气氛有些紧张了，很多人彼此偷偷对看了

一眼。新农村建设千头万绪,上面又有期限,难免出差错儿。

王光辉诚恳地点点头:"这一点提得好,提得中肯。我是个急性子,工作中确实应该戒急戒躁。一口吃不成一个胖子,可我偏偏一口就想吃成个胖子,这个做法不对,我要自我检讨。"

听了这话,大家都笑了,气氛慢慢松弛了下来。王光辉继续说道:"我有时候脾气急,批评你们的时候太严厉,请同志们不要放在心上。我是对事不对人。"

散会后,小朱朝两违办主任吐了吐舌头:"主任,你今天说话怎么这么大胆?你是不是吃了豹子胆?"小朱初入职场,要说给领导提意见,也只敢提"领导工作起来太不注意自己身体"这样的意见。

两违办主任笑笑:"我不止吃了一颗豹子胆,我吃了两颗。领导也是人呀,又不是老虎。真正的共产党员要有豁达的胸怀,要有知错就改、刮骨疗伤的勇气。"

第七章
等待

朱子奇翘首等待。可政协主席总是忙得脚不沾地，总是没时间，王金国也不敢天天催主席，朱子奇心里猴急猴急的，生怕错过了机会。等了一个多月，朱子奇才盼来回音，说是主席已经跟相关领导打了招呼，也不知道这相关领导是谁。朱子奇心里悬空着，但总算还有一丝丝的希望。

朱子奇心头巨石日益沉重，不行，再也不能这样下去，他应该去申诉一下，他很想改变在馆长心中的糟糕印象。但他真的不敢再独自面对馆长了，他缺乏再次接受万箭穿心的勇气。他想让陈副馆长陪自己去找找馆长联络一下感情，便约陈副馆长到茶楼里泡茶。

陈副馆长道："子奇，我劝你冷处理为好。馆长现在有人选，一时之间很难改变。他对你有偏见，你若强行去辩解，那无异于火上浇油。我觉得你要放宽心态,一手不能遮百口,你不善于与人沟通,那是你的弱点,不是你的缺点,是金子总会闪光的。你要继续在工作上做出成绩,让人不敢小看你。另外,你也可以有意识地锻炼自己的沟通能力和协调能力,让人刮目相看,事情终究会往好的方向发展的。"

一番话让朱子奇心里既温暖又感动:"陈副,谢谢你开导我,在这方面我要向你学习。"

陈副馆长笑道:"不敢当,你的水平可比我高许多呢。"

从茶楼里出来,朱子奇被冷风一吹,突然清醒了过来:在馆长已经看死他的情况下,是没有人愿意冒着触怒馆长的风险来为他说话的。说得更白一点,没有落井下石已经万幸了。朱子奇突然明白,自己又做了一回傻事。

朱子奇悲哀地发现,不知从什么时候起自己慢慢变成了软体动物,缺少了男子汉的阳刚之气。朱子奇搜肠刮肚,不知要送什么东西才能打动馆长,最后,他的目光停留在了家里祖辈流传下来的《寒江秋晚》图,出自八大山人朱耷的手。父亲虽是农民,却敬惜字纸,当父亲向他徐徐展开这幅有些破旧的字画时,朱子奇真是又惊又喜:上面是一江秋水,一点孤舟,一片寂寥。家里一穷二白,哪知竟有此等宝贝!老祖先如此眷顾他,说不定祖上曾经阔过呢!这幅画用高观国的《齐天乐》来应和最匹配:

碧云阙处无多雨,愁与去帆俱远。倒苇沙闲,枯兰砌冷，寥落寒江秋晚。楼阴纵览。正魂怯清吟，病多消黯。怕揖西风，袖罗香自去年减。

风流江左久客，旧游得意处，朱帘曾卷。载酒春情，吹箫夜约，犹忆玉娇香软。尘楼故苑，叹璧月空檐，梦云飞观。送绝征鸿，楚峰烟数点。

说是《齐天乐》，却充满清幽哀伤之情。

父亲不懂字画，只说祖上叮嘱要好好收藏，但怎么也讲不清这幅画的来龙去脉、前世今生。既然儿子懂画、喜欢画，就把这幅画给了儿子。

朱子奇偷偷地把画拿给四个高人鉴定，四个人一看之下都两眼放光，都说应该是朱耷的真迹，因为朱耷以水墨写意画著称，你看这《寒江秋晚》画面构图缜密、意境空阔，笔墨清脱纯净、淋漓酣畅，笔简意赅，形神兼备，淡墨秃笔含蓄内敛又极尽流畅，一股孤傲落寞清空出世之气扑面而来，不是真货是什么？如假包换。其中一个还死活要朱子奇把此画卖给他，让朱子奇开个价。朱子奇笑道："这画是朋友的，不是我的，因为朋友不认识什么书画界的高人，一直拿不定真假，才托我找高人鉴定的，既然您老说是真的，我得赶快把画还给人家才好，不然我真正赔不起了。"说着赶紧把画小心翼翼收起来。朱子奇之所以不开价，其一，他不想做不肖儿孙，这幅画传了几代传到他手里，他应该继续把这幅画传下去；其二，他对古画市场不大了解，如果这幅是真迹值几千万也说不定，但如果是假的，

那将一文不名，价开高了怕惹人笑话，开低了自己吃亏，还是藏着再说。高人追在朱子奇的屁股后面问你的朋友是谁？你带我去见他。朱子奇找了个借口撒腿就跑，骑在电动车上，朱子奇看满大街的人都像劫匪，好不容易安全到家，朱子奇发现自己满身大汗。

现在事情紧急，如果这幅《寒江秋晚》能让自己顺利调动，想必祖宗也会原谅他的。这书画，要是没有出售，只是放在家里，价值等于零。馆长那些贬低他的话到现在还像箭一样插在他心头，朱子奇本想将画送去装裱店装裱一番，但又怕送到馆长家时太惹眼，所以还是没有装裱，只是小心翼翼卷好，用一个塑料袋装了，守候在馆长下班的路上。一连等了几天才等到馆长，馆长并不是单身一人，他是和长教县的老马一起说说笑笑下楼来的。朱子奇等馆长对老马微笑着挥手再见后才鼓起勇气走上前去，馆长一见是他，脸霎时拉下来。朱子奇厚着脸皮将塑料袋递过去："馆长，我这里有一张朱耷的《寒江秋晚》图，借您贵眼鉴赏鉴赏。"

馆长并不伸手接："小朱啊，谢谢你，我现在有点紧急事务要处理，改天吧。你也别再来找我了，你就安心在县里工作吧。"说着匆匆钻进黑色奥迪。朱子奇本想凑近车窗再努力努力，不知为何却本能地后退了两步，奥迪很快就绝尘而去，留下朱子奇愣愣地站在原地。他沮丧极了：自己真没眼力见儿！馆长和老马在一起，自己应该装作没看见呀！馆长坐在奥迪里有些生气：这个朱子奇，脑子真是坏掉了。朱耷，哼，要真是朱奔的话，早就在拍卖会上或者在什么博物院了，哪还会在他手里。

朱子奇很明确地告诉朝云："调不成了。"朝云哇的一声就哭了，没完没了的。她不单单在哭老公调动办不成，她在哭自己怎么嫁了这么个窝囊废，哭自己的下半生。朱子奇吼道："别哭了！哭得老子晦气！你要是嫌我没本事，离婚好了！"

朝云怒道："我现在人老珠黄了，你有本事说离婚了？离婚，好啊，房子归我，存款归我，孩子归我，你净身出户，每个月还要付孩子抚养费三千元。"

朱子奇气得笑起来：他一个月工资才三千多，每个月付孩子抚养费三千元，那他不是整个人还是老婆的吗？朱子奇道："老婆，我已经尽最大的努力了，你要是再逼我，我只好跳香江去了。"

朝云见朱子奇一脸痛苦神色，也不敢再说什么了，因为她不想当寡妇。当晚，夫妻俩比赛着喝光了一瓶二锅头。朱子奇倒酒的时候，看那酒似乎也闪烁着嘲笑的目光，他恨得咬牙，一口将杯里的酒干了。酩酊大醉之余，夫妻两人抱头痛哭。哭累了，朱子奇上厕所，一脚踢到家里的那棵发财树。发财树的树叶都黄了，一片片往下掉，也不知能不能挺过这个秋天？

第二天醒来，朱子奇头痛欲裂，他不知道现在是上午还是下午还是晚上，今天星期几？糟了，上班是不是迟到了？他想起床，却发现浑身酸痛像软面条，连起床的力气都没有，嘴唇干干的，喉咙发苦。朱子奇这才知道自己生病了，朝云拿来体

温计测试，高烧四十摄氏度。他两颊绯红，睁着眼睛问："今天星期几？几点了？我上班是不是迟到了？"

朝云没好气地白他一眼："你脑子烧坏了？今天周日，不用上班，你这话传出去会让人笑死，大周末的还想着上班，人家又没评你先进。"

朱子奇讪讪一笑："我这不是烧糊涂了嘛。"

朝云问："要不要到我们诊所打个点滴？这样下去万一烧傻了怎么办？"

朱子奇笑了："哪有那么娇气。先吃点退烧药吧，要是下午再不退，再上医院也不迟。"

下午烧退了，朱子奇在床上躺得憋闷，他让朝云拦了辆的士把他载到江边。香江是最能安慰朱子奇的地方，朱子奇每逢受伤的时候，常爱到香江边看滔滔江水。风声混合着凉意灌进耳朵里，像是同你说着和远去的时光有关的秘密。香州城这几年变化很大，原来的香江四周长满芦苇和野草，经过园林设计师独具匠心的设计，变得如诗如画。以前居民经常随手将生活垃圾倒进江里，河流堵塞河底淤积大量淤泥，香江丧失了它的灵性。特别是沿途的养猪场，将猪的排泄物直接排进江里，要知道，香州人喝的可都是香江水！市政府一声令下，沿江的养猪场一律拆除，还香江河畅水清。虽然工作难度很大，但最终养猪场还是都挪进深山里去了。特别是全国实行河长制以来，守护香州城千百年的香江，在一个个繁忙不息的日日夜夜里悄悄变换了模样。河底清淤了，护坡整饬了，新桥架起了，河水变清了……河道两岸实现了河堤硬化绿化，到处是蓬勃的绿，旺盛的绿。以植物造园为主，乔灌花木藤合理配植，突出大色块绿地。林荫小道幽深宁静，广场绿地林茂草丰；四周步道曲径通幽，植被错落有致，环境优美、景色宜人。优美自然的岸线，错落有致的绿化带，质朴的亲水平台、步行栈道，石砌护坡打造的"会呼吸的河道"，处处匠心。自从江滨公园建起来后，这里就成了朱子奇疗伤的场所。

朱子奇坐在夕阳下，随手拔起一棵小草。那毛茸茸的小草被夕阳镶上了一道金边，带着清凉的气味和湿润的腥气，在朱子奇手中柔软地颤动。朱子奇心里涌上一种既凄凉又温暖的感觉，有些感伤，既怜悯自己又怜悯老婆，同时还怜悯整个人生。朱子奇拿着小草在江边走着，享受着飘来荡去的模糊思绪。哎，人活着总是不断地受打击，越活越败兴，再也难以像孩童般兴高采烈，故人之间的关系不断地遭受破坏，对于新交难免就意兴阑珊缺乏信心，所幸身边还有老婆做伴。

晚上，朱子奇又烧了起来，因为吹了江风的缘故。朱子奇一边与体内的病毒抗争，一边想，人只有在生病的时候，才会把所谓的荣辱撇在一边吧。他的生活好像一条淤塞的河流，流着流着就流不动了，卡在那里，进退不得，再也不会张牙舞爪，声色俱厉，也绝不会义无反顾，玉石俱焚，一切归于疏懒与淡漠。天地苍茫，宇宙洪荒，"我"越来越混沌了，世界越来越茫然。

病好后的那段日子，朱子奇经常喝得酩酊大醉。如何讨社

会的喜欢，这对朱子奇来说是一个巨大的难题。他生性孤傲，不爱与陌生人或者达官贵人交往，这样的自闭让他的社会关系一片凋零。他只是想先在领导那里挂个号，结果连号都没挂上。人的一生是一个众议，不可能独自生存，各种关系千丝万缕，如藤牵蔓，蔓牵藤。那些潜在的竞争对手如今开会见面尴尬不已，原本处得像亲兄弟一样，可现在在利益面前，之前积蓄起来的感情脆弱得不堪一击。朱子奇觉得自己遭遇了人生中最大的一场雪，他被冻僵了。

　　朱子奇找王光辉倾吐苦闷，王光辉正被拆迁之事弄得焦头烂额，忙里偷闲出来与老同学一会。听了朱子奇诉苦，王光辉嗤之以鼻："就你那里下雪了？每个人的生命里都有一场大雪，或早或晚，只不过你没看见罢了。每个人都在自己的生命里孤独地过冬，所以要学会取暖。我们喝酒吧，兄弟给你温暖。"朱子奇不胜酒力，几杯下去就醉得一塌糊涂。为什么人一定要活在别人的评判之下？为什么人总是患得患失，在意别人对自己的看法？

　　王光辉举起啤酒杯将一杯"百威"咕噜噜灌了下去，放下杯子顺手抹了抹嘴边的啤酒沫："兄弟，你别这么绝望，山不转水还转呢，说不定事情会有转机，不要在一棵树上吊死。"王光辉人脉广，各路牛鬼蛇神他都认识一些。

　　"真的？"朱子奇两眼放光，犹如被打了一针强心剂。

　　一切暗流涌动，只不过朱子奇身在最底层无法得知外界的动向。朱子奇自怨自艾，坠入痛苦的深渊。自己还是算了吧，不要奢求，不要妄想。在这个漆黑的夜晚，朱子奇再一次觉得自己全身上下没有一点力气，简直像个垂垂老矣的老头。曾经非实现不可的愿望，现在实现不了就随它去了。他甚至恐怖地发现自己爱上了周末买菜、做饭、接送孩子上兴趣班，他似乎比较适合这种不动脑子的机械运动，而不是在职场打拼，可是离退休还有那么多年，真是煎熬啊。人家馆长心里早就有了小王这个人选，自己无论如何努力都入不了人家的法眼，随便轻飘飘的几句话便把自己丢进了黑乎乎的无底深渊。人到中年，朱子奇终于见识了一番所谓领导的艺术，凭自己的情商，长十个脑袋也不够用。上级衙门深似海，自己还是老老实实待在县里，做好分内的事，领一份工资好好度日吧。

朱子奇将《寒江秋晚》图精心装裱了一番。装裱的时候他一直守在旁边观看，生怕被调了包。装裱店老板一边装裱一边笑道："你这张图倒是仿得真啊，看这纸质有一定年头了，卖个几千块倒是有可能。"

朱子奇笑道："是啊，就是仿的，要是真的，早就身价百倍了，哪会落到我这号小人物手里呢。"

坐在家里喝茶的时候，朱子奇的目光一直在《寒江秋晚》那一点孤舟上流连，他没有把图挂在墙上，而是收在箱子里，时不时拿出来看看。自己脑子真是坏掉了，有了这幅画，自己下半辈子不上班都可以。一想到近半年的痛苦纠结，就差患上抑郁症了，差点就想一头栽进香江里了，要是当时一头栽进香江里那真是太划不来了。第二天，朱子奇打开手机，国际新

闻吓了朱子奇一跳:"恐怖分子袭击巴黎,至少造成132人死亡……"朱子奇轰的一声头皮发麻,这个世界怎么啦?到处都是伤痛。巴塔克兰音乐厅里的观众原本沉浸在艺术欢乐的海洋里,一刹那血流成河。有什么深仇大恨要这般鱼死网破?此时朱子奇终于体会到世间除了生死,其他都是小事。年纪越大,越活得战战兢兢,看多了天灾人祸,越觉得生命的可贵。格局小的人心里只装着一己悲欢,可笑,可笑。朱子奇为自己泡了一杯大红袍,对着《寒江秋晚》举杯。

就在朱子奇彻底绝望的时候,他却意外地接到了馆长的电话:"小朱,今天馆里研究,同意你调到馆里。后面还有一些手续,明天你来馆里一趟,办公室王主任会交代你该怎么办。"

朱子奇简直不敢相信自己的耳朵,本能地连声道谢。这个馅饼怎么会砸到他头上呢?后来他才得知,关键时刻还是市美协主席为他说了话。美术馆归文体局管,局里才有人事任免权,老何跟文体局局长是同学。还有另一个恩人,就是市政协主席,没有市政协主席发话,美协何主席也不会帮忙。

手续办完之后,朱子奇托大舅子邀请两位主席到诚东海鲜馆小坐表示感谢。朱子奇站在酒楼门前翘首以盼,结果大舅子的车来了,却只有王金国一人。朱子奇急了:"人呢?"

王金国道:"我都把他们载到半路了,结果中途接了个电话,有事,两人一起走了。"

朱子奇听了好失望:"我这边都准备好了,怎么说不来就不来?"

"这我哪知道？临时有事啊！"

朱子奇的心里一下子空了。他都想好了感谢的话，一腔热情化成了泡影。朝云看大哥的眼神有些异样："大哥怎么搞的？怎么这么不靠谱？你就不能留住两位主席吗？"

王金国叫道："人家有急事，总不能扣押人家吧？算了吧，过后给他们送点茶叶就行。大人物都忙得很，不稀罕吃饭。叫上王光辉吧，我那新苗圃场地的事儿还想问问他咧。"

朱子奇便打电话约王光辉。王光辉笑道："恭喜哟！把张锦城也一起喊上，咱们三个很久没聚了。整天不知在忙些什么，住得这么近，都大半年没见面了。"朱子奇说："没什么好恭喜的，你们都脱离三尺讲台十年了，我现在才改行，一切都得从零开始呢。说好了，我喊上锦城，不醉不归。"

于是同学、大舅子等热热闹闹坐了满满一桌。王光辉老婆赵玲笑道："子奇，你知道吗，我都吃你的醋了。有时光辉从镇里回来，不是先回家见我，而是先去你那里泡茶。你都把我的老公抢走了！"

朱子奇连忙自罚一杯："嫂子，我错了！我改正！"

朱子奇庆幸自己有王光辉这样爱说爱笑的好朋友。王光辉成天乐呵呵的，人未到笑声先到，天生一副弥勒佛模样。王光辉老婆赵玲开着一家茶叶店，十几平方，装修简单，二十一世纪初可以公款买茶时，王光辉一家子赚下了家业，有房有车，如今生意淡了，仍然可以维持一家人的生计，一天只需卖出三五斤茶叶即可，真是逍遥神仙。赵玲成天在朋友圈里发各种各样的茶汤，朱子奇闻香而动，看到王光辉店里来了好茶新茶，都要去蹭一番，美其名曰为王光辉"鉴茶"。而王光辉也不失时机地向朱子奇讨要新画，而且往往是朱子奇的心头好，因为喝了人家的好茶，朱子奇也就忍痛割爱了。王光辉戏说要把这画传给子孙，等朱子奇百年后成了名家，他的子孙就发达了。朱子奇便哈哈大笑：那你就慢慢等吧。这间小店是朱子奇郁闷烦恼时的好去处。假如没有街边这间不起眼的茶叶店，朱子奇真是要闷死了。

两人经常海阔天空闲聊，因为谈得来，两个人在书画方面的品位相当一致。朱子奇很讨厌瘦金体，又瘦又硬，形影单薄，了无生趣，看起来像宋徽宗风雨飘摇的江山满目忧愁。朱子奇喜欢颜体，膏腴丰肥，开阔雄劲，犹如朱子奇喜欢吃的秋后大闸蟹，祥和之情溢于纸上，让人觉得日子很有奔头。再者，朱子奇喜欢草书，行云流水汪洋恣肆；朱子奇不喜欢楷书，一个个中规中矩，犹如一个不苟言笑的端庄女子，乏味无趣得很。朱子奇每说一句，王光辉便拍着大腿说是啊是啊，难得能找到这么一个品位与自己完全相同的人。不过，话说回来，王光辉有时候看起来很爽朗，但内地里却十分深沉。仔细想想，他常说一些听起来很体己的话，却很少有涉及关键的语言；他每次处理一些关系到自己的事情时，总有另外的理由；他有意识无意识地撩开他自己的一角，却根本不可能让人看到他的全貌。而王光辉喜欢朱子奇是因为，朱子奇的最大优点是保密性好，做过的事，说过的话，到了他那里，就是进了保险箱。你就是用三吨炸药，也难把那些事那些话炸出来。非常让人放心。而且，不该问的东西他绝不会问，所以，在朱子奇面前，王光辉一直很松弛。王光辉今天心情挺愉快，他刚刚得到一个很重要的消息：跟他交好的陈县长不离开本县了。这个消息，对王光辉来说是十分重要的。他内心希望陈县长一直待在本县，这样，他才有机会从镇里调到县里，才有领导帮他说上话。在乡镇当干部确实太辛苦了。不过，王光辉并没有把这事告诉朱子奇。

酒桌的另一边，朝云和赵玲叽里呱啦地说起知心话来。朝云说："好羡慕你呀，镇长夫人。"赵玲苦笑："表面上风光，你是不知道，我跟守活寡差不多，光辉整天不着家，家里冷冷清清的。人到底要活个面子还是里子？我倒是羡慕你，子奇虽然不当官，可他有时间陪你散步。每次看到人家夫妻俩成双成对散步，我真是妒忌得眼睛出血。"

朝云说："有面子的羡慕有里子的，有里子的羡慕有面子的。事情总是不能两全。咱们只能自我安慰，好歹占了一头。"

第八章
王大圣

王大圣的楼房说来话长,他家的房子原是一片龙眼树林,到了夏夜,就会有萤火虫飞来飞去,很好看。后来,王大圣跟村书记打了个招呼,拎了两瓶茅台和两条软中华,就把龙眼树砍倒了,盖起两层楼。现在又想着违章抢建第三层。半年前,办事员江德海值班时,接到了一个神秘的电话:"喂,是两违办吗?"

"是。"

"后湖社的王大圣家现在正抢建楼房。"电话里的声音是故意压低了的,有些沙哑。江德海竖起耳朵竭力倾听,他刚要再问些具体情况,对方却迅速挂断了电话。很明显,对方不想让人知道他是谁。但江德海基本可以肯定,是郑智民打来的。这个郑智民已经举报过两次违建,领了两次奖金,不管怎么伪装,江德海还是熟悉这个声音。本来，镇政府有规定，举报属实的有三百元的奖励，倒真有几个人领过这三百元。不过，今晚打电话的这位，应该是压根儿没想领这三百元。电话里传来"嘟、嘟、嘟"的忙音，江德海不死心，又朝话筒里喂、喂、喂了几声，才无奈地将话筒放回座机上。他定了定神，将这个举报电话的内容记到值班日志上。这种事，宁可信其有，不可信其无，两违办的工作往往靠这样的举报电话来开展。一开始，江德海对这种鼓励举报的方式十分反感，这不是公然鼓励告密吗？后来，江德海慢慢地对这种举报电话有了新的看法。告密和告知不一样。有时候如果对方有危险，比如一个小孩爬到了一个水池边，你得马上告诉老师，那叫告知；但如果你告诉了老师一件事情，会让他人遇到麻烦，那就是告密，简而言之，告密就是去害他人，让他人遇到麻烦。也就是说，告密和告知是从动机上进行区别的。这动机的不同，则决定了是告密还是告知。比如在成人世界，坏人作奸犯科，警察是希望你去举报的，这样的举报，性质上是维护社会正义，并非是给别人制造麻烦，当然是值得鼓励的。那么郑智民这种行为究竟属于告密还是告知呢？从政府这方面而言，他举报了抢建违建行为，值得嘉奖，郑智民这种群众是干部的眼睛和耳朵。

记完值班日志，江德海赶紧将这一电话内容汇报给了主任，主任问："你没听错吧？"大冬天的，被窝里真是太暖和了，这会不会是一个狼来了的假消息呢？要是大班人马出动扑了个空，所有人都怨声载道，他可承不住这样的公愤。上一次就是这样，他们接到一个举报电话，兴冲冲前往违建地点，却扑了个空，那里风平浪静，没有建筑材料，也没有建筑师傅，大家哈欠连天，老王大声道："捕风捉影，还让不让人活了。"这事让主任郁闷了大半个月。这样的举报电话一半真一半假，有点像狼来了的故事，让人真假难辨，你要是不相信，那狼就真的来了。有一次，也是这样一个举报电话，主任不相信，没有组织队伍前去，结果第二天主任到违建地点一看，傻眼了，住户一夜之间把三层楼的楼顶水泥都倒好了，主任挨了批评。没办法，只要听到狼来了，不管狼有没有来，都得去看看，不然羊就被狼叼走了。这活儿，真不是人干的，年底无论如何也要想办法挪换个工作岗位，即使去妇联也成。

"没错。那人在电话里就是这么说的。"

"那你通知人吧，二十分钟后在大院里集合。"镇上的干部分两种，一种是家在本镇上的，二十分钟内就能赶到；另一种是外地的，大都住在镇政府宿舍，这些干部反而比本地干部早到。

集合完毕，大部队急速开往后湖社。有的干部还睡意蒙眬，这样的突击行动一个月就会有四五回，早已见怪不怪了。主任沉着一张脸，江德海心里打鼓，他也怕举报电话不实，到时犯了众怒。一路上，周围安静极了，几只萤火虫悠悠飞过，草丛里发出轻微的声响，然后又恢复了宁静。江德海很久没有这样走进一个夜晚了，要是没有执行任务，在这样的夜晚捧一本书读真是一件美好的事呢。所幸，刚进村口，就听到了搅拌机的轰鸣，村里的狗疯狂地叫了起来，犬吠声此起彼伏。王大圣家三层楼楼顶挑着四盏明晃晃的电灯，上面密密麻麻站了十几个建筑工人，正忙着倒水泥板呢。江德海长长地松了口气，主任大声嚷嚷："干什么呢，干什么呢？停下，都给我停下！"

搅拌机的轰鸣戛然而止，夜晚突然显得安静起来，可以听见自己怦怦的心跳。草丛里有夜虫零星的叫声，江德海想，要是没有工作任务，这倒是一个美妙的夜晚呢。

王大圣出来了，黑黑瘦瘦的一个男人，满脸惊惶，他满圈敬烟，但没一人接下，他沮丧地将烟塞回口袋里。主任道："政策讲了很多遍你们还不知道？违建的，不仅不赔偿，还要处罚。别老想着钻国家的空子，赚国家的钱。都拆了，拆了，自己拆，三天内拆完，否则加倍处罚。"

王大圣还要哀告，江德海早已开了单子，将笔套起开，把水笔递到王大圣手里让他签名。王大圣哆嗦着后退，仿佛那水笔是火炭似的。主任催促道："快点签！签好了大家都好！"主任个子高大，浓眉大眼，有一种不怒自威的气势。王大圣握了笔，抖抖索索签下了自己的名字。

既签了名，事情就告一段落了，镇政府的干部上了车，主任隔了车窗道："王大圣，你可别想着我们前脚走，你后脚继续倒水泥板，这样你损失更大。你要是现在停下来，还能节约俩钱。三天后，我们来检查，你要是自己舍不得拆，到时镇政府叫了铲车开过来，你还得付铲车的工本费。"

夜色被剪开又合拢，一切归于平静。

两违办要盯的人太多，疏忽之下，王大圣竟然吃了熊心豹子胆，硬是抢建了第三层。抢建时王大圣天天派两人到路口放风，若没有城管的车经过就大肆抢建；若有城管的车经过，就暂时停下来，犹如打游击。现在三层楼建成了，木已成舟，王大圣整天待在他的楼房里，死守着他的城堡。王大圣相信，牙咬得越紧，到嘴的肉越多。他算过细账，加盖第三层两百平方米，红砖一个五毛钱，大概需要两万五千个；钢筋一吨二千三百元，大概需要三吨多；水泥一吨三百八十元，沙子和碎石是小头，大头的是工钱，细算下来，成本在十三万元左右。按最低的拆迁赔偿款算，一平方两千元，可以赔偿四十万元，这样一转手就可赚到二十几万元，这无疑是一笔极划算的买卖，谁不干谁傻。要说村里的住房，有几个敢拍着胸脯说他手续完整？无非就是知会村主任一声就盖成了。王大圣仔细研究过整治违法建设的通告，其中第四条他都会背了："辖区内农村村民新建、翻建、扩建房屋，必须按照相关法律法规规定的程序和要求进行审批，凡不符合规定的条件，不按规定的程序，未经审批同意而擅自进行建设的，均为违法建设，在城市建设过程中应无条件自行拆除。否则，将依法予以强制拆除。由此产生的一切经济损失由违法者自行承担。"可是，镇里一年就只批三家，有几百户申请，要是一切按手续来，估计得等到一百年以后了！王大圣也是交了申请的，但排队遥遥无期，况且有人不断地插队。王大圣根本没有闲钱去跑关系！他的每一分血汗钱，都要用在房子上，于是他选择抢建。反正大家都在这么干，谁不干谁傻。王光辉现在一听到"王大圣"这个名字头就大。大部分村民还是比较胆小的，心理攻势一展开，再加上补偿的甜头，往往会抖抖索索地将抢建的房子拆了，唯有这个王大圣，实在是个刺头。开会时讨论来讨论去没个结果，最后王光辉只好说，这个王大圣，先放着吧，等其他的都理顺了，再慢慢来啃这个硬骨头。

　　这天，拆迁户阿伟找王光辉办事，王光辉递了一根中华给阿伟："你上门找王大圣说说吧。说成了，你的营业执照我帮你找人批。"阿伟大喜，这桩买卖挺划算。阿伟家的赔偿下来了，他们家原有四层楼，再加上老屋、农田等，他分到了十二套房子！这个数字是一个神话，所有人都羡慕地瞪大眼、张大嘴。阿伟卖掉了六套房子，虽然旁人不知道阿伟进项的具体数字，但如果按目前市面上的行情来算，一平方五千元，每套房子一百平方，那阿伟口袋里就有三百万元的现金。阿伟留了一套楼中楼自己住，另外五套出租，他悠哉悠哉地当起包租公，现在房租一拿都是半年，阿伟只需开着他的宝马在一天半把五套房租收完，就可以开始他一天的麻将时光了。这时候的阿伟意气风发，他身上的西装是阿玛尼的，领带簇新，皮鞋锃亮，头发上喷了定型胶，一看到他的背影，就让人感到美好生活正在他身后徐徐展开。以前他贩卖水果，整天起早摸黑，天天到水果批发市场去，载回几大箱时新水果，出摊、收摊都靠他两只手，回来后还得算账，根本没时间关注个人形象问题。现在好了，老天爷开眼了。赔偿款一到手，阿伟马上到了车行。车

行的小弟面带微笑迎了上来:"请问先生您看中了哪款车?"阿伟大手一挥:"哪一种最贵?"小弟愣了愣:"兰博基尼新款的五百万。劳斯莱斯的六百万左右。"

阿伟吓了一跳,整了整自己新买的领带:"我要宝马的。"阿伟喜滋滋地将宝马7系开回了家,到了安置小区,他将喇叭摁得山响。大家喜滋滋地围过来,伸手摸一摸,嘴里啧啧有声:"很贵吧?"

"不贵,八十万而已。"其实只是七十万,阿伟虚报了十万。反正宝马7系有很多款,反正这些刚洗净泥腿子的乡巴佬不懂。

"八十万?"有人的嘴巴张成了圆形,"阿伟你也太作践钱了!"

阿伟拊掌大笑:"不贵!咱有的是钱!有钱就是任性!"老婆要求阿伟带她兜兜风,阿伟看了看老婆黝黑的皮肤和矮胖的身材,摇了摇头:"我还有事。"阿伟在心里早就盘算好了,他要载阿凤去龙凤谷玩。结婚前他追阿凤而不得,阿凤嫁给了村里的食杂店老板,现在还在那不死不活的食杂店里当满脸油光的老板娘。刚才路上经过食杂店时,他从车窗里伸出头跟阿凤一说,阿凤满口就答应了,眼睛亮晶晶地看着宝马车标的那个四等分的圆。她有点后悔自己当时没有选择阿伟,哎,哪知道阿伟还有这咸鱼翻身的一天呢。阿凤生活在城乡接合部,游走于城市的边缘,没有城市人优良的条件,但比起地道的农村人,阿凤又有优越感。在真正的城市人面前,阿凤有自卑心理,在农村人面前阿凤又显得比较高傲。阿凤读到初中就辍学了,先是卖菜，然后到城里打工，阿凤内心想高雅，又高雅不起来，她又没有多少钱，也没啥文化，最后嫁给了食杂店的阿胖。而阿胖干脆把食杂店甩手给阿凤，自己整天在城里 KTV 包厢 K 歌，阿凤又气又无可奈何。所以阿伟一招她，她毫不犹豫就答应了，还顺手抛了个飞吻。

　　现在的阿伟很慷慨，在他家打麻将，无偿提供香烟、水果、消夜点心，因此阿伟家总是门庭若市，家里乱哄哄的。半年后，阿伟的脸色有些不好：他那三百万元现金输得差不多了，原来是小赌，赌输了不甘心，急着把钱捞回来，越赌越大，他曾经一晚上输光了五十万元，等回过神来，钱基本上都跑到别人的口袋里了。阿伟开始心慌，老婆跟他打了几回架，阿伟的麻将桌这才关闭了几天。这天，老婆对他说："我看咱们还是得投资个厂，这才是长久的，不然像你这样浪荡败家，总有一天连吃饭都成问题。我们搞个家具厂吧，现在的人装修完房子肯定要买家具，这一行不怕饿死。"

　　阿伟有些不乐意，日子舒服惯了，突然间要他忙起来，就觉得命不好。以前卖水果，突然闲下来，有大把的时间，也觉得有些不适应，但一天麻将打下来，时间很容易就过去了，有时赌红了眼，就赌到天亮，整个房间里乌烟瘴气，头发也乱了，眼睛红得如史前怪兽，一把摔到床上一睡就是一整天。现在突然间又要过卖力的日子，老天爷真是爱折腾人呢。他懒洋洋地靠在沙发上："我这算是好的了，我没包二奶没养情人，也没有兄弟姐妹争财产大打出手，也没人来谋夺继承权，你还有啥不满意？"

老婆道："金山银山总有吃空的一天，你再这样赌下去，反欠人家几百万你信不信？到时讨债的人拿刀砍你，别怪我没提醒你。"

阿伟瞪着一双无神的眼睛："开家具厂？说得好听。钱呢？你单单租个场地，再加上成本，起码要投个一百万进去吧？反正我现在口袋里一毛钱也没有，你也知道。"

老婆咬咬牙："再卖掉两套房子。"

阿伟有些犹豫："生意没有包赚不赔的，万一赔了呢？算了，我看还是老老实实当个包租公吧，我向你保证，以后再也不赌了。"

老婆冷笑："电视上看多了，那些爱赌的人一个个赌咒发誓说再赌就砍下自己的手指头，结果呢，还不是照样往赌桌上跑？你要是没事做，早晚还是要往赌桌上跑。就这样定了，办个家具厂。"阿伟为了办营业执照，关系拐来拐去，求到王光辉头上，王光辉发话了，阿伟你要是把王大圣这颗钉子户拔了，马上给你盖章。

阿伟领了任务回家，仔细准备了说辞，就上王大圣家来了。王大圣家已成为一座孤岛，阿伟知道王大圣家没有水也没有电，他给王大圣扛来了一桶农夫矿泉水，还给王大圣带来了一只大手电。王大圣许久没人关心，感动之余找出一包铁观音泡给阿伟喝。阿伟呷了一口："我说王大圣，你就搬了吧。凭良心说，镇里的补偿标准挺高了，人不能不知足。有了钱以后什么事你不能办？爱听曲子就听曲子，爱下馆子就下馆子，何必在这里熬着？"王大圣笑笑不说话，阿伟乘兴而来，败兴而归。

　　阿伟失败了，拔王大圣这颗钉子的任务便落到了王大圣妹妹阿青头上。王光辉深信，扎得再深的钉子，让人轮流几番使劲拔呀拔，总会有松动的一天。王大圣的妹妹阿青在镇政府里吃公家饭，她有责任做哥哥的工作。

　　阿青其实劝过大哥很多次，没用。这次领了任务，只好再一次找大哥劝说。回到娘家，家里却没人。阿青口渴想喝水，习惯性地一拧水龙头，没水。找来找去，见一个木桶里蓄着水，阿青大喜，拿了随水泡装上，摁下电源开关烧开水，指示灯却没亮。阿青以为刚才没用力，又使劲摁了一下开关，还是没动静。阿青去摁电灯开关，电灯也不亮，没电了。哦，忘记了，断水又断电。这时大哥走进来："阿青回来了？"

　　阿青问："又没水又没电的，这日子怎么过呀？"

　　王大圣白眼一翻："当野人呗。"

　　见妹妹不大高兴，王大圣赔笑道："咱家还有老水井，水总算还能喝上。这段日子都吃快餐了，晚上没电，看不上电视就早早上床睡。我也快扛不住了，喂，你在单位里帮我说说话，要是他们同意了我的赔偿请求，钱一到手，我马上撤人。"

　　"哥，你想想，现在协商期、仲裁期都过了，你要我怎么帮你？你也忒贪心了，为什么别人能搬，你就不能搬？凭什么你就要比别人多拿钱？"

　　"阿青，你这话我可不爱听。咱家这块地是宝地，宝地，你懂吗？算命先生说过的，咱们村就数咱家这块地风水最好。要不，你还能吃上这碗公家饭？反正这块地黄金也不换！"

阿青哼了一声："很快就要吃不上了。"

王大圣吃了一惊："怎么了？"

"还不是因为你当钉子户。"

王大圣跳起来："他们怎么能这样？你是你，我是我，我当我的钉子户，关我妹妹屁事！"王大圣觉得自己像个漏气的轮胎，今天被干部扎一下，明天被阿伟扎一下，后天被阿妹再扎一下，眼看就要瘪了。

看着大哥那想上房揭瓦的模样，阿青沉默了。王大圣看了妹妹的模样，鼻头酸起来，突然道："阿妹，你记得小时候吗？你喜欢萤火虫，我为了让你开心，上龙眼树捉了好多，却从树上掉下来，腿骨折了，差点就成了残废……"

阿青的话被堵在喉咙口，她的眼睛发潮。她仿佛回到小时候，萤火虫忽明忽灭在她眼前飞来飞去，她喜欢萤火虫，确信萤火虫体内蓄积着亿年的光明。在萤火缭绕的树林里，她手里拿着玻璃瓶，有一只萤火虫忽然从草丛中飞起，掠过她面前飞到了龙眼树上，经过她眼前时骤然一亮，她的眼睛也闪亮起来："阿哥，我就要这一只！"王大圣二话没说就上了树……萤火虫一直照着阿青的童年。她想起了自己最爱唱的一首歌："萤火虫，萤火虫，慢慢飞。夏夜里，夏夜里，风轻吹，怕黑的孩子安心睡吧。让萤火虫给你一点光，燃烧小小的身影在夜晚，为夜路的旅人照亮方向。短暂的生命，努力地发光，让黑暗的世界，充满希望。萤火虫，萤火虫，慢慢飞。我的心，我的心，还在追。城市的灯光明灭闪耀，还有谁会记得你燃烧光亮。"

阿青的眼睛潮了。萤火虫发出的光是那样柔和，那样清凉，每一个人都像卑微的萤火虫。每个人努力发出自己的光，但每个人都有自己的黑暗。人都是渺小的，像王光辉镇长也一样面临着哪天乌纱不保的危险。这危险到处潜伏着，哪里火灾了，哪里工厂泄漏了，只要死伤人数上了线，那对不起，你就先撤了吧。但从另一面来说，人又是伟大的，像萤火虫一样伟大，即使生命再短暂，也要努力发光；像昙花一样伟大，即使生命再短暂，也要追寻那一瞬间的美。

良久，阿青幽幽道："哥，你要是真疼我，你就把字签了吧。"

王大圣心疼妹妹，不情不愿签了字。王大圣家的三层楼终于被拆掉了。可是，王大圣马上后悔了，他走上了漫长的上访之路。周副书记分管信访办，今天是政府公开接访日，一见到王大圣那个顶着一头霜雪的脑袋进来，周副书记头就大，他深深地吸了一口气，喝了一口绿茶，强迫自己挤出一丝笑容。信访部门是党和政府联系群众的桥梁，是沟通民情的窗口。周副书记喜欢唐朝诗人陈子昂的一句诗："圣人不利己，忧济在元元。"意思是说，高尚的人，不追求一己之利，他所关心、济助的是普天下的老百姓。共产党的干部是来自人民，为了人民服务的，在信访中倾听人民的呼声，了解人民的愿望，关心、济助每一个需要关心济助的人，是干部的责任，也是干部的义务。

信访工作的首义，在于时刻把自己看作百姓中的一员，想百姓之所想，急百姓之所急。但是，这个王大圣似乎是一块石头，任何行动任何话语都难以打动他。

"王大圣，如果你真的有冤屈，我们马上为你申诉。可你的拆迁问题是你签了字同意的，你再上访也解决不了问题。"

"我那签字是被逼的！我也真傻，这件事跟我妹妹无关，他们凭什么把责任砸在我妹妹肩上！"

"人家都亲眼看见了，是你亲笔写上去的，又没人抓着你的手签字！"

王大圣从椅子上跳起来："他们都是胡说！他们都是官官相护！你们这些吃政府饭的人都是奸人！全镇政府上上下下都得了拆迁的好处！周副书记，你是不是也拿了？怪不得不为我说话，我要到上面去告你们！"

周副书记苦笑，他眼前面对的是一个偏执狂。镇里为了和谐稳定，逢年过节给王大圣发一些慰问金，这倒被王大圣看成是政府心虚，王大圣深信只要他继续上访，上面一定会把镇政府这些贪官全部抓起来，为他出一口恶气。他现在上访的目的已不是为了赔偿款了，他上访的目的是要上级将下面这些贪官统统抓起来，到时他就成了一个为民除害的英雄，变成一个正义的化身，为天地主持公道，这才是他梦寐以求的胜利。

王大圣突然凑到周副书记眼前："我知道，你们都把我当成一堆大便，唯恐一不小心踩上了惹得一身臭。你要是为我翻案，承认镇里是违法拆迁，我马上从这里消失。"

"那是不可能的。拆迁手续齐全，我今天就明白告诉你，对于遵纪守法的干部，我们一定要保护，不然，谁还敢为政府干活？我跟你说，你违建不就是为了多得几个拆迁款吗？你这样天天不上工，整天这样耗着，得不偿失。我给你介绍一单好活儿，你好好干，保准你挣钱。"

"什么活儿？"王大圣眼睛亮了一下，忽然又黯淡下来，"你这是忽悠我。反正我的房子被强拆了，损失要你们赔。"

周副书记笑笑："信不信由你。你先到旁边坐一坐，好好想一想，我要接待下一个上访户。"

下一个上访户是一个农村妇女，邻里两家闹矛盾。王大圣在旁边静静地看着，要是在以前，他会煽风点火，结果被告妨碍公务。现在学乖了，坚决不触犯法律底线，不留下任何把柄。他俨然周副书记的助手，甚至主动为来访者倒茶，这让周副书记哭笑不得。妇女出去后，王大圣也跟出去了。天知道王大圣又会怎样为妇女出谋划策，建立怎样的攻守同盟？王大圣已经在多年的上访中积累了丰富的斗争经验，他简直可以登台演讲为那些上访户们传经送宝了。

下班时间到了，周副书记冲王大圣道："你还不走？我看你还是走吧。你再上访也还是没结果。踏踏实实过日子要紧。归根到底，你要好好反思自己到底对不对，不然，人家怎么会举报你违建？"

王大圣像被针扎到一样，跳起脚来嚷道："你说有人举报我违建？哪个狗日的举报我？"他额头上青筋暴起，一跳一跳的。

这时周副书记才意识到王大圣还不知道自己被举报违建的事，自知失言，含糊道："陈芝麻烂谷子的事了……"说着自顾下班了。

王大圣本想追上周副书记问个明白，但他不敢追，也明白即使追上了，周副书记也不会告诉他实情。他的脸都绿了，拔腿往回走。之前只是怀疑是不是有人举报，不然两违办怎么嗅觉那么灵敏知道他抢建，怀疑归怀疑，终究没有真凭实据。现在坐实了，上访的愤怒一下子全部转移到举报者身上。思来想去，肯定是郑智民这个狗家伙在他背后捅了这一刀。自己在村里除了跟郑智民有过节，和其他人都相处得不错。好你个郑智民！面对自家被铲机铲断了顶梁柱的房子，王大圣的愤怒一波一波地膨胀开来。房子的钢筋裸露出来，被像抽掉了脊梁骨的狗。郑智民这个狗娘养的，这个告密的小人，如果放在抗日战争年代，他就是个汉奸，就是个叛徒。王大圣越想越生气，下午四点多的时候，王大圣挥舞着一把明晃晃的菜刀冲进了郑智民家。郑智民家的狗狂吠，郑智民起身探头一看，只见王大圣手里的菜刀闪着寒光，郑智民全身哆嗦，他知道，这王大圣疯了，跟一个疯子是没办法讲理的，逃命要紧。可往哪里逃呢？上天无路，下地无门啊，他慌忙抓起一把椅子自卫。王大圣冲进来时先一脚踢翻了茶桌，茶壶、茶杯叮叮当当碎了一地。郑智民喊道："王大圣，你冷静点，你先把刀放下来，有话咱们好好说。"王大圣狠狠朝地下呸了一口浓痰："说个屁！跟只狗有啥好说的！我问你，我建房子，是不是你打的举报电话？"

郑智民知道此时狡辩只会火上浇油，只好哀求道："大圣，我知道我错了，我犯浑，我是一时糊涂，你原谅我。"

王大圣怒道："我就知道是你。"挥起菜刀追来。郑智民朝着门外抱头鼠窜。此时恰逢王光辉带着两违办主任及办公室里的两个年轻人到郑智民家了解情况，照主任的意思，想把郑智民发展为镇里的长期联络员。见到王大圣拿着菜刀行凶，一帮人叫道："快把菜刀放下，有事好好说。"王光辉离王大圣最近，他一把抓住王大圣的胳膊："快把刀放下，别干傻事。"王大圣额头青筋毕露："你放开，不然我连你一起砍。"王光辉伸手要去夺菜刀，他想，我与你无冤无仇，你不至于砍我吧。哪知王大圣正满腔怒火无处发泄，眼看郑智民跑远了，王大圣挣开王光辉的手，一刀狠狠砍在王光辉胳膊上。王光辉哎哟一声大叫，顿时血流如注，旁边办公室里的两个年轻人趁机从背后把王大圣扑倒，把菜刀给夺了。主任掏出手机拨通镇派出所的电话："喂，林所长吗，后湖社有人拿菜刀行凶，你赶紧派人过来。"

王光辉被紧急送到医院包扎，因镇医院设备简陋，而市医院离后湖社很近，所以村里面有重病急病一般都往市医院里送。那一刀砍得很深，都可以看到白森森的骨头，消毒的时候王光辉疼得龇牙咧嘴。打了麻醉药缝，一共缝了十三针。江德海跑前跑后为镇长办好住院手续。王光辉其实很累，很想好好睡一觉，伤口火辣辣地疼，可能睡过去会好受些，但病房里闹哄哄的，他一时之间成了英雄，县领导闻讯都在第一时间内前来探望，他们还带来了一束鲜花。王光辉母亲一听儿子被砍就急了，哭哭啼啼往医院赶。进了病房第一句就埋怨:"傻小子,你怎么不懂得躲一躲啊?"这时赵玲也哭着喊着来了。

王光辉不好意思地挠挠头:"妈,我当时真没想那么多,我以为我跟他无冤无仇,应该不会砍我,哪知道那个王大圣急红眼,昏了头。"王光辉想想都觉得后怕,要是以后再碰到这样的情况,不知自己还有没有勇气上去阻止,还是干脆躲得远远的——谁知道当个公务员竟然也会有生命危险呢,现在回想起来都会吓出一身冷汗。

县领导刚走,王光辉一杯水刚端到嘴边,又有两个记者来了。

第二天,市日报上斗大的标题写着《乡镇干部勇夺菜刀》,并配有王光辉的大幅照片,文章里面甚至夸王光辉缝伤口的时候没打麻药,英勇如关羽,王光辉看了真恨不得钻入地下,远远听护士的脚步声,他赶紧把报纸塞到抽屉里,怕被护士看见了笑话。自己无意间竟成了英雄,说不定这英雄的称号还可以成为自己的政治资本。王光辉现在脑袋很乱,他更多的是庆幸那王大圣只是砍了一刀,要是再多砍几刀,要是砍在要害部位,他现在就成为植物人躺在医院,老母亲不知要掉多少眼泪。护士一边做输液前的准备工作,一边笑道:"王镇长,你都上报纸了,成大英雄了。"

王光辉心虚道:"你们都看见了?"

"都看见了。"护士推了推针头,喷出一小股液体。

不知为什么,王光辉总觉得护士笑得意味深长,忙解释道:

"里面有些细节失真，不过那不是我说的。"

护士笑了："现在随便哪家报纸都喜欢夸大其词，这样才会有轰动效应，早就见怪不怪了，谁会去纠缠那些细节呢。"

等护士离开后，王光辉闭上眼睛休息。说心里话，他觉得自己根本没必要住院，完全可以回家休养，只需要每天按时上医院换药就好了。但是书记不让他出院，书记嘱咐他安心养病，不要牵挂镇里的工作。

王光辉在医院里待得难受，一瓶药水好像永远也输不完。他不喜欢医院里的气味，从小他就怕上医院，但他不得不继续住院，一拨又一拨看望他的人接踵而至。那天王光辉的母亲清点了慰问金，喜滋滋地说："阿辉，你这次住院还赚了两万块钱呢。"王光辉生气地瞪了母亲一眼："妈，你这是在害我你知道吗？赶紧把慰问金退回去，不然你儿子头上这顶小乌纱帽不保！"

母亲吓得赶紧说："我退，我退。"

王光辉双眼无神地盯着墙壁："你不要以为这钱好拿。这都是绳索，会勒住我的脖子的。"王光辉母亲被儿子这么一说急忙保证："你放心，马上退，马上退。"说着，拿起水果刀为儿子削苹果。王光辉吃苹果的时候，阿青进来了，她的脸色很憔悴。阿青强挤出一丝笑容："镇长，真对不起，都怪我那混账哥哥，我替他向你道歉。他想来跟你道歉来着，可是他来不了，他现在还在派出所里。"

王光辉赶紧放下苹果："哎，就是那么巧，我刚好撞上了你大哥的菜刀，这就是所谓的冤家吧。你吃个苹果吧？"

阿青摆了摆手表示不用，惨然一笑："检察机关已经提起公诉了，律师说，像我大哥这样的故意伤害罪，可能要判三年。我知道我大哥不好，今天是厚着脸皮来求你的，如果你能让检察院撤诉，那我大哥一辈子感激你。要是我大哥进去了，我大嫂和我侄女日子就真难过了。"

王光辉有些尴尬："这事影响太大，要检察院撤诉不大可能。"

阿青哀求道："如果不能撤诉，你为我哥求求情也好，争取少判一点时间，再争取个缓期执行，这对我家是莫大的功德。我妈妈已经因为我大哥的事心脏病发作住院了，就在五楼的内科。"

王光辉连忙道："那我等会儿跟你去看看阿姨。"

阿青咬了咬嘴唇："不用了，我妈那人不明事理，搞不好还会埋怨你。她在家里说，这个镇长也真多事，跟他半毛钱关系都没有，他冲出来干什么呢？"

王光辉苦笑。他想，肯定还有更难听的呢，他这个报纸上的英雄，在阿青妈妈的嘴里说不定变成"挨千刀的"。

阿青恳切道："解铃还须系铃人，我大哥怎么判，你的证词最关键最重要，看在咱们同事一场的份上，你大人有大量，你就放我大哥一马吧，我会一辈子感激你的。"

此时王光辉的母亲出去打饭，王光辉决定逗逗阿青："你要怎么感激我？"

阿青脸涨得通红,不知该怎么回答,强笑道:"镇长真会开玩笑。"

王光辉哈哈大笑:"逗你玩的,你别当真。小人才乘人之危,我有那么卑劣吗?你放心好了,在法官面前,我会为你大哥说话的。"

"真的?"阿青喜出望外,"那一言为定哦,你可不许反悔!等你出院了,我请你吃大餐。"看着阿青那高兴的样子,眉眼里还是那么单纯,王光辉有时真羡慕女人,女人可以单纯,但男人不得不复杂,否则他就没办法在社会上立足。想着想着,王光辉都被自己的高尚感动了。

阿青喜气洋洋地回到母亲病房里,母亲急着问:"怎么样?"阿青脆声道:"搞定了。"

母亲喜得双手合十:"谢天谢地,谢天谢地,菩萨保佑。幸亏镇长宰相肚里能撑船,不然你大哥这次真完蛋了。"

眨眼到了年底,王光辉理所当然地被评为市劳模,兰香镇也被评为先进镇。车奔驰在国道上,望着国道中间开得灿烂的鲜花、繁茂的草木,四处碧水蓝天、花团锦簇、一江清水、两岸秀色,静下心来阅读这块土地,王光辉竟有些沉醉,这就是他和同志们一手建设起来的家乡啊。沉醉之余,王光辉心里又有点伤感,他心里一直有个愿望秘不示人,其实他一直想调离乡镇到市里工作,现在领导看他有乡镇管理经验,说不定就让他一辈子耗在乡镇里了。他望着正在兴建的社区安置房,楼房用绿网罩着,工人们正站在脚手架上贴外瓷砖。等下个月脚手

架拆掉,楼房就像盛装的新娘,儿童在里面嬉戏,老人在长椅上纳凉,情侣牵着手漫步喁喁私语。王光辉心想,在位一天就得谋其事,尽其职,这才是共产党的干部。

第九章
大师

初来乍到,朱子奇特别卖力。陈副打算做一个水仙花画展,他将策划案交给朱子奇。朱子奇兴冲冲地拿去给馆长看,馆长冷冷地说:"先放那儿吧。目前馆里没有这项经费预算。"朱子奇愣了愣,馆长抬头问他:"还有什么事吗?"

"没有了。"朱子奇赶紧退了出去。他知道馆里经费紧张,因为财政拨款每年都十分有限。奇怪的是,馆长怎么是这种态度?至少馆长该抱怨一下经费紧张,自己有心无力啊。回到办公室,他将自己的纳闷对小刘说了。小刘笑起来:"你刚来,有些事情以后你慢慢就清楚了。你可能还不知道,周馆和陈副不对付。"

朱子奇恍然大悟。原来小小的单位里有这么多坑哪?要是不知道谁和谁不对付,一不小心就会掉进坑里。一个最底层的

人，最有机会看清别人的面目。朱子奇刚到新单位，两眼一抹黑，多亏有了小刘。小刘特别能侃，侃的都是香州的机密，活灵活现的，仿佛他本人参与研究了一般。小刘还告诉朱子奇，小孙把同事间的吐槽与牢骚都告诉了领导。从此以后，朱子奇对小孙敬而远之。惹不起还躲得起。

过了一个月，馆长让朱子奇协助香州市百名书画名家在中国美术馆开展事宜，这个展很重要，是作为建党一百周年的献礼。这是一项大工程，人数众多，首先要确定参展人员及参展画作，包括画作的运输、展厅的布置等等。单单开幕式一项就够忙活的，从确定领导嘉宾人数、致辞顺序、座签、条幅，到嘉宾引导、茶水等等事项，所有的工作人员都忙得晕头转向。

有哥们问朱子奇："我也报名参展，你帮忙说说好话。"

朱子奇苦笑："我也想参展啊，但我知道自己还不够资格。其实，能不能参展不是馆长说了算，而是由你的美术成就和你在美术界的地位决定的。哥们，好好画吧。"

哥们讪讪地。

朱子奇忙得焦头烂额，馆里有个工作小组共同负责此项工作，共有八名组员。朱子奇新来乍到，只能承担最琐碎的工作，他逐一与参展画家联系，一天电话下来，他的喉咙都哑掉了，当老师上课都没有这么累。但他累并快乐着。特别是当画家们的画作都送到馆里来的时候，朱子奇逐一揣摩名家的意境与画技，心里充满了创作的激情，只恨不得时间变成双倍，好潜心创作。但目前工作如此繁忙，创作只能等这阵子忙过后再说了。

前路漫漫，朱子奇离开教师队伍来到美术馆，一切等于从零开始。他的人生等于要从头起步。这是很累人的，就像一座山，别人爬一遍，他要爬两遍。这是为了让工作和自己的兴趣达成一致而付出的代价。这个世界上有多少人从事着与自己兴趣爱好风马牛不相及的职业，忍受着人生的煎熬。按照朱子奇的性格，他希望可以三五年换一个职业，去体验形形色色不同的人生，可惜体制在那里，这只是突发奇想，根本不可能实现。

香州城距京城两千余公里，画作的运送是个难题。若到北京再装裱，怕装裱时间太匆忙；若装裱后再运送到北京，有的画作篇幅大，运送有困难。讨论来讨论去，决定到北京再装裱。宣传科苏通主任带着朱子奇先去打前站，先到北京联系装裱师，讲定装裱的数量、时间及价钱。

书画快递到的时候，快递小哥满头大汗，他气喘吁吁对朱子奇说："麻烦你签个字。我还有十几个快递要送，要是迟了，会被投诉的。"朱子奇心生恻隐，赶紧签了字，快递小哥道了谢，急匆匆绝尘而去。不知为什么，朱子奇做事总是曲曲折折，同样一件事，别人可能顺顺利利就完成了，可朱子奇的事一定会出幺蛾子，就像唐僧取经一定要经历九九八十一难才能取到真经，虽然取到了真经，但其中的滋味着实令人焦头烂额。朱子奇把画送去装裱的时候，他一张张摊开，看到香州画界泰斗沈逸飞的压轴山水画《江山》的时候，他傻眼了。他发现《江山》中间破了一角。这可是把天捅了个大窟窿！现在再找快递公司理论已于事无补，因为朱子奇已经签收。如果让装裱师修

补，内行人还是会一眼就看出其中的瑕疵。怎么办？怎么办？苏主任埋怨朱子奇做事太草率。

此时沈逸飞也已到了京城，下榻在同一家酒店。朱子奇硬着头皮拿着弄破了的《江山》去向沈大师道歉，沈逸飞大发雷霆："你是怎么搞的！这幅画作耗费了我一个月的心血，即使现在重画也找不到当时的灵感，这幅画作江总已开价一百万元要买，只等展览完江总就要拿走，你说怎么办！谁弄坏的画谁去解决！"

苏通和朱子奇面面相觑，苏通一迭声地向沈大师道歉，承诺一定会想法补救沈大师的损失。回到房间，两人束手无策。朱子奇一阵长吁短叹之后道："主任，我有一个法子，不知可行不可行。"苏通此时是病急乱投医，一听朱子奇有法子，恍如抓住救命稻草，急忙道："你有什么法子，赶紧说来听听。"

朱子奇说："我也喜欢画泼墨山水，平时素有研磨，自认有些心得，虽然我名不见经传，但自信水平不至太差。今日斗胆临摹沈大师的画，且待我先画上一画，再请沈大师过目，若得到沈大师的认可，再用上沈大师的印，您觉得如何？"

苏通别无他法，只能催促道："那就死马当活马医吧！且试上一试！现在你马上开始作画吧！"

朱子奇道："不行，要等明天早上。我习惯白天作画，白天光线好，墨的色泽、用笔的力度容易把握。"

苏通只得依言行事。当晚，朱子奇潜心研磨《江山》，仔细辨别《江山》的构造与用笔、神韵。好不容易等到第二天早上，两人到了展览馆的画室，作画的长桌是现成的，纸墨也是现成的。阳光甚好，朱子奇满意地点了点头。朱子奇从包里拿出作画家什，一切准备就绪。朱子奇站在长桌前，闭目凝神了一会儿。画室突然肃穆起来，苏通屏息静气，不敢说话。只见朱子奇睁开眼睛，凝神提笔在纸上奋力一挥，苏通虽不善画，却懂得欣赏，朱子奇开笔一笔勾勒出山脉大势，气魄甚大。苏通心中一喜，隐约觉得朱子奇可能成功。朱子奇画得投入，已入无人之境，苏通干脆悄悄退出。

到了黄昏，苏通的手机响起，苏通问道："成了？"

"成了。"

"那你稍等我一会，我请沈大师到画室去。"

沈大师心里不痛快，名不见经传的小子，竟敢临摹我的画作！不知天高地厚。他原本不去，经不住苏主任再三恳求，再怎么着也得给美术馆三分薄面，于是带着愠色来到画室。朱子奇恭敬地说了一声："请过目！"

沈逸飞放眼一看，压抑住一声差点脱口而出的惊呼。此《江山》完全按照他画作的旧式，纵五十厘米，横一百五十厘米，青绿设色，无款，只见群山冈峦连绵和江河湖水浩渺，于山岭、坡岸、水际中布置、点缀亭台楼阁、茅居村舍、孤舟、飞鸟等，描绘精细，意态生动。景物繁多，气象万千，构图于疏密之中讲求变化，气势连贯，以披麻与斧劈皴相合，表现山石的肌理脉络和明暗变化；设色匀净清丽，于青绿中间以赭色，富有变化和装饰性。作品意境雄浑壮阔，气势恢宏，充分表现了自然山水的秀丽壮美。让人想起电视剧《康熙大帝》主题曲《向天再借五百年》的豪情:"沿着江山起起伏伏温柔的曲线,放马爱的中原爱的北国和江南……"没有对大好河山的热爱,没有深厚的美术功底,是画不出如此鸿篇巨制的。

沈逸飞心中一凛,细细看来,心知眼前小子师从傅抱石。沈逸飞沉吟许久,方问:"你画的?"

朱子奇点点头:"我画的。"

边上的苏通异常紧张,暗中为朱子奇捏了把汗。

沈逸飞再问:"画了多长时间?"

朱子奇答:"从早上画到现在。"

沈逸飞大骇,他画这幅画用了近一个月时间,而这小子却只用了一天!虽说构思、布局是原盘抄袭,但其神韵却多了些狂放。此画绝不在他之下!

沈逸飞微微颔首:"不错!孺子可教也!"

朱子奇大喜,连忙问:"沈老师,那您用印吧!"

沈逸飞顿了顿。这是画界大忌。沈逸飞故意装作考虑了许久:"不妥!"

朱子奇快要急哭了:"那沈老师您说怎么办才好?一百万,我上哪弄一百万?您大人不计小人过,就原谅我这一次吧!"

苏通赶紧端了茶来,是上等的龙井。沈逸飞将龙井慢慢喝完,苏通也在旁边帮腔:"沈老师,您就原谅小朱一次吧!他也是无心之失,照道理是快递公司的过错,只是他过于粗心,签收时没有细心检查。昨晚他急得一夜没睡。你看他这精瘦精瘦的身子骨，把他卖了也没有一百万呀！"苏通心里也急得不行，这事要是弄大了，馆长一定会批评他，搞不好会在画界弄得满城风雨。

沈逸飞放下茶杯，道："画作自然是原作好。最理想的自然是还我原画。不过，马上就要开展了，也找不到更好的法子了，就像人死不能复生，我也不能逼你交出原画来。只好接受此等移花接木。"

苏通大喜："那请您用印吧！"

"印在我酒店房间，我让助理送过来。"

苏通心里猴急猴急的，只盼着助理快快从天而降，只要用了印，这桩意外就算解决了，总算能够松一口气。

在等待助理前来的当儿，沈逸飞一一询问朱子奇毕业于何院校，什么时候开始习画，师从何人等等。朱子奇一一作答。沈逸飞道："你拜我为师如何？"他想把朱子奇收入门下。这朱子奇，让他有些心生畏惧，倘若有人捧他，这小子必定可以一举成名，说不定日后远超于他。如果把他收入门下，他永远是朱子奇的老师。

朱子奇脸上现出迟疑之色。他生性孤傲，画法有些出格，有人说他缺乏基本功，一味乱弄，其实他最知自己基本功扎实，干细活不逊于任何人。他心中清楚，自己是受大学美术老师齐延寿启蒙，齐老师心中之师是傅抱石，可惜老师是无名之辈，一直在主流画界外徘徊。他真正的老师是他的大学美术老师。朱子奇不想攀龙附凤，不想投靠山头，只是一心想习画。

见朱子奇迟疑，沈逸飞面露不悦之色。苏通见状，慌忙道："小朱大喜啊！沈大师收徒之严全国闻名，多少人想投到沈大师门下而不得，还不快快谢过沈大师！"说着暗中捏了捏朱子奇的肩膀。现在还未用印，得罪了沈大师，后果不堪设想！

朱子奇自然明白苏通那一捏的含义，只好道："谢谢老师！徒儿向老师奉一杯茶！"说着又重新沏了一杯龙井，双手捧与沈逸飞。沈逸飞接过，喝了一口："很好！"

此时助理已来，沈逸飞接过印，对助理说："好了，这里没什么事了，你先回房间吧！"

助理依言告退。沈逸飞站起来，拿起笔题了款，然后拿了印章，蘸上印泥，郑重地用了印。

终于盼到开幕了。此次"香州市百名书画名家作品展"级别很高，由中共香州市委、香州市人民政府、省文化厅、省文学艺术界联合会主办。开幕式由香州市政府副市长主持。先是请中国美术馆副馆长发表了热情洋溢的讲话，副馆长对香州深厚的文化底蕴和书画艺术给予很高的评价。然后是省文化厅副厅长致辞，陈副厅长说，香州是座国家历史文化名城，历史悠久，人杰地灵，有着丰富的人文资源和深厚的文化底蕴，香州的书画艺术植根于这方文化沃野，又秉承了香州独特的传统文化基因，经过长期的艺术沉淀，涌现出众多杰出文人墨客。朱熹、黄道周、林语堂、许地山、沈耀初等许多闻名于世的文化名人、书画名家，他们或生于斯，或长于斯，成为香州文化的创造者和传承者。近年来，香州市坚持"以人民为中心"的艺术创作原则，以弘扬社会主义核心价值观为根本任务，把文艺精品创作生产作为促进香州市文艺大发展大繁荣的一项重要工作来抓，尤其是在书画艺术上，创作了一大批思想性、艺术性、观赏性相统一的优秀作品，同时培育出一大批优秀的书画艺术人才。香州市现有中书协、中美协会员一百三十九名，他们在国内外许多重要展览中屡屡获奖，成为引领香州书画艺术发展的领头雁，成为福建乃至中国书画界的一支生力军。

最后是省美协副主席宣布作品展开幕。掌声响起，礼花缤纷绽放。朱子奇非常激动，他第一次参加这么高规格的会议，要是窝在学校里，他永远见识不到这样大的场面，认识不了这样的名家，来宾中有许多书画界名家与香州籍在京乡贤，有的交换了名片，有的互加了微信，虽然很多人都记不住彼此，但总算有一面之缘。

朱子奇在展厅里来回穿梭，时而帮参观者引路，时而义务为参观者讲解。本次展览由先贤遗风、桑梓情怀、传承创新三大部分组成，集中展示了香州市一百五十多位书画家的一百五十多件精品力作，这些作品经严格甄选、打磨提升而成，深得社会各界广泛赞誉。在书法作品中，可以鲜明地看到香州书画家们精研传统的深厚功力，既具有浓郁的书卷气息，也体现出在传统基础上的个性创新。在绘画上，可见艺术家们感怀时代、深入生活的创作热情，基于对现实生活的感受，以丰富的视角反映多彩的社会生活，表现了劳动者的理想，描绘出人民的精神风貌，充满了生动的生活情趣，尤其具有闽南地区和风热土的气息，寄寓了浓郁的乡情，展现出生机勃勃的时代精神。

本次展览展期为一个月。这次展览非常成功，是对香州市书画发展历史的一次全面回顾，充分展示出香州市书画家的整体创作成果和艺术魅力，进一步反映香州艺术家在实现"我们的中国梦"道路上积极进取的精神风貌，对香州市文化艺术的繁荣发展、促进香州市与全国各地的文化艺术交流合作具有积极作用，大大提高了香州市书画家在全国的名望。馆长对此次书画展非常满意。

很多参观者对《江山》赞不绝口。听着参观者的称赞，沈逸飞和朱子奇都非常尴尬。朱子奇偷偷看沈逸飞，只见沈逸飞神态自若，面不改色。而朱子奇也只能随声附和。他心中苦涩，恨不能当众对大家声明此画是他所画，然而又有口难言。

沈逸飞听着众人的赞美，面露欣喜之意。他留着长发，身材高大清瘦，跟央视的主持人李咏长得有点像，喜欢穿类似练太极拳的服装，乍看上去颇有些仙风道骨。沈逸飞是全国知名画家，去年在全国各地巡展，声名大噪。现在沈逸飞的画是一平米一万元起步，他在上海、广州等地都拥有房产，老婆也换了四个。沈逸飞是朱子奇奋斗的榜样，也许自己达不到沈逸飞的水平，但至少可以向沈逸飞靠近。朱子奇心目中的大家，除去画风画韵外，更重要的是人格魅力。能画者甚众，能掌握中国传统绘画的气韵生动、幽深意境的不乏其人，可惜缺少的是提携后辈的磊落之心。

在北京展览期间，有个房地产商请沈逸飞吃饭，沈逸飞邀请朱子奇同去。托沈逸飞的福，朱子奇第一次吃这样的豪宴。沈逸飞是主宾，酒桌上"沈大师、沈大师"的恭维之声不绝于耳，大家轮番向沈逸飞敬酒，基本上把朱子奇当空气，一个末流小城的美术馆工作人员基本可以忽略不计。偶尔遇上一两个客气，象征性地敬朱子奇一下，抿上一小口，或者拿饮料敬他。

席间热闹得很，话题天南地北，一会儿是社会上五花八门的新闻、段子，一会儿又转到画界里的一些是是非非，奇闻逸事，比如某知名画家流水作业的创作模式，外界肯定者有之，否定者有之。又比如某知名画家的画拍出天价，虚虚实实真真假假，外人不好揣摩。当然也涉及目前国画创作的种种现状。要说有些人爆得大名也有机缘的成分，世冑蹑高位，英俊沉下僚，古已有之。"郁郁涧底松，离离山上苗"之况常见，也不见得名气最大的就画得最好。还有，一张画卖几百万几千万实在是让人匪夷所思，然而就是有人愿意买，这就是现实。朱子奇要求不高，只希望得个几百几千的润笔费，能够贴补些家用，这样他就心满意足了。

酒席上众人都忙得很，朱子奇乐得偷闲，别人忙着应酬，他忙着对付桌子上的大餐。盘子里有十片小青虾，厨师把每条小青虾一分为二，朱子奇吃了半条，觉得十分美味，又夹了一条，反正那些大咖们只顾拼酒，剩下的菜是白浪费，不吃白不吃。吃完小青虾，朱子奇又开始啃螃蟹，全力以赴对付那两只大钳子，螃蟹靠钳子运动，肌肉紧致结实，美味异常。

很快，朱子奇餐盘里的虾壳、蟹壳垃圾堆得像小山似的。他正在啃甲鱼壳，上菜的时候服务员小姐介绍说这是纯天然野生的，大补。也许吃了以后画技就精进了也未可知。正埋头吃得起劲，忽听沈逸飞叫道："小朱，你帮我干了这杯！我不行了，再喝就醉得回不了酒店了！"

霎时间，全桌人目光齐刷刷停在朱子奇身上，那房地产老总嘴角不易觉察地露出一丝鄙夷的微笑。朱子奇吃得满嘴满手是油，顿觉狼狈不堪。

老总叫道："沈大师，你这样太没诚意了！我都干了，你赶紧！"

沈逸飞的舌头已经大了："不行，你们五人围攻我一个，得允许我请外援！"

老总道："你要是搬救兵，那就这样吧，我们一杯，他三杯！"

"三杯就三杯，怕什么！小朱，把这三杯喝了！"

朱子奇赶紧站了起来，小姐帮他把一口杯斟满，朱子奇一口气干了，小姐再帮他满上，就这样一口气干了三杯。

老总赞道："好酒量！也算配得上我这藏了十年的茅台！"老总那边五人便开始围攻朱子奇，朱子奇心中叫苦，无奈嘴巴笨，抵挡不了这五人的甜言蜜语，只得三杯三杯地饮下。待到第五个来敬时，他说："对不起，我先吃口菜，喝得这么急，等一下溜到桌子底下去都不知道。"

一口气干了十五杯，所有人都拍掌叫好，开始第二轮的围攻，大家瞎起哄。朱子奇酒已上头，满脸通红，只觉整个身子轻飘飘的，两脚好像踩在棉花上。他挣扎着到了卫生间，卫生间刚刚清洗过，还残留着清洁剂刺鼻的味儿，经此一激，朱子奇一阵反胃，哇啦哇啦把今晚所吃所喝全部吐了出来。朱子奇一阵惋惜，晚上那些硬菜真是白瞎了。

后来，朱子奇是怎么回到酒店他都不知道了。第二天醒来头痛欲裂，在自助餐厅遇见沈逸飞，沈逸飞笑道："小朱，看来你酒量不行啊，还需要锻炼。昨晚我都受伤了。"这时朱子奇才明白，原来，蹭饭也不是白蹭的。这酒局到底有没有意义呢？认识了不少朋友，但有些朋友转脸即忘，就像昨晚那些吃下去又统统吐出来的好酒好菜。然而，这总比冷清清在酒店里看无味的电视好吧？

从那以后，朱子奇白天在展厅工作，晚上就跟着沈逸飞混江湖。真可谓招之即来，挥之即去。沈逸飞对他说："你潜心再修炼修炼，时机成熟时我帮你推一推……"朱子奇听得心里发热，这是他盼望已久的好事，他梦寐以求这样的机会由来已久。一个藉藉无名者的痛苦他领略了太多。师从沈逸飞，在画技上他也可以习得一二，最关键的是沈逸飞在香州城画界一言九鼎，资源丰厚，做事游刃有余。倘若得到他的赏识，遇到一个真正的伯乐，就能把他成全了。

朱子奇在酒桌上见识了许多画界的大咖，也跟着开了眼，见识了许多精湛之作。他尤其喜欢北京一位名叫张拓的画家，张拓的画作构图富有层次，集高远、深远、平远景色于一幅画

面中，主次分明，变化有致。在笔墨色彩运用上，强调统一又富于变化，全幅青山绿水的鲜亮色调相当强烈，但其间又以不同浓淡和掺粉加赭的色泽来渲染树石水天，形成变化多端的效果。刻画形象轮廓，主要还是运用青绿山水传统的勾勒法，但也融汇了其他技法，如树干用没骨法，屋宇用界画，远山有写意用笔，山坡有效法和点染，丰富充实了青绿山水的表现能力。描绘对象时，用笔十分精细，一丝不苟，浩瀚的河水均用细笔勾出波纹，树上的花叶，都用色、墨一一点出，细小如豆的人物，服饰也各有区别。但同时又有取舍提炼，如人物不勾衣褶，着重表现动态，显得生动活泼，众多的桥梁、船只、房屋、水榭，形制和位置都不尽相同，毫无繁复之感。

细看张拓的画作，画面上江水浩荡，浩渺天际，融南、北方景物于一体，构图上充分运用"平远""高远""深远"的结合，打破了时空的局限，使全卷集浓郁厚重与轻淡空灵为一身，巧妙地将严紧与疏松等不同节奏结合在一起，充分发挥了画家的主观能动性，从右端起首丘陵连绵，崇山复岭，移步换景，在视觉上引导观众渐入佳境。展现了大自然的鬼斧神工：冈阜幽壑、飞瀑激流、树丛竹林以及人类的创造：亭台水榭、寺观庄院、村落水碾等等，以及难以计数、各行其是的众人，是那么的繁复而又融洽。水、天、树、石间，用掺粉加赭的色泽渲染，虽然不似金碧山水那样勾金线，却依然感觉满幅富丽堂皇。此外，利用传统的长卷形式所具有的多点透视，在十余米的巨幅长卷中将景物大致分为六部分，每部分均以山体为主要表现对象，各部分之间或以长桥相连，或以流水沟通，使各段山水既相对独立，又相互关联，巧妙地连成一体，达到了人在画中游的艺术效果。多种构图方式的穿插使用更使画面有种行走的感觉，增添了优美的韵律感，引人入胜，令朱子奇赞叹不已。然而朱子奇不敢当着老师的面赞叹张拓，因人都有妒忌之心，若当面赞叹张拓，未免令老师下不了台，只能在心中仰慕，过后趁无人之时加了张拓的微信。

在层出不穷的山水画展览中，大家互相吹捧，沙粒被捧成了珍珠，而真正的珍珠反而埋没了。新闻报道里称此次画展"达到了历史的新高度"。这就误导了一大批缺乏鉴赏力的读者，他们天真地以为这就是当代最杰出的画作，并且把观点传给下一代，以庸俗为美，形成了很坏的风气。朱子奇每次在参观展览交流时都忍不住想把自己的观点说出来，他非常想痛痛快快地把这个人画作的所有缺点一股脑儿点出来。然而，他终于忍住了。他深知，这个社会人们喜欢的是喜鹊，绝不是乌鸦，当一只乌鸦是不合时宜的，搞不好会被乱棍打死。换位思考一下，要是自己画作展览，别人七嘴八舌争相指出自己的缺点，他也受不了，人都是需要鼓励的。然而，要是放任这种不良的风气继续下去，只能是鱼目混珠，那些真正有才气却不懂得经营关系为自己造势的正直画家越来越边缘化，越来越寂寞。如今江湖上多热闹啊，闭门创作的人往往被世人遗忘。朱子奇很想改变这种现状，但他深知他无力改变。他甚至要违心地说一些赞美的话，以换取参会的资格及游山玩水采风的机会，加上几顿免费的午餐。有时他良心不安,有时又安慰自己,这种力挽狂澜的事应该由伟人去做,不是他这种小人物所能改变的。

跟着沈逸飞吃吃喝喝了近一个月,朱子奇觉得甚是过意不去,于是向老师要求由他做东,请各位大咖吃一顿晚饭。晚饭自然不能太寒酸,必须配得上大咖的身份。大咖们见惯了世面,他万万不能弄巧成拙,搞得请客比不请客还糟糕。于是请教老师订了酒席,晚上喝掉了十几瓶红酒,朱子奇心中打鼓,他的卡中只有五千元,中途离席急急跑到卫生间让老婆马上转五千元到自己卡上。结账时,花了九千多,卡里剩下几百块的零头,吓得朱子奇出了一身冷汗。

朱子奇痴心盼着老师实现他的诺言。沈逸飞说,香州城电视台主持"艺海觅珍"的主持人是他的哥们,可以拿出一个整版给朱子奇做大型专访,配发画作。再请美术馆馆长为朱子奇办一次大型画展。他在京城也有些人脉,可以适当搞些活动,邀请京城的新闻界跟踪。想到这些,朱子奇热血沸腾,只觉血管突突地跳。假如这些都能一一实现,那他的名气指日可待。他被遮蔽得太久,终于熬到出头之日了。

展览如此成功,馆长提议大家合作一幅山水,以资纪念此行。大家精神振奋,均觉此提议甚妙。所谓合作,画山水由善山水者为之;画花鸟由善花鸟者为之,最后如数签名。馆长道:"沈大师德高望重,今日之画当由沈大师开笔。"大家纷纷鼓掌。众人均知合作一幅画第一笔有"剪彩"的意味,此人如有底气且技法对路,便可一笔定乾坤勾勒出大的章法走向,后面的人则添砖加瓦以成其作。开笔之人自然是最具权威者,所谓权威,包括艺术造诣,包括官职,包括名望,非沈逸飞莫属。馆长抬举沈逸飞,沈逸飞谦逊了一番,便凝神提笔在纸上落笔,众人一齐鼓掌。随后由沈逸飞点将,从参展者中挑出几位善山水的画家上阵,当中自然没有朱子奇。朱子奇站在边上暗想:总有一天,他要成为其中的一员。

待展览结束,朱子奇终于得以休假三天。他昏睡了一天一夜。

朱子奇一直盼着沈逸飞实现他的诺言,盼了半年。沈逸飞一直在全国巡展,也确实忙,有时朱子奇鼓起勇气打电话给他,老师那边总是一片嘈杂。朱子奇一颗热气腾腾的心慢慢冷却下来,一年以后,才知道自己是做了一场春梦。有时,别人给你一句话就给你画了一个大饼,让你痴痴地盼了许久,最后才知道,这个饼是空中的饼,是不存在的。这也是朱子奇到了知天命之年才醒悟到的。

原来,自己只是个凡人的命。是自己期望太高了。

每次困惑的时候,朱子奇都会去拜访齐延寿老师。朱子奇的老师齐延寿已经退休。齐老师留着一丛长须,如今已经花白,更显仙风道骨。朱子奇坚持每年都去看老师一回,两人互相切磋技艺,聊聊家庭琐事。老师很感慨:"子奇,你是有心人!日后你会成大器的!不要急,静下心来慢慢画。你别看当今画坛上那么热闹,很多都是过眼云烟。"齐延寿因为不屑于写论文,临退休仍只是一介讲师。他门庭冷落,至今仍然住八十平方的小套房，唯有这个弟子每年带给他期盼与欢乐。师徒二人看画评画，度过极为愉快的一天。

每次从老师家出来，朱子奇都觉得神清气爽，心中郁闷浊气一扫而空。老师身上有一股很神奇的正能量，能够压住他的浮躁之气。每当失意之时，每当自怨自艾觉得人生一片昏暗之时，老师就像一道光，给他勇气与力量。朱子奇总觉得自己定力不够，别人说出不中听的话他总是要生气，老师说："这有什么好生气的呢？嘴巴长在别人身上，除非你把全世界的人嘴巴都捂上。"朱子奇觉得每个人的"气点"不一样，同样的遭遇，比如公交车上被人踩了一脚弄脏了鞋，有的人暴跳如雷骂天骂地骂娘，有的人腹诽，有的人一笑置之，这就要看每个人的胸襟和气度。

第十章
火电厂

彩霞是渔村人,渔村离香州市区五十公里,渔村盛产鱼虾。彩霞的小弟陈朝武养螃蟹发了家,每年中秋、春节都会送一箱螃蟹和小管(鱿鱼)、鲍鱼过来,都是新鲜的、一等的好货色。王金国每次都向小舅子道谢:"我真是好口福。"

活小管通体透明,身上还泛着微小的光,王金国特别喜欢这种探出海面的小精灵。每次收到小舅子送来的活小管,想到是来自那片美丽的海,便迫不及待想要尝一尝。舍不得一次性煮完,通常要分成三四次。彩霞通常不去除小管内脏,整只新鲜捞起直接白灼或油焖,口感非常嫩脆,膏很软厚,虽然吃得一嘴墨汁,却是至真至鲜的美味。小管的背部有一支透明的骨头,用手摸一下就能找到,稍微拔一下就能整支取出;遇上家里来客人,怕客人吃得满嘴墨汁,就把小管的腹部用剪刀剪开,把墨囊去除，处理好的小管可以看到好多白膏，让人期待不已。白灼在沸水中煮三分钟就够了，彩霞通常选择用蒸的，切好葱丝、姜片、花椒、蒜，小管和姜片、葱丝一起蒸七分钟就可以了。然后在锅里爆油，油里加点花椒更香，烧热后滋拉浇在葱丝上，顿时香气四溢，让人食欲大增。再备点酱油加醋，可以蘸着吃，或者浇在小管上，这样美味的油泼小管就新鲜出炉啦。

每次王金国带朋友到蝴蝶岛游玩、品尝海鲜美味后，朋友们总是念想着再去看看那片蓝，想着再去看日出、吃海鲜，跟着渔船去海钓……王金国有时忙得没时间陪朋友，再说每次去玩花费也不小，就在电话里委婉地对朋友说："太热了，会晒成黑人的！"

朋友异口同声说："看着大海，吃着海鲜，晒成黑人也不怕！"

这次小舅子送小管、螃蟹过来，满脸愁苦："以后恐怕吃不到这样的小管啦！听说火电厂要建在渔村！全村人都要搬迁。"他跟妹夫连连诉苦："你是政协委员，要帮我们渔村的人呼吁一下。要是火电厂建起来，听说那个大气污染物排放可厉害了，不仅养不了鱼虾，连人的健康都受影响。"小舅子是村主任，他本能地站在渔民这一边。但是，作为村主任，他又不得不服从上级的安排，只得寄希望于外界有人帮他们说话。

王金国说："这事政协是讨论过的，专家也论证过了，整个渔村都要搬迁到离火电厂五十公里以外的地方，人和鱼虾都不会受影响。听说安置房挺漂亮的。现在社会发展快了，一辈子搬个两三次住处都是正常的,不像我们上辈人那样一辈子老死在一个地方。"

小舅子瞪大眼睛:"虽然搬迁有补偿,但十赔九不足。养出来的鱼虾你敢吃吗?你到底是站在政府那一边,还是站在我们渔村人这一边?"王金国见小舅子生气了,赶紧赔笑道:"我不是站在哪一边,而是根据事实说话。"

小舅子呼的站起来,指着王金国的鼻子道:"我知道你是当了政协委员,但你不要打官腔,反正以后是没有鱼虾送来了!"说着气呼呼地拂袖而去。

彩霞刚从外面回来,喊了声:"阿武,吃完晚饭再走吧!"

陈朝武冷笑道:"不用吃了,气都气饱了。"

看着小弟的背影,彩霞问道:"刚才你跟阿武说了啥?怎么把阿武气成那样?"彩霞很是诧异,他们两人的关系一向挺好的。

王金国苦笑道:"政府又不是我说了算。火电厂要建在渔村,这是政府已经决定的事情,谁也改变不了。我有什么法子?"

彩霞道:"小弟是够闹心的,搬迁后就养不了鱼虾了。他这辈子就只会养鱼养虾,这下子可怎么办才好?"

王金国叹道:"走一步看一步吧。"以前,他经常带朋友去蝴蝶岛,当他告知朋友以后可能再也去不了的时候,朋友瞪大眼睛:"为什么?"

"明年那里要引进火电厂项目,火电厂一建设,海域多多少少会受到污染。"

"真的吗？定下来了吗？不能改变吗？"

王金国点点头。

"多可惜呀！"朋友叹息着。

想起朋友们惋惜的神情，王金国就觉得心情沉重。

彩霞撇撇嘴："人都是事不关己高高挂起。听说火电厂污染特别严重，很容易得绝症，包括不孕不育。这事摊到谁身上，谁都着急。"

王金国道："你不要道听途说，以讹传讹。专家论证过了，只要技术过关，老百姓住在五十公里外是安全的。我听说，只要严格按照环保设计标准，做好足够的防护隔离措施，工业区和居民区是完全能够和谐相处的。香州太需要这个火电厂了，它可以为全市带来可观的税收。说不定几年后香州经济上去了，老百姓还得感谢这个火电厂呢。"

彩霞道："那是以后的事了，现在眼前都顾不好，谁顾得上以后？不行，明天我得回娘家看看。"

每次回娘家，彩霞都喜欢到海边散散步。渔村景色优美，蝴蝶山矗立在蝴蝶半岛的末端，山崖险绝，从巉岩峭壁上，可以望见波涛滚滚，汹涌澎湃，可以听见潮声轰隆。以前蝴蝶半岛大部分是沙滩不毛之地，人烟稀少，茫茫的沙岸连接平荡荡的旷野，山上没有草，没有树，只有稀少的石头。海浪与远天相连，分辨不出哪里是海与天的接界处。石碑风化了，上面开着野花，布满青苔，看不清文字。破墙上垂挂着薜荔，土名叫苦株的野生攀缘植物的藤子。老树的树干枯穿了洞。遍处海沙以前被弃若敝屣，如今夜间望去金光闪耀；日间在阳光照耀下璀璨夺目，吸引着大批游客前来，滚进源源不绝的财富。民间传说宋末小皇帝南逃曾经到这里，在沙滩上过夜，经他睡过的沙滩变成了"珍珠铺"。以前蝴蝶岛饱受风沙之苦，如今政府带领百姓营造了二万亩木麻黄防风固沙林带，将半岛绿化了，制止了风沙之害；又修建了两座容量十万立方米的水库和一些山塘，海线公路也建成了，客车和各种货车往来络绎不绝。作为深水良港，蝴蝶岛现在拥有上、下码头两个水运中心，交通便利，平时土产大批外销和日用百货及生产资料源源而来，供销两旺。有商业头脑的人马上发现，这里很适合工业项目的入驻。渔村人好日子刚刚没过几天，乍一听火电厂大气污染物排放化工项目要入驻，这个项目有辐射，对人体不好，便全体去镇政府静坐，誓死保卫渔村。他们祖祖辈辈都生活在这里，他们哪里也不去。

"听说火电厂大气污染物排放毒性很大呀！"

"听说火电厂大气污染物排放在哪里，哪里就会成为癌症村！"

"听说火电厂大气污染物排放威力抵得上一千枚导弹！秒杀一座城呀！"

"上头真没有良心！为了经济发展，为了他自己的升迁，拿我们老百姓做铺路石！"

村里有个大学生专门向村民讲述了火电厂潜在的危险。火力发电厂锅炉一般在较高压力下运行，点火燃料使用易燃易爆的轻柴油，工程配套设备、管线阀门多，工艺复杂。一旦设备、管线、阀门发生破裂，燃料泄漏，锅炉运行操作不当，极易导致自燃、火灾、爆炸、爆管等事故发生；供煤系统也有煤粉尘发生火灾、爆炸的可能性。同时，还存在触电、机械伤害、灼烫、烟气中毒等危险因素。这些主要危险因素存在于锅炉、汽轮机、蒸汽管道、压力容器等高压设备，变配电等电气设备，以及煤粉、油类、危险化学品（如盐酸、烧碱、氨水等）等危险物质，特别是发电机火灾、密封油系统火灾、变压器火灾、电缆火灾、触电、机械伤害、高处坠落、发电机轴承振动、化瓦、动静摩擦、大轴弯曲、绕组变形都存在烧毁的危险。特别是氢气储罐潜在危险最大。一旦设备爆炸，容易产生触电、静电、电磁辐射等危险因素。

"我听说一些地方都在抗议火电厂大气污染物排放项目。我们也要抗议！网上新闻你们关注了吗？前几年K地受强热带风暴'莫兰蒂'的影响，K地火电厂发生了爆炸，大气污染物排放严重超标，人命关天哪！"

大家七嘴八舌地议论着，每个人都忧心忡忡，仿佛头顶上笼罩了乌云。

"本来这个项目要放在S岛的，人家S岛的市民以'散步'的方式成功抵制了火电厂项目在他们本地落户，最后这个项目才落到我们蝴蝶半岛上。为什么人家不要的项目我们要？"

另一个人撇撇嘴："你没听说过要钱不要命吗？天下熙熙，

皆为利来；天下攘攘，皆为利往啊！"

确实如村民们所了解的那样，本来这个火电厂项目要落户S岛，但在全国人大、政协"两会"上，有一百多名全国政协委员联名签署提案，因为S岛空间狭小，建议火电厂项目从S岛迁址。此举引起了媒体和民众的强烈关注。事态紧急，S市政府常务副市长在新闻发布会上宣布，决定缓建火电厂项目，市政府已委托新的权威环评机构在原先的基础上扩大环评范围，进行整个火电厂区域性的规划环评。同时，启动"公众参与"程序，广开短信、电话、传真、电子邮件、来信等渠道，充分倾听市民意见。紧接着国家环保部对S市全区域进行区域规划环评，包括火电厂大气污染物排放项目在内的重大项目都将根据规划环评的结果予以重新考量。结论很快出来了，S市南部空间狭小，区域空间布局存在冲突。

随即，S市在网上开通了"环评报告网络公众参与活动"的投票平台，眼看反对票占大多数，投票平台不得不中止活动。最终，S市政府开启公众参与的最重要环节——市民座谈会。中央至地方多家媒体获准入内旁听。整场座谈会持续四个小时。最终，省政府针对火电厂大气污染物排放及潜在爆炸危险等问题召开专项会议，最终决定迁建火电厂项目，将该项目落户到与S市相隔近百公里的香州蝴蝶岛。对于香州来说，这是一次机遇，香州有足够大的地盘，施展得开拳脚，只要防护措施到位，严格把控火电厂大气污染物排放标准，这样生产起来是绝对安全的。

县委多次到蝴蝶岛上召开宣传动员大会，李副书记先对村民进行了科普："根据《中华人民共和国安全生产法》，包括美国、澳大利亚在内的很多西方国家，火电厂大气污染物排放都不属于危险范围。有些地方把火电厂大气污染物排放列为有害品，原因是当人体吸入过量大气污染物排放时，对眼睛及上呼吸道有刺激作用，可能出现急性中毒反应。注意，是过量哦。如果火电厂大气污染物排放标准严格把控，是完全可以放心生产生活的。大家大可不必把火电厂大气污染物排放看作是洪水猛兽。目前我们国内已有很多家火电厂。大家可以上网查看一下，火电厂所在的地方老百姓都生活得很好，企业给当地带来了可观的税收，生活蒸蒸日上。"

"知道中国最大的火电厂生产地K地吗？K地人在中国最大的火电厂附近生活了二十多年，绝大部分的人是健康的，火电厂的建立对K地的经济带动老百姓也是看得到的，火电厂大气污染物排放并没有毒，就算有毒也是微毒，抗拒火电厂的人你首先要先去了解火电厂大气污染物排放这个项目，等你了解了火电厂大气污染物排放的时候再来反对也不迟，相信火电厂会给咱们蝴蝶岛整个地区的经济面貌带来很大的改变。"

"一头猛虎，你控制好它，会有可观的效益；控制不好，那就变成一场灾难。"

为了做好群众的思想工作，李副书记侃侃而谈。为了说服群众，他真是下了苦功夫，研究了很多资料。这是香州市有史以来最大工业项目。这个项目已经通过国家环保部的环评报告审查，继而获得国家发改委核准，所有的一切努力都费尽千辛万苦，一定要确保项目顺利上马。然而，该项目自立项以来，遭到了不少的质疑。人要怎么办？海里的珍稀物种包括中华白海豚、文昌鱼怎么办？

下面的群众七嘴八舌提问：

"火电厂投产后，我们的环境会恶化吗？"

"不会。岛上常年东北风，废气都吹到海上去了。"

"万一爆炸，会波及我们吗？"

"不会。正式投产时所有的居民都搬迁到五十公里之外去了。而且中间还有一个一公里的绿化带，种上大树，防护措施会做得很到位。"

"征了我的地，收了我的海，我怎么活？我为什么要支持？"

"你可以领到一笔补偿金，将来你就不用种田了，而是市民。有知识和技术，可以去市政公司和火电厂上班；没文凭的，可以当环卫工人、去五星级酒店做保洁、去高尔夫球场当球童。还有，你们将会领到一笔过渡补助和生产生活补助。过渡补助是每人每月五百元（第一年有效）；生产生活补助：年龄在十六岁至五十九岁的居民每人每月可领取一千五百元（前三年有效）。大家放心，政府开展房屋征收与补偿工作一定会遵循决策民主、程序正当、结果公开的原则。你们回去家里好好商量一下……"

谈话持续了很久。很多蝴蝶岛人还是下不了决心是否要和火电厂做邻居。毕竟有太多地方都说"不"；毕竟，不到万不得已，没人愿意自家的后花园是座火电厂。不过，在干部齐心协力做完细致的群众工作后，超过95%的蝴蝶岛人选择了同意。干部工作细致到：比如，搬迁的村庄里，妈祖、王公、土地公，大大小小的神庙就有十几座，要世居于此的渔民离开，也要把他们所信奉的神明安顿好，排位、风水，都要考虑仔细，尊重群众的生活习惯。

虽然思想工作、征迁工作已经做到彻底公开透明，但历年来国内每一次火电厂大气污染物排放引发的争议与恐慌已经电流般传至这个小岛，总有蝴蝶岛人追问："我们怎么办？"作为蝴蝶岛人的父母官，雷主任不得不时时刻刻给村人打安抚剂、镇定剂。毕竟，这个项目非同小可，一有风吹草动都是举国关注，恰如岛上遍地生长的仙人掌，一不小心就会被刺扎到。

为了这个项目，市委孙书记多了不少白发，做了很多工作，几乎跑断了腿。他要操心的事情太多，工业建设，古城改造，生态城市建设，全国卫生城市创建等等，都是要命的大事，作为领导者，他主要是起布局谋篇、铺路搭桥的作用，为群众发展商品生产疏通渠道，架设桥梁。比如，对全市经济合理布局，正确指导，提供有效服务。但这还不够，还要注意解决人民群众在改革开放中出现的模糊认识，摆正一些关系。犹如整顿交通秩序、修理路面是为了车辆更加畅通一样，治理整顿是为深化改革创造必要条件。这就要求他既要顾全大局，又要结合本地实情；既不能强调特殊性而不贯彻执行中央的方针，又不能搞"一刀切"。作为香州的全盘操局者，要做到有促有控，有保有压，以推动经济健康稳步发展。最大的难题是，经济发展和社会稳定、环境保护总会有矛盾冲突，总会有缠访闹访的事情发生，甚至有人采取一些极端的手段，这些都需要他去解决，去掌控全局。他这个市委书记是真忙，也真累啊！常年处于焦虑状态，但很多老百姓却以为市委书记整天就是坐在会场里喝茶，或者坐着小车兜风。欲戴王冠，必承其重，只有身处其中的人才能有切身体会。他经常感到身心疲惫，但战鼓紧催，他不得不马不停蹄，好好睡一觉松弛筋骨都变成了奢侈。

从他走马上任第一天开始，他就定下了目标：要完成香州市从农业到工业的转型。农业是稳定的基础，但无商不活，无工不富，工业化发展是大趋势。实现梦想的道路不可能是平坦大道，需要克服一个又一个难题，需要跨过一道又一道的坎，需要无数人为之奋斗。工业区建起来，需要大量企业落户，没有企业怎么办？一家一家地去"招"。在这一点上，招商局长立下了汗马功劳。一幢一幢大楼摸情况，一幢一幢大楼送材料，一幢一幢大楼去推介，引来了包括福特、松下等五家世界五百强企业，此外还有一批火电、玻璃等具有全球影响力的重大项目陆续落户。这几年，香州通过全面落实供给侧结构性改革，优化科创全要素供给，抓实精准制度创新和有效制度供给，做实以先进制造业为支撑的实体经济。以科创为核心，走一条转型发展的"蝶变"之路，主要聚焦外资准入、对外贸易、金融服务、产业体系、科技创新、营商环境等领域，带领香州百

姓创造出更大的财富，享受更多的发展成果。如今香州工业区以先进制造业为支撑的实体经济生机勃勃，一场工业化进程的"圆梦"之旅正在路上。火电厂大气污染物排放项目投资过百亿，是重大工业项目，招商成功，香州工业将更上一层楼，如虎添翼。如果招商不成，那损失是惨重的，全市的财政很大一部分要指望它。无论如何要确保万无一失。

关于火电厂项目，之前市委已经召开了一次常委会。一个市的很多大事，往往都是书记会碰头解决，定调子作决定的。真正到常委会上去的议题，一般都是铁板钉钉了。孙书记在大会上指出："如果火电厂在蝴蝶岛落户，我们的经济就会跃居全省首位，就是在全国，也能排上位次。各位，一定要抓住机遇齐心协力办好这个项目啊。有了政策，还要有好的服务。我要求各相关部门一定要全力以赴做好服务。不能把人家请来了，就给人家难看。"如今招商引资表面看起来热闹，有很多投资意向，但这些投资意向，一百个当中有一两个能够落实就很不错了。两年前孙书记一次外出考察时遇到了火电厂的吴总，知道吴总有亲戚在香州。吴总对香州表现出了一定的兴趣，主要是香州地盘大。孙书记就对吴总说："吴总对香州的感情，我们是知道的，我们也一直期待着贵公司到香州落户。如果贵公司到香州，我们会尽最大的努力搞好服务。希望吴总能亲自到香州考察啊！"

火电厂项目是一柄双刃剑，用得好呢，香州经济会将跃上一个全新的台阶；用不好呢，反而激起多方面的矛盾。不过，孙书记是一个喜欢挑战的人，他觉得上下齐心，应该可以把火电厂项目办好。孙书记心里拿定了主意，他在位的这几年里，要在香州唱一出大戏。这出大戏，就是大抓工业。

按下葫芦起了瓢。因为规定每月一千五百元的生产生活补助只有十六岁至五十九岁的居民才能领取，老人们怒气冲天。他们心理不平衡，六十岁以上的人凭什么领不到生活补助？越来越多的老人围在路中央，有的四五点钟就跑来堵了，火辣辣的天，在大太阳底下和工作人员较上劲了，双方都急了眼。其中一个叫阿花的老太婆骂得特别凶，不堪入耳，工作队中一个年轻气盛的小伙子气不过就推了她一下，老人家猝不及防倒在地上，全身不能动弹，被紧急送往医院。老太婆的丈夫挥拳就朝年轻人打去，更多的老人蜂拥而上落拳如急雨，110警车呼啸而来，老头被带到了公安局……

陈朝武头痛死了。他夹在中间两头受气，成天忙着灭火，忙着擦屁股……这破村主任，不当算了！征迁工作让他焦头烂额。情况太复杂了，千丝万缕扯不清。民用房赔偿分有土地证的、没土地证的、混合结构的、石盖房的、土木的、有无装修的，每一种赔偿标准都不一样。土地和海地的赔偿标准也不一样。他自己还有冤无处诉呢。县委发话了，村干部要起带头作用，否则马上撤职。他已经率先在拆迁合同上签了字，他的五层别墅刚建好三年，花了两百多万，可是只能得到一百多万的赔偿款。他心疼自己的房子，那种心痛是锥心的，他要眼睁睁地看着自己辛辛苦苦建起来的一砖一瓦被拆毁。没办法，要建

设总要有牺牲。他是党员，他不带头谁来带头？

　　蝴蝶镇镇长张锦城肩上的担子比陈朝武还要重。镇里管着九个村庄。千斤重担这个词，张锦城终于体会到了。自从征迁工作开始，来找他求情开后门的人络绎不绝。都是乡里乡亲的，抬头不见低头见，很多都是"面线亲"，都是要求多量一点赔偿面积，多给点赔偿款的。张锦城非常无奈："镇政府不是我一个人开的。国有国法，条令法规都在那儿，只能按规矩办。该你的就是你的，一分钱都少不了你；不是你的，你也拿不走。"吃了闭门羹的人都在背地里骂他："六亲不认的家伙！看把你能的！"

　　征迁工作有序地进行着，大家集思广益，最后决定采取以下几个举措：一、发放数万本《火电厂大气污染物排放小常识》卡通宣传册进入学校、农户、市、县、乡、村各级。二、选出代表，花大本钱包机远赴日本横滨、新加坡裕廊岛，近赴南京扬子石化等地参观火电厂项目生产，让村民眼见为实，证明火电厂大气污染物排放并不是猛虎。这虽然要花大本钱，但花得值。三、所有蝴蝶岛籍的官员被从各地征调回乡，对乡民展开科普与公关。这个工作办法很好，效果立竿见影。还有，银行工作人员到村里现场办公，那些率先签下征迁协议的村民率先领到了一大叠红通通的百元大钞，听说每人可以领到二十万元左右，那厚实的钞票惹得还未签协议的人眼红心热起来。

第十一章
离婚

　　王金国有了别的女人了。也许，婚姻跟金属一样，都有一个疲惫期。都说男人有钱就变坏，大概是真的。然而，王金国也很委屈，他并没有什么花花肠子，只不过兜里有了几个钱，女人纷纷往他怀里扑，他没有经验，也缺乏定力，说来也不能全怪他。他决心离婚，娶公司秘书小玉，最大的理由是，小玉年轻漂亮带得出去，而彩霞根本没办法带出去见人。

　　王金国和小玉的事几乎人尽皆知了，只有彩霞还蒙在鼓里。朱子奇一直犹豫着要不要告诉嫂子，朝云反对：出轨这种糟糕的事，除非迫不得已，谁敢告诉当事人呢？一个女人发起疯来是很可怕的，甚至有些女人更愿意一辈子蒙在鼓里，像只鸵鸟一样过一辈子，你打碎了她自己编织的梦，她反而怨恨你。

　　彩霞后来也发现了。再迟钝的女人在这方面也是敏感的。

王金国提出离婚，彩霞就哭哭啼啼来找朝云。朝云知道，嫂子这是寻求同盟来了。摸摸良心，嫂子确实不容易，偌大的家业是嫂子和大哥一起创下的。但大哥也没有亏待嫂子，他明确表态了，家产分一半给彩霞。王金国现在整天衣冠楚楚，而嫂子还整天一条裤腿高、一条裤腿低，脸晒得黝黑，身材越来越壮实，身上永远一股臭汗味儿，跟公司里那些肤白貌美的妹子一比，实在是天上地下，也难怪王金国要换妻。

平日里，她这个妹妹给大哥添了不少麻烦，但有些事嫂子也是睁一眼闭一眼唠叨几句就过去了，没有真的跟她计较，嫂子能忍到现在已经算是好脾气了。如果从血缘关系来说，朝云应该站在大哥这边。但朝云也是女人，她能感受丈夫背叛那种锥心刺骨之痛。她只能安慰嫂子："嫂子，我哥生出了花花肠子，这是我哥不对。不过，男人一旦变了心，九头牛都拉不回来。如果双方就这样耗着，对谁都没有好处。我们女人应该自立一些，离开了男人我们也能活。"

彩霞跳了起来："你也支持你哥跟我离婚？是啊，我是外人，你是他亲妹，当然要站在他那边啦！我今天真是猪油蒙了心，竟然还想让你劝劝你哥！"往日彩霞对朝云的不满此时全部爆发了，"人家都是劝人和，哪有劝人离的。我就知道你不怀好意，和你哥联合起来欺负我！我不离！死也不离！拖也要拖死那对狗男女！"

朝云差点被气哭。自己一番好意，好心被当成驴肝肺。朝云的意思是，女人要有尊严，要自尊自立自强，才不会被男人看扁。而嫂子呢，一味逃避，这样于事无补。朝云忍着气宽慰嫂子："嫂子，你误会我啦！你在王家劳苦功高，村里人都有目共睹。我的意思是，即使离婚了，我哥绝不会亏待你的，这一点你放心！学会放手，给大家一条生路，不然没有一个人会开心。我看大哥已经是铁了心要离婚了，你觉得你能让他回头吗？"

这一句问到了彩霞的要害。她哇的一声哭了。

朝云也不劝，任由她哭个够。等彩霞哭累了，朝云对她说："这样吧，你回去好好想一想。把你的条件列出来，我让大哥尽量满足你的要求。"

彩霞抹着眼泪走了。

农村妇女彩霞采用了传统的一哭二闹三上吊的方式，这加深了王金国对她的厌恶之情。小玉是那样温柔，而原配彩霞是那样粗俗，说话恶声恶气；小玉的皮肤那样白皙细腻，而原配粗糙的皮肤闪着木炭一样的光泽；小玉带出去给王金国加分，彩霞带出去给王金国减分。其实，王金国并不想离婚的，毕竟他和彩霞是患难夫妻，彩霞陪着他白手起家，他的成功有彩霞的功劳，打断骨头连着筋。他挺享受家中红旗不倒，家外彩旗飘飘的局面，让他想不到的是，彩霞竟然跑到公司里追打小玉，她一边抓小玉的脸一边哭骂："臭狐狸精！今天我跟你拼了！今天有你没我，有我没你，我彩霞绝不跟人共用一个马桶！"

"共用一个马桶"这个说法激怒了王金国。妈的，老子好歹也是堂堂金国花木公司的老总，还是市政协委员，跟市长握过

手合过影，竟然成了一个农村女人眼里的马桶！两人闹了两年，分居了两年，法院终于判决离婚，王金国分给了彩霞一半家产。

离婚后，朝云在街上遇到彩霞，她拉住彩霞的手喊了声："嫂子！是我大哥对不起你！"

彩霞心中一酸，眼泪差点滴下来："强扭的瓜不甜，这两年，我也算是明白了。缘分尽了，神仙也没办法！不过，你大哥还算有良心，在钱财上没有亏待我。"

朝云说："你还是我嫂子！我爱吃你做的发糕！"

彩霞说："既然你爱吃，那我仍然给你做！"

小玉终于过上了向往的阔太太生活。清晨九点，小玉开着红色宝马往桃源方向走。她听圈里的太太说，用晒干的桃花做枕头，桃花会散发出阵阵幽香，有助于睡眠。最关键的是，睡了桃花枕，有利于增强夫妻之间的感情。最近王金国对她有些冷淡，她迫切需要桃花枕来稳固她的爱情和婚姻。

到了桃林里，桃花开得正好。一簇一簇的桃花像搽了胭脂，五片花瓣全部展开，每一片花瓣底部是艳红的，而顶部却是粉红的，细长的花蕊是杏黄的。从艳红的花心处冒出来，恰好伸展到粉红的花瓣处。小玉想，晚上要和王金国洗个鸳鸯浴。把花瓣洒进浴池里，水面便漾开了晕红的涟漪。一想到老公那双色迷迷的眼睛，小玉就面若桃花。

一阵微风，凋谢的花瓣纷纷落下，不管小玉如何小心，她的高跟鞋总会时不时地踩在落红上，她的心一阵疼，好像踩到了自己。

小玉开始采摘一朵朵桃花，一边小心着手上的钻戒不要被桃枝划伤。没想到却弄坏了指甲。她刚去美甲店做的桃红色美甲上面镶着亮钻，结果有一片断了。没办法，只好继续采摘。她随身带了一个袋子，好像已经摘了很久了，袋子也膨膨松松有大半袋的样子，但用手一压，就贴在了袋子底下。她的高跟鞋已经弄脏了，算了，干脆明天再买一双好了。下次来要记得穿一双耐克。

突然一声断喝："那个谁，你怎么乱折别人的桃枝？"

小玉吓了一跳，回头一看，是一个老农模样的人。小玉赶紧打开坤包，点了五张百元大钞给他："对不起啊，我一来就想找这片桃林的主人，可是没找到。我一开始就准备付钱的。"

老农呆了呆，望着手中的五张大钞发愣。小玉以为老农嫌少，又抽了两张百元大钞给他。老农还是发愣。小玉最后又抽出三张百元大钞给他："我身上现金就只有这些了。"老农突然回过神来，赶紧把钱揣进口袋里。一开始，他还以为自己白日做梦，哪知发愣的当口又白赚了五百元，这一亩桃林收成了桃子能卖上三百块钱就不错了，今天真是天上掉馅饼，被他捡着了。

老农说："姑娘，人家摘桃花摘个两三枝就够了，你摘这么多做什么？"

"我要做桃花枕。"小玉嫣然一笑。

桃花枕？亏这些城里人想得出来。老农说，"你这样慢腾腾

地要摘到什么时候？我来帮你摘吧。"

小玉拍手道："太好了，谢谢你！"

老农手脚麻利，很快就摘了两大袋。小玉连声称谢，高兴的是今天心愿得以完成，美中不足的是老农那双手太粗糙了，要是这些桃花都是自己的纤纤玉手采摘下来的就更完美了。不过天下完美的事几乎没有，也就将就吧。

回到家，小玉忙着晒花瓣。别墅的空间很大，她一瓣瓣仔细地将桃花展开，爱抚它们，凝视它们。小玉曾经在一本书上看到一个说法，叫作"醒花"。让一朵花的灵魂苏醒过来，这是多么美好的意境啊。

阳光很好。到了黄昏小玉将它们收拢起来的时候，它们已经半干了，软绵绵的。小玉想，顺利的话，天天出太阳，晒个五六天，桃花枕就可以做成了。万一下雨，干脆用烘干机烘，不过火候一定要掌握好，免得它们变成酥脆的干花。

小玉涂上了性感的口红。晚上，她要整个地献给老公。和他一起来一次自由降落，两个人一起顺河漂流，泛起阵阵涟漪，然后一起发出快乐的叫喊。让老公像一道大坝一样爆裂，像奶油一样溶化。当然，她也会跟着老公一起飞翔。小玉浮想联翩，哼起了《快乐老家》，"跟我走吧，天亮就出发/梦已经醒来，心不会害怕/有一个地方，那是快乐老家/它近在心灵，却远在天涯/我所有的一切都只为找到它，哪怕付出忧伤代价/也许再穿过一条烦恼的河流，明天就能够到达……"

时钟嘀嗒嘀嗒转到了十二点，好不容易，王金国终于回来了。一听到门开的声音,小玉就奔了过去:"老公,这么迟才下班?辛苦啦!我放好了洗澡水,你放松放松吧!"小玉准备在老公宽衣沐浴的时候搞个突然袭击,他们已经许久没有洗过鸳鸯浴了。

"我累了,睡了。"王金国将公文包扔在沙发上,转身往卧室里走。小玉呆了呆。鸳鸯浴不洗,枕头你总不至于不睡吧?桃花枕的芬芳将成为安眠的良药与挽救爱情的最后武器。作为一只身材苗条、体态妩媚的金丝雀,她需要巩固自己的笼子,以免别的金丝雀钻进来。

王金国坐在卧室的椅子上,脑子里像被塞满了破布一样凌乱不堪,塞得满满当当的一点缝隙都没有,连透进去一点风的可能都没有。又像电影黑了屏幕一样,丧失了思考的能力。

小玉跟着进了卧室,在他背后发牢骚:"每天都大半夜才回家,要找你说句话还真难。你不要跟我说你整天在为公司应酬,我看你喜欢在酒场上寻欢作乐才是真的。"

王金国没吭声,呆呆地看着天花板。

小玉被激怒了,骂道:"你成天板着一张脸给谁看啊?你为什么整天这样不高兴?"

王金国道:"因为没什么事可高兴。"

小玉问:"国庆节快到了,我们到欧洲十日游好不好?"

王金国说:"游个屁,我要到无锡商务谈判。"

小玉生气了:"真有那么紧急吗?非得你去吗?副总去不行吗?一定要国庆期间吗?你明知道我等国庆等了好久,还非得选国庆去商务谈判,你成心的吧?"

王金国无心恋战,躺到床上用被子包住头:"对,我就是成心的。"他突然又坐起来,皱起眉头:"怎么回事?这枕头怎么塞塞窣窣的,里面装了什么东西?"

小玉解释:"是桃花做的枕头,听说可以安眠,促进夫妻感情……"

还没等小玉说完,王金国不耐烦地拎起桃花枕扔到一边:"我看你是吃饱了撑的!有那个闲情,不如去多学点其他东西!去,把我原来的枕头拿来!"

小玉不情愿地从衣柜里拿出旧枕头,没好气地朝王金国扔了过去:"要是你不陪我去欧洲,那我找个帅哥陪我去!"

王金国将后脊背对着她:"找吧,找吧。"

小玉气得流下了眼泪。睡着桃花枕,小玉辗转反侧睡不着。圈里的太太又没有说,如果夫妻双方只有一个人睡桃花枕,那究竟会如何呢?可这问题又难以启齿,问了只会让圈里的太太笑话。不行,以后她得想办法说服王金国睡在桃花枕上。可惜王金国是个固执的人,说服工作难度相当大。

王金国慢慢沉入了梦乡。他梦见自己站在悬崖边,对面有一面大镜子。突然,镜子里反射出一道光,把他慢慢吸了进去,他被卷进一个无边的漩涡,他努力挣扎着,却仿佛有一双无形的手在拖拽着他,最终他失去了意识。

等小玉醒来,双人床另一边早就空了,王金国又到公司去了。公司才是他真正的老婆,他要么在公司,要么在苗圃里,要么去外地参观别家的先进花卉种植技术，总之就是很少待在家里。小玉起床吃完早饭，回到卧室精心化妆，她小心地涂上睫毛膏，她要让王金国每时每刻都看到最美的她。记得他们刚好上的时候，王金国曾经托着她的脸，叹息着说："你怎么能这么美呢？你会为自己的美吃苦的。"

小玉咯咯笑起来。望着镜子中那个如花的美人儿，她想，王金国平时都是对的，但唯独这一句错了。幸亏长了一张漂亮的脸，她才有现在的幸福生活。别的姑娘奋斗十辈子都过不上的幸福生活。她终于过上了梦寐以求的生活。有了钱，一切烦恼都消除了。她可以躺在泳池边的太阳椅上和太太们煲电话粥，不需要舞瓢弄勺，也不需要辛苦地住出租屋、挤公交车去上班。现在的她，信用卡随便刷，可以自由出入各种高档会所。她再也不需要为了挣钱而去忍受她讨厌的工作环境，这是最大的自由和享受。她通过王金国证实了美貌的功能。她和王金国——香州市花木有限公司的王总肩并肩、手挽手走在一起，感受到全公司所有女职员艳羡的目光，心里充满自豪感。她成功了。他是人人都想追猎的对象，她终于像一只缀网劳蛛逮到了他。她知道，公司里所有的女人都妒忌她。很多外来的打工妹来到香州都爱上了香州，都千方百计想留在香州，她是最成功的一个。唯一美中不足的是小松一直把小玉当敌人。小松三年前就出狱了，整天面色阴沉沉的，一口一个狐狸精，差点把小玉气死。照小玉的性子，如果是亲生的，早就一巴掌扇过去了，无奈后妈难当，只得赔着笑脸扮演慈爱的形象，心中却叫苦不迭。

三年前，她还只是王总的秘书。她陪王总去听音乐会，听完音乐会，王金国送小玉回出租屋，小玉抱歉地朝王金国一笑："屋里还有其他合租女孩，我就不请你到里面坐了。"

王金国见惯了太多漂亮的女孩子，不少还主动投怀送抱，都是些轻浮的货色。

他对小玉生出了好感："晚安，晚上做个好梦。"

"晚安！"

等王金国的车走远，小玉还怔怔地站在原地。

从此，小玉天天陪王金国出席各种签约场合与大型宴会。终于，在签了一个千万元的大单之后，王金国喝得酩酊大醉，醒来后，他发现自己和小玉同躺在一张床上。

小玉见他醒来，嘤嘤地哭了。

王金国一冲动，脱口而出："你放心，我会对你负责的。"

"真的？"小玉破涕而笑，抱住王金国的胳膊。

"真的。"王金国肯定地点点头，"我一贯说话算话。"

王金国一整夜没回家，回到家满身香水味。彩霞马上察觉了。王金国有些沮丧，别人偷腥多少回都没问题，他刚偷腥一回就出事。事实上，在床上跟小玉豪言壮语后，回家路上他就有些后悔了。他打算先把这事瞒住再说，没想到马上开了天窗。

小玉的幸福来得太突然。王金国和彩霞离婚后，带小玉出去大吃了一顿以示庆祝。送她回出租屋时，他对她说："你把东西收拾一下，明天搬到我别墅里吧。"小玉高兴得连连点头。

目送王金国的车离开后，小玉哼起了歌儿。她不敢想象明天将会见到怎样的豪宅，她真担心自己直接晕过去。

王金国陪小玉逛街。

"十万？"小玉惊叫起来，"一个包十万？"站在亮闪闪的LV专卖店里，小玉觉得全身轻飘飘的，仿若腾云驾雾一般，她疑心自己身处梦境。

"在顶尖的LV手袋里，十万算是便宜的啦。买吧买吧。"王金国从钱包里掏出信用卡递给导购员，导购员眉开眼笑，迅速开好单刷了卡，递还给王金国："手袋可以到我们专卖店里进行保养，我们竭诚为您提供最优质的售后服务。"导购员心里盘算着，今天这笔交易自己所得的奖金，小五千！发财了。要是一天有一个这样的大老板出现就好了。

小玉还在发呆，她心疼得好像割肉一般。十万，够她爸妈生活五年！她心里涌起一股冲动，过后瞒着王金国把包退了，把钱寄给爸妈，不知爸妈收到钱后会激动成什么样，搞不好爸爸高血压都会犯了，那可太危险了。要是这样，还不如一年给他们两万，慢慢给。

王金国仿佛看透了小玉的心思："不许退！你跟我出席各种宴会，总不能挎着个五十元的包，会让人瞧不起的。本来到手的订单，会被廉价包吓跑的。和客户吃饭，你不妨炫一下你对美食的认识，表现你优雅的一面，甚至凌驾于他们之上，压对方一头，你的服装什么级别，你的专业性就是什么级别。包括我们公司员工出差必须坐商务舱，住五星酒店，都是做给对手看的。"

小玉被说破了心思，红了脸。

王金国继续给她洗脑："和对手PK，天时地利人和缺一不可，从气势上压倒对方，这一点最重要。往大的方面说，我们代表的是香州的形象。要注意，气场，气场！"

小玉昂然挎起LV包，对着镜子转了一圈，果然整个人自信了不少。

王金国道："走吧，去吃点好的，逛了半天，肚子也饿了。"

到了金凯悦大酒店，王金国要了个包厢，包厢容得下十几个人。王金国叮嘱点菜生："龙虾、鱼翅、鲍鱼、刺身，再来份寿司。不够等会儿再点。"

酒店师傅是从香港请来的，龙虾上面撒着切碎的黄蒜末，还有翠绿的葱花，果然美味。吃完后，小玉觉得自己所有的味蕾都苏醒了。

"真好吃！"

"好吃就再来一份。"

吃完第二份，小玉还想要第三份，但她忍住了。

寿司上桌了，精美得像艺术品，简直令人不忍下嘴。饭后结账，八千七百元。小玉咋了咋舌头。自己要节省两个月才能吃上这么一顿饭。

王金国笑她："这还算是小case。我参加过一次聚会，五千元一杯的白兰地，两万元一碟的鱼子酱，一千元一杯的咖啡，甜点上面铺着闪闪发光的金箔。"

小玉一吐舌头："当真是挥金如土啊！"

小玉终于学会了吃刺身。她第一次跟着王金国吃日本料理的时候，三文鱼生鱼片刚入嘴，她便阵阵作呕，跑到卫生间稀里哗啦吐了起来。她习惯吃熟食。王金国很严肃地告诉她："你必须学会吃刺身，刺身蘸上醋和芥末是非常美味的。"

小玉摇摇头："还美味呢，白送给我我都不要。"

王金国笑了："你要是不学会吃刺身，一则你在宴会上会经常饥肠辘辘，最关键的是，刺身是成功人士的标配。"

小玉跟着王金国学会了吃刺身，而且越来越馋，几天不吃，便觉得浑身不自在。

第二天，小玉在秘书室里向陈秘书展示新买的LV包，陈秘书啧啧赞叹，艳羡不已。这时，彩霞推门走了进来，一脸寒霜。小玉赶紧站起来，低低喊了声："太太好！到公司里来开年会吗？"她习惯称彩霞为太太，一时之间不知称呼对方什么才好，情急之下还是沿用了旧称呼。

彩霞冷笑道："别称我为太太，我和姓王的已经离婚了，这个称呼我担不起。你还是称我为陈副总吧。"

小玉一时之间有些手足无措："您喝咖啡吗？我帮您冲泡一杯。"

"好的，谢谢。"彩霞一屁股坐下来，拿起LV包把玩，"看不出，王金国还挺舍得在你身上花血本的。你倒是有福气。"

小玉假装泡咖啡，后脊背一股股凉气升起。在彩霞面前，她根本没有招架之力。她将热腾腾的咖啡端到彩霞面前："这是'往日重现'，我新学的咖啡款式，您尝尝看。"

彩霞站起身:"不喝了。走了。"她盯了小玉一会儿,说:"看你现在笑得像一朵花,总有你哭的时候。只是不知道是哪一天,真替你担心哪。"彩霞扬长而去。

望着彩霞的背影,小玉忧心忡忡地问新秘书:"你说,她会向我泼硫酸吗?还是派人扎破我的车胎?她会怎样报复我?一个车胎要几千元!"

秘书差点爆笑起来:"不会啦!硫酸哪有那么容易买到?"

不过,小玉的话在秘书心里投下了阴影。城门失火,殃及池鱼,前任太太会不会弄个手榴弹把公司炸了?那会伤及一大片无辜啊。或者,拿着一把菜刀挥舞着冲到公司,本意要砍小玉,结果前来劝架的同事却被砍死了?这样的案例还少吗?这几年来,太多耸人听闻的公共安全事件让每个人人心惶惶。

王金国终于娶了小玉。在他心目中,小玉是一个水一样波动与透明的女孩,就像一块璞玉,需要他精心雕琢。虽然小玉已经打扮得像都市里的时尚女孩,但小玉的一些言谈仍然会露出一些山里女孩的蛛丝马迹。婚姻让王金国感到快乐,不管晚上他工作得多晚,当他回到家钻进被窝,里面热乎乎的,那是小玉的身体散发出来的热气。每天早晨出门,小玉已经把他的西装、领带、鞋子都放在他面前。王金国想,一个人有了这一切,还有什么不满足的呢?况且,小玉的身体在灯光下是那么美丽,微微颤动的眼睑,行云流水般的曲线,平缓呼吸起伏的年轻胸部,散发出瓷一般的光泽。他爱看她坐在镜子前慢慢梳理自己的长发，柔软的黄色卷发，像秋天金色阳光水中的水草，而她则像水中的仙女。她的身上有一股类似成熟水果的香味，让他眩晕沉溺，当他从一次次热烈而又亢奋的状态中跌落下来，他仿佛死去一次又一次。而小玉，则摩挲着他胸部如钢铁般的肌肉，发出一声满足的甜蜜的叹息。

刚开始追求小玉的时候，王金国并没有大把撒钱。他怕小玉是因为钱才跟他。考察了小玉一段时间后，他才开始带她出入各种高级会所，有时是乘豪华游艇出海钓鱼，有时是去打高尔夫。结婚时，他送给她一块价值百万的瑞士名表。小玉不断地惊叹。她的眼界迅速被打开。原来，有钱人的世界是这样的。原来有钱这么好，可以享受到世界上这么多美好的东西。

小玉很快脱胎换骨了。她习惯了家里阿姨的服务，习惯了下车有司机帮忙打开车门，习惯了喝一瓶五万的XO。习惯了和一群阔太太坐在锦江酒店的三十层，玻璃外面是城市的灯火，用叉子吃精美的水果芝士蛋糕，比拼脖子上、手上的钻饰。看到某个极品首饰，便大声拍掌叫好。

父母亲来到小玉的别墅时，他们的眼睛都花了，所有煌煌的家具让他们头晕目眩。墙壁上挂着一幅山水画，小玉母亲凑近前去观赏，嘴里啧啧有声："画得真好！"她的口水喷到了画上。

小玉将母亲往后拉远一些："当然画得好，这是王金国刚刚从拍卖会上拍回来的，五百万呢！"

"五百万？"小玉母亲捂住心脏，唯恐自己的心从胸腔里蹦出来。她一会儿摸摸这个，一会儿摸摸那个，结果手上太粗糙了，把天鹅绒窗帘勾起了一段丝。

小玉叫起来："妈，别乱摸！"

小玉母亲尴尬地笑了笑，赶紧将窗帘放下，问道："王金国什么时候回来吃饭？"

小玉随口答道："他呀，基本上都是三更半夜才到家。我们不用等他，吃我们的就是。"

小玉母亲大吃一惊："这么晚！我跟你说，男人都是爱偷腥的猫，你可得盯紧点。别让他跑丢了。现在电视剧里不要脸的女人多得是，就像一大帮乌压压的苍蝇……"小玉母亲兀自唠叨个不停，小玉截住母亲的话头："妈，王金国对我很好的，你不要咒我们啦！一个男人四十岁一定是他最忙的时候。你要我把他拴在家里，那你要我吃什么？吃土吗？"小玉母亲还是不停嘴："他一个月给你多少生活费？够不够花？我跟你说，一个男人爱不爱一个女人，就要看他舍不舍得为女人花钱。你看，你爸爸这辈子挣的钱都在我手里……"

小玉跺脚道："妈，闭嘴啦！好像你什么都懂似的！王金国一个月给我的钱，比爸爸一辈子给你的还要多！"

小玉母亲脸一阵青一阵白，终于闭嘴了。

小玉父亲掉了一小截烟灰在地上，脚一踩，地上就花了。末了，他竟然将烟头扔在地毯上，地毯上烫出了一个洞。小玉叫起来："爸，这是澳大利亚进口的地毯啊！"阿姨赶紧将烟头捡起来，擦掉上面的烟灰。小玉不禁庆幸，这次是偷偷让父母亲来的，要是让王金国看到父母亲这样，心里肯定不痛快。尽管之前王金国三番五次热情地邀请老丈人和丈母娘来别墅小住，但小玉一直推脱乡下农活忙，走不开。看来，小玉的担心是有道理的。

其实，小玉第一次来王金国别墅的时候，她的表现完全不比父母亲今天的表现好多少。星光璀璨的吊灯由无数晶莹透亮、精雕细琢的水晶片构成，造型是一艘花船，好像要把人带去海的那一边。夜间派对时，打开这一挂水晶吊灯，那无数晶面反射出点点金光，让人疑心置身富丽堂皇的宫殿。还有色彩凝重的橡木地板、雕花繁复的大床、面包般蓬松舒适的沙发……客厅瓷砖上的花朵线条纤细妖娆，从花心到花瓣边缘，着色由浓到淡，万千花朵层层绽放，变化自然，显得花丛幽深神秘，整体的淡蓝色十分清凉雅致。家具上的油漆泛着细腻的光泽，颜色像早餐抹在面包上的黄油，荡漾着一圈圈细致好看的木纹理。

每次王金国带小玉出去应酬，总是倍儿有面子，总能收获无数艳羡和赞美。小玉也为自己骄傲，她青春又美貌，只要稍加打扮，就远超那些身材矮矬胖的富婆。她拥有一个独立的衣帽间，皮草、风衣、裙装、旗袍、晚礼服以及纱巾披肩都分门别类妥帖收藏着，光滑平整垂挂在一间间隔挡里。她有十几个包，几十双鞋，上百副耳环，穿不同的衣服配不同的包和鞋子。每次打扮都要花费好几个小时，然后光鲜靓丽、雍容华贵地出现在各种高贵的场合。她现在熟知了无数奢侈品牌，包括路易威登、香奈儿、爱马仕、古驰、卡地亚、蒂凡尼等等，她时常

出没于恒隆广场、芮欧百货等高端奢侈品商厦，花起钱来比王金国更大气。她已经不是从前的她了，像一条蛇蜕掉了皮，浑身上下闪烁着新生的光泽。

小玉看着自己的纤纤十指，上面涂了鲜艳的大红色指甲油，她轻轻朝上面吹了一口气，这家美甲店做得不错，虽然贵了些，下次还来这家。这样的一双手，当然不适宜洗碗、拖地等活儿，只适宜在优雅的酒店里拿起咖啡杯轻啜一口。想起来恍若隔世，在前几年，这双手还要自己扛米袋、扛矿泉水，只为了节省那一元配送费。从大学毕业那几年，她夹着尾巴讨生活，讨好房东，讨好主管，甚至讨好菜贩，以希望菜贩给她的菜能够便宜一些。

第一次刷信用卡时，小玉清楚地感受到自己的心一颤。她只是摁下了六位密码，里面的钱就像阿里巴巴山洞里面的金银财宝一样源源不绝地吐出来。在以前，当她攥着纸钞时，她会仔细打算花出去的每一块钱，让它们物超所值。

现在，一切都改变了，她瞬间从地上飞升到了云端。

第十二章
蝴蝶岛

张锦城坐在自家台阶上睡着了。他几乎是屁股一挨着台阶就睡着了。

累，累惨了。"多少事，从来急；天地转，光阴迫。一万年太久，只争朝夕。"自从征迁工作的重担落在了他这个镇长身上。每天都是风风火火急急忙忙，犹如火上房。挖掘机、推土机已经在村里隆隆作响了，把那些倾圮的土砖茅草房推倒，将一堆堆垃圾运走；将屋场旁荒芜土地上的枯树、杂草清理干净，把地拾掇平整；有的在掘土取沟，将村子内的一条条排水沟挖好……

东林村的村民许丽花来找张锦城，摇了摇他，没摇醒，只得用力往他肩膀上拍了一下。张锦城迷茫着睁开双眼，迷瞪着问："现在是早上还是晚上？我在哪里？"

许丽花笑了："张镇长，你是不是忙晕了？"她看见张锦城嘴上的皮都翻开了，便把手中的一瓶矿泉水递过去。张锦城也不客气，拧开瓶盖咕嘟咕嘟将一整瓶矿泉水喝了个精光，这才慢慢清醒过来，把许丽花让进家里坐。

许丽花开门见山："张镇长，我请求你拆迁款慢点发放。"

张锦城惊奇地瞪大了眼睛："我没有听错吧？别人都恨不得拆迁款早日放进口袋里，你这是咋啦？"

待许丽花一五一十说明原委后，张锦城才理解了许丽花的怪异请求。许丽花是外来媳妇，江西人，打工时结识了刘汉，后来嫁给了刘汉。刘汉有个哥哥刘敏，两人合住在一栋三层楼里。没想到结婚不到一年，刘汉病死了，也没有留下一儿半女。农村没有房产证，只有宅基地的申请书，那张申请书上原本写的是大伯子刘敏的名字，后来刘敏的名字划掉了，改成刘汉的名字，上面盖着章。许丽花说原本是刘敏申请盖房，但口袋里没钱，当时刘汉打工挣了钱，于是申请书上改成刘汉的名字，只是当时办手续的陈主任为了图省事，直接在原申请书上把刘敏的名字改成刘汉，这种做法是不科学、不严谨的。如果能找到陈主任对质就好了，可惜陈主任退休后病逝，死无对证。即使陈主任还健在，事隔多年，申请宅基地的人那么多，他能不能把久远的往事准确地从众多记忆中打捞出来也要画一个问号。

许丽花刚说完，她的大伯子刘敏也追来了，两人争执不下。

张锦城拍板："等你们把产权理清楚了再来。现在赔偿款暂不发放。"

刘敏跳了起来:"凭什么不发放?别人都领了,为什么我不能领?"

张锦城看看他:"那你说,钱要打到谁的账户里?"

"当然打到我的账户里了!"刘敏大声说。

许丽花尖叫起来:"你想得美!做事要凭良心,人在做、天在看,你也不怕遭雷劈?!这笔拆迁款是我的!"

刘敏怒视她:"你姓啥?搞清楚你姓啥再说!我们老刘家的房子拆迁了,钱反而给你?真是天大的笑话!"

张锦城说:"把你们家老母亲请来吧,你们家里的事,老太太最清楚。"

然而,左等右等,半个月过去了,老太太还是没有露面。张锦城猜测,这房子大概真是刘汉建的,但老太太不甘心家产落到一个外姓女人手里,又不敢昧着良心说话,因此一味沉默逃避。

张锦城亲自上门了解情况,老太太头发花白了,身子骨却还硬朗,行动利索得很。张锦城问:"老太太,这房子到底是谁申请的?你还记得吗?"

老太太低着头说:"是老大申请出钱建的。"

许丽花大叫起来:"妈,做人要讲良心!老大是你儿子,老二就不是你儿子吗?"

老太太并没看儿媳妇,一口咬定:"是老大刘敏出钱建的房。申请也是老大递的。"

张锦城问:"那为什么申请书上会改成刘汉的名字?"

老太太撇撇嘴:"还不是有人想钱想疯了,做的手脚。"

许丽花哭起来:"张镇长,你看看这申请书上的字,十几年前的字,如果是我现在改的,这字看起来能一样吗?"

张锦城把申请书拿起来仔细一看,确实如此,是十几年前的字,那是光阴留在纸上的印记,做不了假的。张锦城掏出手机,给镇政府现任管基建的林主任打了电话,请林主任务必查清楚当年刘家申请基建的事。又给县里的司法局局长打电话:"老方啊,我是张锦城啊。有个事要你帮忙啊,是这样的……"

只听那边笑着说:"你老是喊我帮你办事,腿都跑细了,说什么也得请我吃个饭吧!"

张锦城笑了:"没问题,改天我抓几只大螃蟹,到你家里喝酒!"

许丽花不胜感激:"谢谢张镇长!为了我的事,还让您破费!"

张锦城手一挥:"我不会偏袒谁!把事情查清楚了,拆迁款该给谁就给谁,绝不让老实人吃亏。你是外来媳妇,要是盖房子的钱真是你老公出的,那这拆迁款应该归你所有。不过,宅基地你大伯子也有份,等事情查清楚了,你们自己商量好,再高高兴兴把钱领了,皆大欢喜!"

过了一个月,查明当年盖房子的钱确实是刘汉出的,许丽花领到了一半的拆迁款。有了这笔钱,下半辈子有了保障,她就吃了定心丸。她兴冲冲送了一面锦旗到镇长办公室:"张镇长,谢谢你,谢谢你主持公道!"

张锦城定睛一看，锦旗上面写着"包青天"三个字，不禁哭笑不得："我只是做了我应该做的，我们的工作就是为群众排忧解难。不能让老实人受冤屈，不能让你们在背后戳我的脊梁骨呀！"

一波才平，一波又起。蝴蝶镇胜利造纸厂厂长张友利把镇政府给告了，因为镇政府拆了他的造纸厂。镇政府之所以把造纸厂拆掉，是因为厂房有厂房的补偿标准，不能按农田或工业用地的标准来赔偿，张友利的造纸厂按标准来算，只能赔两千万，可他狮子大开口，要求赔偿五千万，一下子多出三千万，镇政府去哪里弄钱？钱不会自己生出来，也不会从天上掉下来，镇政府也不能去抢银行。镇政府不松口，张友利也不松口，两厢就这样僵持不下。可是县里下了死命令，要求在年内全部征迁完成。自从造纸厂拆掉后，工程就轰轰烈烈上马了，平整土地，打桩，三个多月后，就开始建第一层了。

之前镇政府财务已把两千万打到张友利的账户里，张友利跑到县里上访说镇政府还欠他三千万，县里严令蝴蝶镇妥善处理这件事，否则年底全镇干部的绩效统统以百分之六十发放。一听年底绩效只领百分之六十，干部们炸锅了。张锦城知道自己要是处理不好这件事，他将招致千夫所指，将被下属的唾沫淹没。火烧眉毛，再不感化张友利，张锦城的政治生命也差不多到头了。

上访没结果，张友利直接告到了法院。看着法院送来的传票，张锦城也曾泄气过，但他想起了县领导开会时激励他们这些乡镇长的话:"古时候,人们以'七品芝麻官'来喻指县令的官微权轻,有贬损之意。其实,当好一县之长何尝容易。'芝麻官'身上也有千钧担。我担任县委书记,每与同行谈起,大家总有一致的感慨,官不大而责任不小。如果把国家比作一张网,全国三千多个县就像这张网上的纽结。纽结松动,局面就会发生动荡;纽结牢靠,政局就稳定。国家的政令、法令无不通过基层得到具体贯彻落实。因此,从整体与局部的关系看,县一级工作好坏,关系国家的兴衰安危。你们在乡镇工作,更不要妄自菲薄,你们是国家的基石。为群众办实事,要扎扎实实,坚持不懈,久久为功。我们看那滴水穿石,可以从中领略不少生命和运动的哲理。坚硬如石,柔情似水——可见石之顽固,水之轻飘。但滴水终究可以穿石,水终究赢得了胜利。一滴水,既小且弱,对付顽石,肯定粉身碎骨。它在牺牲的瞬间,虽然未能看见自身的价值和成果,但其价值和成果体现在无数水滴前仆后继的粉身碎骨之中,体现在终于穿石的成功之中。人,应该学习水滴这种前仆后继、勇于牺牲、锲而不舍的精神。在整个历史发展进程,在一个地区发展进程中,干部应该追寻一点一滴的进取,甘于成为总体成功的铺垫。当每一个乡镇干部都成为这样的'水滴'、这样的牺牲者时,我们何愁于不能造就某种历史的成功契机?"

县委书记停下来喝了口茶,继续说:"很多镇里工作的同志反映村民思想顽固,贪小利。我想送给大家一句话,治政之要在于安民,安民之道在于察其疾苦。古人议政的这句话,今天依然值得借鉴。只要我们把民众的疾苦了解到、处理好，去民之患，如除腹心之疾，只要我们能真正代表人民的根本利益，以百姓之心为心，我们的周围就会吸引和凝聚起千百万大众，还愁什么社会不稳？！明朝顾炎武有诗云'句践栖山中，国人能致死'，意谓越王句践栖于会稽山中，卧薪尝胆，博得了人民的信任，百姓肯为之捐躯。封建君主与人民的根本利益相悖，然而当他来到人民中间，肯代表一点人民的意愿，肯与人民同一点甘苦，人民便可为其'致死'。我们党的干部与人民群众的根本利益相一致，只要我们密切联系人民群众，真正与民同苦、与民同忧，必定会重铸我们与群众的血肉联系，必定会赢得群众与我们同心同德。"

最后，县委书记总结道："一件事办得是否有意义，有价值，不能只看群众眼前的需求，还要看是否会有后遗症，是否会'解决一个问题，留下十个遗憾'。例如，修了一道堤，人行车通问题解决了，但水的回流没有了，生态平衡破坏了；大量使用地热水，疗疾洗浴问题解决了，群众很高兴，但地面建筑下沉了，带来了更为棘手的后果；这类傻事千万干不得！'不作无补之功，不为无益之事'，应成为我们为民办实事的座右铭。要有大局观念，坚持党性原则，坚持按政策办事。局部可行，但全局不行的事，坚决不办。不能有短期行为，更不能为了追求个人政绩而不顾政策规定去蛮干。同志们，你们辛苦了！希望你们不断有捷报上传！"

想起县委书记这番话，张锦城振作起精神。听说张友利的老丈人过世，张锦城自己掏钱送去了一千元的吊唁金，却被原封不动地退回。张友利油盐不进，横竖就是一句话："差我三千万。"张锦城记不清这是与张友利第几次见面了，这阶段，他与张友利见面的次数绝对超过与妻子女儿的次数。张友利再次来找张锦城的时候，身边多了一个三十岁左右的年轻人。年轻人穿西装打领带，白衬衫雪白，皮鞋锃亮，头上顶着一个飞机翘，摩丝散发出阵阵芳香，整个人精神抖擞，让人感觉他的世界所向披靡。张友利介绍道："这是我的律师。"

律师微笑着朝张锦城伸出手："张镇长你好。"

张锦城握了握那只手："你好。请问贵姓？"那是一只养尊处优的手，非常绵软，又很有力。

"免贵姓于。"

双方坐下来，张友利毫不客气地开炮："镇长，拆迁法规定，任何单位和个人不得采取暴力、威胁或者违反规定中断供水、供热、供气、供电和道路通行等非法方式迫使被征收人搬迁。"

张锦城一笑："《拆迁法》第二十八条也说了，征收人在法定期限内不申请行政复议或者不提起行政诉讼，在补偿决定规定的期限内又不搬迁的，由作出房屋征收决定的市、县级人民政府依法申请人民法院强制执行。"

张友利一时不知如何应对，张锦城诚恳地对张友利说："老张，咱们在镇上抬头不见低头见，何必弄到如此地步？镇里答应你批给你一个好地块重建造纸厂，你把诉状撤了吧！"

张友利说:"你要是记着抬头不见、低头见的情谊,哪能干出拆厂的事儿?多少人在笑话我?你这是打我脸呢。我没办法做人了。这事儿没商量,五千万,一分钱都不能少。"

张锦城苦笑:"镇里要是赔你五千万,前面的拆迁户不一个个造反,都来镇里讨债?标准就是如此,你让我怎么做?你教教我。"

张友利强硬道:"那是你的事。办法你自己想,不行就法庭上见。"律师微笑着朝张锦城点点头,两人一起离开。

张锦城起身回家。他已经有二十几天没有回家吃晚饭了。再不回家,老婆就不认他了。着急也没有用,只能静观其变。张友利的这纸诉状让张锦城大伤脑筋。有人在的地方就会有矛盾。我们在日常生活中所看见的统一、团结、联合、调和、均势、相持、僵局、静止、有常、平衡、凝聚、吸引等等,都是事物处在量变状态中所显现的面貌。而统一物的分解,团结、联合、调和、均势、相持、僵局、静止、有常、平衡、凝聚、吸引等等状态都是正常的。如何化解这个矛盾,更好地为村民服务呢?张锦城把大学里学过的有关矛盾的哲学知识又重新学习了一遍,并有了自己更深的体会。书里说,不同质的矛盾,只有用不同质的方法才能解决。矛盾的双方,依据一定的条件,各向着其相反的方面转化。这就是矛盾的同一性。矛盾存在于一切事物发展的过程中,矛盾贯穿于每一事物发展过程的始终,所以,出现张友利这个风波并不可怕,这对共产党员解决矛盾的能力是一个挑战。正是由于这些矛盾的发展,推动了社会的前进，推动了新旧事物的代谢。唯物辩证法认为外因是变化的条件，内因是变化的根据，外因通过内因而起作用。鸡蛋需要适当的条件才能孵化为小鸡，若温度太高了鸡蛋就熟了，若温度太低了就冻成冰疙瘩了。而且鸡蛋还不能磕碰。要想人工孵出小鸡来，我们需要考虑很多很多因素。想要顺利完成征迁工作建成火电厂，要考虑各种人的思想观点和经济上的利益。

事情的转机在于张友利因为造纸厂污染被告了。造纸厂附近有一户居民的孩子得了绝症，硬说是他的造纸厂污染造成的，虽然造纸厂已经拆了，但居民一纸诉状把他告上了法庭。张友利腹背受敌，这时镇政府出面做居民的工作，证明造纸厂的环保工作做得好，每次验收都是合格的。镇政府同时联系医院对孩子积极进行治疗，并发动各界捐款。张锦城的做法感动了张友利，他撤诉了。镇政府还积极帮张友利找了一块地，解决了张友利的后顾之忧，这让张友利更加感激，承诺以后每年都给镇政府捐赠一批办公用品。

拆迁工作顺利完成，张锦城很感谢上级的有力支持和指导。他记得拆迁工作开始前市委孙书记承诺：拆不拆、搬不搬、建不建，由群众说了算，村民同意率必须达到95%以上才能实施，不搞强迫命令"一刀切"，不能增加群众负担，一切在尊重群众意愿的前提下推进。县委书记也在会上说："我们将对基层的创新创造进行认真总结，对工作中产生的偏差和问题及时纠正，坚决把维护农民利益放在第一位，坚持因地制宜，把好事办好。"正因为有了这个宗旨，张锦城才克服了自己的急躁情绪，工作终于顺利完成，正应了那句话：前途是光明的，道路是曲折的。这一年，张锦城整整瘦了十斤。他原来是微胖身材，这下好了，自然减肥。忙是真忙，累是真累，但心里是真高兴。凭着一股劲儿，他终于支撑过来了。

搬迁到新村时，渔村所有人都依依不舍。不舍那晨光中千舟竞发的景象从此只能留在梦里；不舍那满载鱼虾而归的欢声笑语从此远去；不舍那些曾一同出海的伙计兄弟；不舍那些亲手养殖的海带鲍鱼；不舍那些简易鱼排上的炊烟与犬吠……但是，他们马上爱上了新村。村路平坦硬化了，路基拓宽了，弯处取直了，路面压得结结实实，平坦而光洁，汽车畅通无阻。宽敞的村路不仅通到了各家的门前，还延伸到了村前的水塘边，连那水塘埂也修葺一新，铺上了厚厚的水泥。孩子们在路边撒欢；张锦城走在上面，感觉走在康庄大道上。村庄美化绿化了，村貌变得整洁了，还安装了一百多盏路灯，到了夜晚灯火通明，煞是好看。排水沟砌好了，抹上了水泥，原来长满枯树、杂草的闲置地也辗压平了，安装上了琳琅满目的健身器材，有帮助活动手脚的，有坐着牵拉手臂的，有帮助扭动腰肢的，有可以在上面跑步的，有手脚并用攀爬的梯子……其间还安放了一个下棋的地方，有棋盘，有石凳，是村民休闲的好去处。那些村内的排水沟，砌得笔直，纵横交错地伸向村外，下大雨再也不会脏水横流；原来空旷的地方都填上了一层新土，铺上了草皮，栽上了铁树、冬青等风景树，村路的两边也铺上了四四方方的草皮，栽上了蘑菇形的风景树，更惹人注目的是，进村子的主

路两边围墙画上了许多生动的宣传画，遵纪守法、移风易俗、尊老爱幼、热爱劳动、节俭养德等一幅幅巨画，不仅醒目、好看，更是让小村多了文化的气息。新村就像披上了华丽的新装，完全改变了模样，靓丽了、风致了、精神了。到了夜晚，村庄在银白的灯光下，愈加好看、雅静。这样的景致、这样的日子让人心花怒放，这些都是党和国家带给农民的实惠和享受啊！

居民安置区很舒适。远离火电厂厂区五十余公里，还有一公里的绿化带。一切规划到位，渔民慢慢消除了火电厂恐惧症，他们惊喜地发现，安置房舒适又漂亮，他们打心眼里爱上了他们新的家园，一切都是按照社会主义新农村的标准建设的：眼前是连绵不断的青山。春天，油菜地里有蝴蝶翩翩起舞，有的停在油菜花上，有的在空中飞来飞去，在天空中画上一条美丽的弧线。村中小河缓缓流过，水又清又凉，边上茂盛的桑树倒映在水中，有时妇女在小河的两边洗衣服。有时小孩子在水中嬉戏玩耍，河水清澈见底，连河里的沙石，小虾都看得一清二楚。童年时候的好山好水都回来了。

空气非常好，走在柏油路上的彩霞深深吸了一口气，感觉五脏六腑畅快极了。这山，这水，这空气，千金难买。彩霞都羡慕起家乡人了，她甚至感觉心中升起隐隐的妒忌。当初她急于逃离贫困的家乡，想逃离家乡的蚊子、牛粪、垃圾，现在村里干干净净。羁鸟恋旧林，池鱼思故渊，离开多年，终于又回到这片土地，一切更加美好。宁静的水面上朵朵莲花亭亭玉立，碧绿与粉红相映衬。偶有一两只野鸭追逐，打破这片宁静。再过一段时间，这片荷塘便有莲蓬了，彩霞犹记得当初采莲的情景，几个女孩子卷着裤子手拉手摘靠岸的莲蓬。刚摘下来的莲蓬中的莲子带着淡淡的甜味，只是要去除莲子中极苦的芯。彩霞期待着过后不久来这里采莲子。

彩霞偶遇了一位记者。记者问彩霞住在新农村有什么感想，彩霞说起顺口溜："种田不交税，上学不交费，看病不太贵，物资真实惠；吃水不用担，做饭不冒烟，看戏不出门，学校大改观；山呦，还是那座山——变绿了，海呦，还是那片海——架桥了，爹呦，还是那个爹——年轻了；娘呦，还是那个娘——漂亮了。"

村委会在漂亮的小洋楼里办公，闲暇时还可以悠哉悠哉地喝茶，让人羡慕不已。弟妹给家里煮了晚饭后，只吃了一碗就抱歉地对彩霞说："姐，你慢慢吃吧。我要去跳广场舞，快来不及了。"

彩霞挥挥手："你去吧。"

乡村比城市里多了一分宁静，少了一分喧哗。彩霞晚饭后去找自己年轻时的姐妹们。少年乐新知，暮年思故友。她怀念和姐妹们一起走过的岁月，一起在绿水边看水中的鱼儿，一起在夜空下数天上的星星，一起在榕树下定下约定……曾经一起经历的仍然记忆犹新。回到故乡，自然要约出来聚一聚。大家都老了，有的还当了奶奶。聚在一起，大家仍然说说笑笑、谈心、嬉戏，一如从前。一个姐妹把孙子带来了，小男孩长得虎头虎脑，可爱极了。想到自己破碎的婚姻，彩霞心里便隐隐

作痛。

回到娘家，她对弟弟说："我想留在村里不走了，做做水产生意。待在兰香村，别人话里话外总要谈到金国，我心里不舒服。"

陈朝武说："姐，那你就回来吧。家里宽敞得很。"

彩霞说："咱虽是亲姐弟，但牙齿难免咬到舌头，住在一起终归不方便。我手里有点钱，你就把拆迁房卖一套给我吧。"

朝武说："姐，你太见外了。"

彩霞说："亲兄弟明算账，免得你跟阿华交代不了。"

彩霞在安置房住下后，心情舒畅了不少。这里设施跟城里一样完备，水电、广播、通讯、电信等配套设施俱全，村委会里甚至有娱乐室，有KTV，也有棋牌室。无聊的时候到村委会里走走，保证能找到一大堆人唠嗑。

蝴蝶岛火电厂项目开始动工，同时省政府向国家发改委申请设立"蝴蝶岛火电厂工业园区"，一年后获批，并被赋予台资项目核准的特殊政策。随后邀请台湾工业总会至蝴蝶岛，酝酿更庞大的"蝴蝶岛工业投资方案"。

从推土机轰隆隆开始铲土到火电厂建设完毕投产，总共花了两年时间。蝴蝶岛开始坐享红利。过去的两三年里，苦于无处安身的工业项目纷至沓来，蝴蝶岛一跃成为一个不用为招商引资发愁的工业园。不仅有玻璃厂、电商等巨头，而且一下子来了二十余个台湾规模企业打包敲门。孙书记开怀大笑："现在蝴蝶岛已经开始有挑选的余地了。产业链紧密、投资强度大、含税率高，如果不符合条件的不能进蝴蝶岛！"

让蝴蝶岛热闹起来的，除了前来敲门的企业，前来调研的人大代表、政协委员外，还有络绎不绝来自全国各地的学习考察团。蝴蝶岛俨然已成当下消除中国化工恐慌的开窗样本。蝴蝶岛管委会接到上级命令，要求详细介绍火电厂大气污染物排放项目落地建设的经验和启示，以作典范。以前是他们向人家学习，现在是人家向他们学习。管委会雷主任最多一天接待了六拨客人，他相当头疼。千篇一律机械式的讲解，让他体会到了类似讲解员的痛苦。

两年过去了，村民们慢慢接受了火电厂的存在。

某一天半夜里，人们隐隐约约闻到一股臭味，开始蝴蝶岛人不知道发生了什么。那臭味相当刺鼻，大家隐隐约约感觉到大事不妙，可又不愿意相信内心的揣测。不久，微信就传遍了：火电厂大气污染物排放管道泄漏了！事故发生后，省委书记、省长马上指示，由肖副省长赶赴现场任总指挥，负责现场处置，抓紧查清事故及有否人员伤亡。抓紧关闭有关通道、开关，防止泄漏加剧，并要求事故处置尽可能减轻对周边百姓影响。公安部部长要求调派警力协助有关部门全力开展灭火救援工作，坚决防止发生次生灾害。

安监、消防等相关部门调集市区消防力量前往，唯恐因泄漏而引起更大的次生灾害。

市政府成立了"5·8"蝴蝶岛火电厂大气污染排放泄漏事故

现场指挥部，下设现场处置、警戒维稳、伤员救治、群众疏导、信息发布、善后工作、事故调查、后勤保障等八个工作组。各项工作紧张有序地进行着。

孙书记的手机急剧响起。他一看表，凌晨三点十五分。他的心一沉，肯定是发生了大事。孙夫人也被惊醒了，嘟囔道："什么事啊，催命似的，还让不让人活！"孙书记瞪了夫人一眼，走出卧室将卧室门带上，摁下了接听键。电话那边是分管安全的陈达仁副书记焦躁而沮丧的声音："孙书记，不好了，火电厂大气污染排放管道泄漏了！"陈达仁接到的是蝴蝶岛管委会的报告。

尽管有些预感，孙书记还是吃了一惊："有没有人员伤亡？"

"没有，幸亏是在夜间，工作人员都下班了，只有值班人员在。"

总算是不幸中的万幸。孙书记道："我马上到现场，你召集相关人员开个现场会议。"结束了通话后，孙书记马上拨打了秘书的电话。在等待司机来接他的时候，他默默地在客厅抽了两根烟。他起身到卧室换衣服，夫人睡意蒙眬地问他："这么晚了要去哪儿？"

孙书记道："回来后再跟你说。现在没时间了，小何在楼下等我。"孙书记一个头两个大。本来年初的时候，该项目因变更环境影响报告书未经批准提早开工建设被环保部责令停建，罚款二十万元。如今又出了泄漏事件，真是风波不断。引进这么一个大项目，真需要火中取栗的勇气。

一个半小时后,孙书记出现在现场,马上开会。

孙书记一脸凝重在会上强调:"这是血的教训!惨痛的教训!心急吃不了热豆腐,做事一定不能急躁,不能冒进。一定要记住,慢工出细活!事故的原因一定要严查!相关责任人绝不姑息!杜绝此类事件再次发生!从哪里跌倒,就从哪里爬起!"

集团贺总工被叫到市委书记办公室谈话。自泄漏发生后,贺总工到现在一直没有合眼,眼里布满血丝,嘴唇都裂开了。和他一起来的还有蝴蝶岛县委书记陈浩坤及火电厂老总吴俊其。

孙书记朝他一点头:"坐。"

贺总工拘谨地坐下。

"今天就只有我们几个人。我希望你实事求是地回答我的问题。为什么会发生管道泄漏事故?"

贺总工搓了搓手,喉结上下滚动了几下,惶恐不安,不知该如何措词。

"事故已经惊动省里了,副省长亲自组成事故调查小组,这事肯定会水落石出的。我希望了解到真相,这样我们才不会太被动。"

"孙书记,按照施工要求,我们的管道应该安装德国进口的管道,可是当时市里下了死命令,工程必须在一年内完工,而且,预算经费也不够,所以,我们的管道用的是国产的管道……"

听到这里,在场的所有人脸色都变得惨白。孙书记大怒:

"这不是拿蝴蝶岛百姓和火电厂员工性命开玩笑吗？你这个总工程师是怎么当的？"

办公室里一片死寂。孙书记一挥手："你们都回去吧，要积极配合调查组工作。尽快做好善后处理。火电厂大气污染物排放存在泄漏或泄漏隐患，一定要做好整改工作。发展工业没有错，但是，如果以牺牲环境、甚至是老百姓的生命财产为代价来发展，那么，发展就背离了它的目的。这样的发展我们宁可不要。这次事故一定要引以为戒！"

该撤职的撤职，该处分的处分，闹得沸沸扬扬的事故调查终于告一段落。

经此变故，贺总工头上多了星星点点的白发。在受处分的时候，他曾有一阶段变得极为消沉，觉得自己快得抑郁症了，以前他觉得那些得抑郁症的人矫情，现在他才明白，抑郁症人人都有，或深或浅而已。在那段等待处分的日子，他一定是抑郁了，他的负罪感越来越重，他给国家、给社会造成了严重的损失。人一旦犯了错误，一定会遭受严厉的惩罚！

政府承诺：加强对火电厂大气污染物排放项目的监管，形成严密的风险防控机制，确保不出事，还公众安全、纯净的环境。

又两年过去了，火电厂一直在安全生产，为香州创造了可观的税收。张锦城、陈朝武越来越忙了，蝴蝶岛上的渔民都开始了新的生活。

第十三章
韵荷

在几乎人人都有微信的今天，朱子奇特别佩服那些微信中的潜伏者。他们不动声色地看着别人的表演。有些表演者，几乎要把家里宠物有几根毛也要展现给世人。而那些潜伏者分为两类，一类是没有表演欲的普通人，生活乏善可陈，确实没有什么可供展览。另一类人，几乎可以肯定，他们比别人吃过更好吃的东西，比别人玩过更好玩的地方，见识过更多神秘莫测的大人物。这种人有着惊人的意志力，他们绝不把自己的生活展览给别人看，他们只是参观着别人的生活，偶尔嘴角露出一丝轻蔑的微笑。能忍住不发朋友圈的人，都是意志力坚定的人，这种人让人佩服。毕竟人都有虚荣心，能克制住虚荣心不发朋友圈的人，都耐得住寂寞。偶尔更新一条动态，也是工作动态，呈现的是正能量的积极的形象。这样的人情商也比较高，能考

虑到别人的感受。

朝云做好晚饭，特地拍了，然后发在朋友圈。配文：幸福就是一起吃饭。她又怕老公没看微信，特地打电话告诉朱子奇，晚上家里有做饭。她买了鲍鱼、牛排、花蛤、青菜等，炖了鲍鱼汤，煎了牛排，做了四菜一汤。他们一家子很久没有一起吃晚饭了，大家都忙，说出来让人难以置信的是，家里最忙的是女儿。女儿上了初中后，每天下午都有四节课，再加上值日等，回到家都是披星戴月。时针已指向七点，朝云想着把凉了的菜加热一下，手机响了："抱歉，老婆，突然有一个北京来的画家要接待，晚饭你和女儿一起吃吧。"

朝云怅然若失。这时门开了，女儿说："妈，刚才我经过牛肉店，闻起来好香，进去吃了一碗。我写作业去了。"

朝云看着满满一盆鲍鱼汤发了一会儿呆，没好气地舀起一勺喝了一大口。满满一桌子菜只吃了一点点，朝云干脆全部倒进了垃圾桶。

她突然体会到了某种怨妇的心情。

自朱子奇提拔副主任之后，朱子奇越来越不着家，朝云的牢骚也越来越多，很有些"悔教夫婿觅封侯"的意思。朱子奇便开导她，你看香州市的发展，如果总是停留在农业城市的发展水平，那势必落后于其他兄弟省市。如果香州市的经济发展起来了，势必也会带来一些腐败现象，这是难以避免的，不能因噎废食。生态复杂了，环境也就复杂了，但香州总体得到了发展。如果停留在小国寡民、闭关自守，停滞不前，只能被时代所抛弃。个人的发展跟一个城市的发展、社会的发展规律是一样的，进步是要付出代价的。我的工作性质就是这样，有什么办法呢？我知道你辛苦，你就多担待一点。朱子奇经常一天里有十几件事要做。照道理，应该先把其中最重要的事情完成了才对。可最重要的事情往往难度最大，想起来就心里发怵，他总是先挑那些简单的小事做了，然后才去做那件最重要的事情。就好像要拔一棵大萝卜，先把周围的泥清干净了，才能集中所有的力气将那大萝卜拔出坑。这样做的最大坏处是很可能耽误事，可这个坏习惯朱子奇总是改不掉，说起来可能是畏难心理在作祟。

第二天晚上，朱子奇父女俩回了家，饭桌上空空的，父女两人脸色臭臭的。女儿泡了方便面，朱子奇煮了碗鸡蛋面加肉丸子。看着朱子奇吃得吭哧吭哧的，朝云质问道："你从去年开始一年三百六十五天在家里吃过几次饭？人家说男人一当官一有钱就变坏，你当了个小小的科长就变坏了？你说，你是不是在外面有了女人？"朝云声音颤抖，努力憋住眼眶中的眼泪。

"哪有！你不要冤枉好人！美术馆工作阶段性繁忙，不信你自己去那里上上班就知道了！"

本来，他们夫妻感情挺好的。两人是自由恋爱。朱子奇刚参加工作不久，脚不慎扎到了玻璃，到诊所包扎。看到这个小护士手脚麻利又温柔，一来二去就产生了好感，就对朝云展开了追求。朝云很崇拜朱子奇，看到朱子奇的画作，她连声惊叹，太了不起了！可惜进入婚姻生活后，一地鸡毛严重摧残了

曾经的浪漫。朝云喜欢井井有条，而朱子奇生性懒散，他的被子从来不叠，理由是中午还要再睡。朝云气急："床上横七竖八的，你不觉得难受吗？"朱子奇也生气："你要叠就叠，不叠就拉倒，不要一边叠一边唠叨。"有一次，两人因为被子叠不叠又吵了起来，朱子奇一生气，故意把朝云刚叠好的被子弄得乱七八糟，朝云气哭了："你怎么连小孩都不如！"朝云除了生气之外，更多的是失望，这个她曾经崇拜的男人，像孩子一样赌气的男人，怎么依靠得住呢？作为一个女人，她想依靠的是一个成熟、稳重的男人。朱子奇的许多生活习惯都让朝云痛恨，朝云是一个有轻微洁癖的女人，而朱子奇把臭袜子到处乱扔。有一天早上朝云在枕头上发现了朱子奇的一只臭袜子，朝云差点崩溃了，用力将臭袜子掷到朱子奇脸上："你这个恶心的男人！"朱子奇睡得正香，从睡梦中惊醒，也生气了："大清早的你抽什么风！"两个人因此三天没说话，谁也不理谁，都觉得对方变了一个人，不再是结婚前认识的那个人。

又有一次，朝云病了，朱子奇忙里忙外侍候，等朝云病好了些，走到厨房一看，又怒火中烧："你怎么都没洗碗？"

朱子奇说："消毒柜里还有碗呀，等所有的碗用完了再一起洗。"

朝云气噎，挽起袖子开始洗碗，眼泪扑簌簌掉进碗池里。当晚又气得病倒了。

朱子奇吃力不讨好，也觉得委屈，早洗晚洗不都是洗嘛，发这么大的脾气做什么，不可理喻的女人。

朱子奇被朝云唠叨怕了，有时候下班，他坐在小区花圃边的长椅上抽烟，不想回家。有一次朝云下班回来，偶然看见朱子奇，咦了一声："你怎么不回家？"后来旋即明白了，冷笑一声："你不想回家就在这里坐吧，坐到明天。"朱子奇有一种做了坏事被朝云当场抓住的狼狈和尴尬，虽说朝云的狠话让他不爽，他还是乖乖地站起来跟着朝云回家。唉，人生若只如初见该多好啊，可惜岁月不能回头。他们夫妻之间也没有什么大的矛盾，两人在金钱上都是比较寡淡的人，朝云就这一点好，她不会羡慕人家有香车宝马，只要能维持小家庭正常的运转，她就心满意足。这一点上朱子奇是感激朝云的。但是，朝云的规矩太多了，不许在室内抽烟，朱子奇一抽烟她就咳嗽，她把他赶到阳台去抽烟，大冬天的冷风一吹，朱子奇心中就特别愤恨。第二天，朝云又叫起来："你怎么可以把烟蒂放在我的花盆里！"朱子奇简直要崩溃了。这个女人，这个女人！女人真是麻烦的动物啊。

朝云甚至连朱子奇吃多吃少都要管。朱子奇天生胃口好，很好养活，喝粥也会长胖，而朝云是个瘦子，夫妻一胖一瘦走在一起，经常有人打趣："子奇，家里好吃的都让你吃光了，你好歹留一点给你老婆呀！"朝云总是劝朱子奇减肥，说肥胖会引起心脏病、高血压等等。朱子奇烦透了，以前觉得，娶个护士，健康方面有保障；现在觉得，娶个护士，简直是娶个管家婆、麻烦精回来。他信奉香港美食家蔡澜的一句话："人生在世，大吃大喝也是对生命的一种尊重。"人活一辈子，要是连吃都不能满足那就太悲摧了。那天朝云卤了猪蹄，朱子奇一连啃了三大块。当他伸出筷子要夹第四块的时候，朝云拿筷子敲了敲他的筷子，说："别再吃了，小心走不动。"朱子奇气得离家出走，到大街上点了一碗猪蹄面，恶狠狠地吃完，算是报复。女人实在是个扫兴的动物。

吵过几次以后，朱子奇丧失了吵架的热情，每当朝云一唠叨，朱子奇转身就走。见朱子奇不着家，朝云又生气；等朱子奇回了家，两人又吵，如此恶性循环，感情慢慢像一面镜子有了裂痕。两人都觉得惋惜，都想拼命弥补，可是那裂痕已经在那里了，再高明的修补匠也无法让它变得没有痕迹。

朱子奇升任副主任后开始忙得不见踪影，画家经常有雅集，一喝起酒来非得闹到凌晨两三点不可。女儿小时候跟他很亲的，现在都跟他疏远了，跟着她妈妈同仇敌忾："老爸，你怎么又喝酒了！不许喝！我讨厌酒鬼！"她掩着鼻子，流露出深恶痛绝的眼神。

孩子整天黏着朝云，朝云都快疯掉了。细想起来，自从孩子生下来以后，她基本上一下班就往家里跑。孩子还没断奶的时候，她在诊所里经常坐立不安，想着孩子在家里饿得哇哇哭闹的情景。孩子变成了一根拴住她的绳子。有时闺蜜喊聚会，她也推托掉了。等孩子长到十几岁，她才发现自己几乎没有朋友了。有时和朱子奇因家庭琐事龃龉，半夜里想找人倾诉，却发现没有一个朋友是亲密到可以深更半夜骚扰人家的。

星期天朱子奇又要出去喝酒，朝云道："你把孩子带上吧，让我清静一会儿。"朱子奇笑嘻嘻地问女儿："小静,我要去喝酒,你要不要跟我去?"

小静大声说："我才不去!"

朝云撇撇嘴："你不要这样假惺惺!你要真想带小静去,早就会说,小静,跟爸爸出去吃好吃的!"

朱子奇道："做人真难啊!"说罢一溜烟走了。

小静曾经跟着妈妈去参加爸爸的酒局,是三四个画家的家庭聚会。包间里乌烟瘴气的,那些画家个个都是烟枪,吞云吐雾的。他们聊起天来更是没完没了,聊绘画,聊高更,聊梵高,聊政治,聊房价,饭局从七点开始,十点多了还没结束。小静看动画片都看得厌了,吵着要回家。朱子奇小声对女儿说再等一会儿就快结束了,可又过了一个小时饭局还是没有结束。朝云忍无可忍,跟各位说了声抱歉,孩子明天还要上学,我先带孩子回去了。那几位看朝云脸色不好,便说,那我们也散了吧。

朱子奇回家满脸不高兴,对小静说："小静,你也四年级了,要懂得有些不想做的事有时必须去做,有些不想参加的饭局必须去参加。今天我请的是市美协主席,人家还没尽兴你就吵着要散了,扫了人家的兴,你这样很不礼貌。小孩子要学会忍耐,社交上的忍耐,懂吗?"

朝云发火了："什么屁理论!社交上的忍耐!浪费时间等于浪费生命,这句名言你没有听说过吗?满屋子的人我和小静都不认识,傻子一样耗在那里这就叫作社交上的忍耐?"

朱子奇也火了："人家的夫人都会给她老公加分,偏偏你

总是拖我后腿！算了算了，以后我再也不会喊你参加这样的饭局了！"

从此，朱子奇便不再带朝云参加他朋友圈的活动。而朝云拖着朱子奇要去参加她闺蜜的家庭聚会，朱子奇也不去，他不喜欢那些女人叽叽喳喳地讨论猪肉又涨价了，谁家的孩子进了市机关幼儿园啦，他觉得没劲透了，无聊透了。夫妻俩开始各玩各的，离得越来越远了。

朱子奇嫌朝云无趣。其实，感情是相互的，就像一个失眠的人讨厌夜猫子，而夜猫子必定讨厌失眠的人，认为失眠的人神经质，小题大做。就像一个爱清洁的人讨厌邋遢的人，而邋遢的人也必定讨厌爱清洁的人：连一粒灰尘都不能容忍，整天擦擦擦洗洗洗，难道人生的意义就是整天跪在地上擦地板吗？这日子不过拉倒！

朝云的感觉是对的，朱子奇精神出轨了，他有了一个很谈得来的红颜知己。

是一个女画家，在少年宫教画画。因为懂得，所以走近。从理智上来说，朱子奇是不应该这样的。朝云善解人意，任劳任怨，不慕虚荣，可惜的一点是，她不懂画，不懂得艺术。朱子奇画了一幅日出，自认是得意之作，哪知朝云瞥了一眼说："怎么画得像个搅碎了的蛋黄似的。"

朱子奇本想跟她解释："画画贵在神似，形似只是最低的境界。"却又忽然丧失了兴致。跟韵荷在一起就不一样了，两个人谈起共同喜欢的莫奈都会两眼发光，手舞足蹈。他们曾一起参加多次采风，一开始也只是发乎于情止乎于理，直到有一次采风，韵荷觉得景色很美，但又来不及创作，她爬上高高的石头准备拍照作为创作素材，哪知石头突然松动了一下，幸亏身边的朱子奇一把把她拽住，她吓出一身冷汗，晚上请朱子奇吃饭感谢他："幸亏你拉了我一把，不然我轻则骨折，重则有性命之忧，你是我的贵人。"

朱子奇道："这是应该的。我是主办方，你要是出了事，我也要负责任。"

经此一晚，两人关系近了不少。从此，韵荷经常主动找子奇，时时微信。朱子奇感受到韵荷微妙的情意，有时想回避，却又很享受这种暧昧，韵荷让他心情愉快，好像生活中多了一道光，多了一个寄托，多了一个念想。没有了韵荷，生活变得无趣，死气沉沉。就像一个人，享受着篝火的温暖，虽然明知搞不好会引火烧身，却又不由自主地往火堆边靠，心怀侥幸：毕竟被火烧死的人不多，我应该是幸运的那一个。

到了后来，有时韵荷一两天没有发微信来，朱子奇竟怅然若失。他给韵荷发微信："这两天在忙？"

"生病了。"

朱子奇紧张起来，马上与韵荷微信语音通话："怎么啦？严重不严重？有没有到医院看医生？"

韵荷扑哧一声笑起来："我得的是相思病。"

这话太直接，朱子奇一时讪讪地不知该如何接话。韵荷道："把你吓着了？"朱子奇强作镇定："哥不是胆小的人。"韵

荷道:"那晚上我请你到我家喝酒,你敢来吗?不敢来就是胆小鬼。"

朱子奇真是被吓到了:"你家?"

韵荷突然爆笑起来:"你放心,我家就我一个人。我爸妈都在T市,他们帮我在香州买了一套住房,准备当我的嫁妆。我自己一个人住。"

朱子奇带了酒到韵荷住处。他心中忐忑不安,生怕韵荷捉弄他,怕房间里突然冒出两个老人,那就狼狈了。所幸韵荷并没有欺骗他,客厅挂着一幅梵高的向日葵,两个卧室门大敞着,很明显,没有其他人。

客厅里放着若有若无的音乐,餐桌上摆着精美的桌布,一桌子好菜,还有两只高脚杯,一瓶已开启的红酒,红酒正在透明玻璃瓶里醒着。韵荷很显然刚刚沐浴过,浑身上下散发出芳香。朱子奇不敢直视,把自己带来的酒拿出来放在桌上,开玩笑道:"这一桌都是你做的?"

韵荷很坦白:"都是外卖送来的。我不会做菜。"

朱子奇笑了:"是的,一个画家应该不会做菜,理所当然。"

韵荷不服气地反问:"难道你会做菜?"

朱子奇道:"我会做菜。我会西红柿炒蛋。"

"哈哈!这么说来,我也会做菜,我也会西红柿炒蛋。"

两人入座。韵荷举起酒杯:"今天是我的生日,祝我生日快乐吧!"

朱子奇道:"你怎么不早说?我什么礼物都没有准备。真是不好意思。"

韵荷含情脉脉看着他："你能来，就是最好的礼物。"

朱子奇赶紧把话岔开："你最近又创作了什么？"

两人边吃边聊，不知不觉喝光了两瓶红酒，两人都有了七分醉意。韵荷起身把朱子奇带来的酒打开："今天一醉方休。"朱子奇慌忙道："小酌宜情，大酒伤身。别再喝了，我也该走了，你好好休息。祝你生日快乐！"

韵荷突然扑到朱子奇怀里："晚上留下来吧！"

朱子奇手足无措："我，我有老婆有孩子。"

"我知道你有老婆有孩子。我不管。我不需要世俗的那一套。我喜欢你，你喜欢我，这就够了。"说着，把一双红唇凑了上来。

朱子奇满怀酥香，顿时意乱情迷，他艰难地把韵荷推开："和你在一起真的很愉快，可是，我已经结婚了，我不能害你……"

韵荷说："我不在乎！"

朱子奇喃喃道："恨不相逢未娶时……"

尽管两人并未越矩，但他们经常约着一起去喝咖啡，一起去看画展，沉浸在两人世界里。因为内疚，朱子奇经常买礼物送给老婆。但他往往在送老婆礼物后，又偷偷买一份送给韵荷。情感是有惯性的，每逢吃到什么好吃的，玩了什么好玩的，朱子奇就会盘算着带韵荷去吃，带韵荷去玩。他满脑子是韵荷的影子。

人的精力毕竟是有限的,朱子奇两边应付,难免顾此失彼。朱子奇整天抱着手机看微信,朝云一伸过头来,朱子奇便把手机屏幕摁灭。朝云渐渐怀疑起来,虽然老夫老妻了,但以前他们起码保持着一星期一次的频率,如今一个月难得有一次,朱子奇每次都意兴阑珊。朱子奇这是怎么了,他真的变坏了吗?

朝云不愿意怀疑自己的丈夫。她宁愿相信自己的丈夫。

这天,朱子奇对朝云说要到上海出差一星期,还问她喜欢什么化妆品,帮她带回来。朝云开玩笑说,你把自己完整带回来就好了,千万别把心丢了。朱子奇朝她敬了个礼,说保证完璧归赵。

到了第三天,朝云接到了闺蜜的电话。闺蜜劈头问道:"你家子奇在家吗?"

朝云笑了:"你打电话不问我倒问他。子奇到上海出差去了。"

闺蜜恨道:"他倒是老实。你知道他和谁一起出差吗?我在淮海路看到他和一个年轻女孩子一起逛街,两个人说说笑笑,不知道的人还以为他们是夫妻俩。"

朝云只觉世界轰然一声倒塌了,颤声问道:"你是不是看错了?"

"怎么会看错?我还上去跟你家子奇问好呢。我看他恨不得钻进地缝里呢,急赤白脸的。"

朝云只觉万箭穿心:"这件事,你千万不要告诉任何人。"她无力地挂断电话,泪流满面。看来,她是一只名副其实的鸵鸟。她并不是没有感觉，只不过自己欺骗自己罢了。老公也是够狡猾的，谎言中夹着真话，总让她半信半疑。她一直等着老公打手机来解释，但手机好像死了似的，连条垃圾短信也没有。

第二天，朝云没去上班，她请了一天假。她怕出门，她怕见人，总觉得全天下人都知道了她的不幸似的，好像全天下人都在看她的笑话。她怕自己一说话就会流泪，她怕自己控制不住自己。幸亏女儿寄宿，不然这秘密一定被女儿发现了，她不是一个擅长演戏的人。她不吃不喝，头不梳脸不洗。

好不容易等朱子奇回家，朝云便劈头盖脸质问。朱子奇死不承认，他对朝云说："出差时忙完公务休闲，大伙儿一起逛逛街怎么了？你不要听别人挑拨离间，咱俩闹离婚了，别人刚好捡笑话看。我明明没有出轨，你非得逼我承认，非得屈打成招，难道非得我真找个小三你才会开心？"

一番话说得朝云将信将疑，朱子奇更是装出一副受了天大委屈的模样，朝云只好反过来向朱子奇赔不是。

半个月后，朱子奇接到韵荷电话："子奇，我肚子疼，急性阑尾炎，我要死了。"

朱子奇吓得脸都青了："你说什么？我听不大清楚。"

韵荷道："你送我上医院吧。电话里也讲不清楚，你到我这边来吧，快点。"

事关重大，朱子奇不得不往韵荷这边跑。本来，朱子奇为了稳住朝云，这半个月都是准点下班。

朱子奇匆忙赶到韵荷家，一进门就急赤白脸地问："怎么

啦？怎么啦？"

韵荷小脸苍白，疼得掉眼泪："我肚子疼，要命地疼。"

朱子奇说："如果是阑尾炎，那要动手术的，要赶紧上医院。你赶紧跟单位请个假，至少要休养几天才去上班，别把身体搞坏了。"

朱子奇扶了韵荷正要上医院，手机突然响了，是朝云打来的。朝云这个电话打得真不是时候，朱子奇看了看韵荷的脸色，狠狠心摁掉了。可是手机很快又不屈不挠地响了起来，韵荷看了朱子奇一眼，朱子奇再次把电话摁掉了，给朝云发了个短信："开会。"

手机还是火烧眉毛地叫了起来。平时朱子奇摁掉朝云的电话告诉她在开会，朝云都会懂事地等下班以后再打，看来今天朝云有十万火急的事。朱子奇无奈只好接了，只听朝云带着哭腔喊道："你赶紧请个假，我爸突发脑溢血，大哥又不在，我刚刚打了120，你就直接赶往医院就好，我们在医院碰头。"

人命关天，朱子奇没有任何理由可以推托，只好对韵荷实话实说："我老丈人突发脑溢血，我得去看看。"

韵荷的心痛得裂成了两半，她的心在滴血："好吧，你去吧，去当你的好女婿。让我自生自灭好了。"

朱子奇真是左右为难，真恨不得一人可以变成两个，只可惜分身乏术，他急匆匆帮韵荷叫了滴滴，自己急匆匆开车离开，他的头伸出车窗外朝韵荷做了个打电话的手势："有什么事电话。"

看着朱子奇开车绝尘而去，韵荷的两行眼泪淌了下来。

朱子奇气喘吁吁跑到医院七楼，朝云正等在手术室门口，见了朱子奇，朝云扑到朱子奇身上大哭起来。朱子奇拍拍老婆的肩膀："放心，没事的，送得及时，不会有大问题。"

夫妻俩在手术室外焦急等待。已是中午，朱子奇去买了两份饭，递给朝云。这时他的手机响了，韵荷在那边有气无力地说："子奇，你在市医院吗？我阑尾手术需要签字，麻烦你来一下六楼内科一好吗？"

朝云在旁边把电话内容听得一清二楚，醋意大发："你是她什么人？手术要你签字？她为什么不找别人签字，偏偏找你签字？"

朱子奇顾不得辩解："人家一个女孩子单身在香州工作，孤单一人怪可怜的，我去内科帮她签个字马上回来。"

朝云紧跟其后，在内科走廊里看见一个穿着时尚的女孩子无助地坐着，见到朱子奇，可怜巴巴地露出笑容。朝云一看怒火中烧，心里又牵挂着老父亲，咬牙切齿地对朱子奇说："等回家再跟你算账。"她是个爱面子的人，不想在公共场合与朱子奇大吵。

因为送医及时，老丈人手术很顺利。到了晚上，王金国也赶来了，他留在医院看护老爷子，让朱子奇和朝云回家休息。

回到家，朱子奇心虚地低着头，他试图上去拉朝云的手："老婆，我跟那个女孩子真的没什么，只是平时比较聊得来。"

朝云一把甩开，厉声道："别碰我，我嫌脏。"

朱子奇低声道:"老婆,你相信我,人家女孩子还没结婚,我不可能对她怎么样,我不能害人家。"

朝云"噌"地一下掀开被子坐起来:"精神出轨就不是出轨?我看精神出轨比肉体出轨更可怕!我被你骗得团团转。真是宁愿相信世上有鬼,也不相信男人的嘴。两条路让你走。第一,你要是还想要这个家,赶紧跟那个不要脸的妖精一刀两断,从此这辈子老死不相往来。第二,你要是想跟那妖精过,我明天马上跟你上民政局,你净身出户,趁早滚蛋。"

朱子奇没想到平时看起来柔柔弱弱的妻子竟然有如此金刚怒目的一面,看来,感情都是自私的,一山不容二虎,妻子是个眼里容不下沙子的人,自己别想蒙混过关。他看过周围的一些朋友,到最后跟情人都是无疾而终。毕竟,妻子与自己是共过患难的,妻子没什么不好。再说了,女儿是他们之间的纽带,这辈子如何割舍都割舍不断的。说到底,他内心最害怕的是朝云到他单位里闹,电视剧里的离婚大战他看过不少,都是鱼死网破,有泼硫酸的,有找人殴打小三的,甚至弄出人命的。朱子奇一直是个怕麻烦的人,况且,他爱惜自己的羽毛。只不过,感情不是说放下就能放下的。他眷恋韵荷带给他的那种放松、愉悦、温暖的感觉,要一下子割舍,真是撕心裂肺的疼痛。

他失魂落魄到了韵荷住处。韵荷手术完还在家休息,她穿了一条吊带短裙,非常性感。朱子奇将一份外卖鸡汤放在桌子上,狠了狠心,嗫嚅道:"我老婆知道你了,她很伤心。"

韵荷放声大笑,笑着笑着,笑出了眼泪:"她很伤心,我就不伤心？我错了。虽然一开始我对你说不在乎，但女人总是需要归宿的。我一直在等，没想到等来这句话。我朋友早就告诫过我，说任何婚外恋都没有好结果，我这是飞蛾扑火，咎由自取。既然如此，我成全你。你走吧，我韵荷也不是没人要，外面追我的人排成队，我明天就能找个人结婚，你信不信？"

朱子奇心痛如绞，想上前抱抱她，韵荷后退一步："你别过来。刚抱了别的女人再来抱我，我觉得恶心。你走吧。"

朱子奇满心悲哀，低声说："以后遇到好的，就嫁了吧，我真心希望你过得好。"

韵荷冷笑："我一辈子不会结婚。我要让你永远欠我的，让你一辈子背着沉重的十字架。"

朱子奇垂头丧气走在街上。现在，两个女人都把他赶了出来，他就像一条丧家之犬，像一只被人踢得远远的足球。他是该庆幸还是该悲哀呢？庆幸自己遇上了一个豁达的不纠缠的红颜知己？还是悲哀自己的爱情根本经不起考验，才过了不到一年时间就中途夭折？

朱子奇迅速瘦了下去，感情的煎熬比任何减肥药都有效。他想给韵荷发微信，发现韵荷决绝地拉黑了他。他曾经试图开过韵荷的门，发现锁已经换了，从前的钥匙已经打不开了。有时，他在韵荷的小区里徘徊，韵荷的房间大部分黑着，偶尔亮着，朱子奇踌躇着要不要上去找她，几经犹豫，还是转身痛苦地离去了。

家里冷得像冰窖。朝云不说话，不让他上床。朱子奇睡女儿的房间。朱子奇负荆请罪，下班后又买菜又做饭，朝云却不领情，冷冷地瞥一眼，一口都不尝，就进房间里去了，留下朱子奇对着一桌子菜发呆。他理应受到惩罚，谁让他那么贪心，既要红玫瑰又要白玫瑰？自古以来，脚踩两只船的人都没有好下场，两只船同时划开，他只能掉进水里。

朱子奇到便利店买了一瓶二锅头，几口下去就上头了，他醉眼蒙眬，七倒八歪地游走在大街上，唱着高亢的歌，根本不在意路人诧异的目光。让所有的人和事见鬼去吧。包括远方的梦境与期待。每个人都想过得洒脱，但只能想想，不敢去做。酒醒过后仍旧是每日兢兢业业、勤勤恳恳的，为了所谓顺遂的人生拖着疲惫的身躯奔忙。稳妥的生活永远凌驾于梦想之上。

朱子奇还能怎么样呢？只能在梦里跋山涉水，寻寻觅觅。只有在梦里，眼睛还会发光。

接连好几天，朱子奇回到家都是冷锅冷灶。打朝云手机，没人接。连打几通，还是没人接。想必是朝云故意不接。

朝云跑到八卦楼发呆来了。她和朱子奇谈恋爱的时候经常来这里。八卦楼位于香州古城城墙东南角，八角形三层木结构，原名"威镇阁"。因八面开窗，取象八卦、雄伟壮观，故又名"八卦楼"。相传以前香江经常发大水，建此楼阁是为了镇住水龙王。果然，八卦楼建成之后，香州再也没有水患。楼上有副对联云："五名山、二秀水，城外风烟连海峰；七真儒、三及第，漳南文献甲闽瓯"。站在八卦楼上，香江秀丽风光尽收眼底。朱子奇曾经在这里和朝云一起吃过冰激凌，故意只买一盒，你吃一口，我吃一口，那甜蜜的情景还仿佛在眼前。怎么今天就变成了这样不堪的模样？想到这里，朝云的眼泪涌了出来。

朱子奇怕老婆出事。想来想去，老婆大概在八卦楼吧。老婆是爱面子的人，应该不会去闺蜜家诉苦，家丑不可外扬。朱子奇跑到八卦楼，在一楼看不见朝云，二楼也没有，他正觉得泄气，气喘吁吁跑上三楼，果然见到朝云的背影。

朝云听到脚步声回过头来，夫妻二人相对无言。许久，朝云说，回家吧。

第三天下班快到家时，朱子奇看着朝云骑着电动车，载着孩子，车把挂着刚买的肉和菜，急匆匆的，看起来相当憔悴。她的憔悴是对他无声的谴责。朱子奇突然感到一阵心痛，为了自己所谓的自由，为了自己的放纵，他伤害了与他共患难的妻子。

朝云决定请假出去旅行。女儿也吵着要一起去，没办法，只好带上拖油瓶一起去。她们提前一天到达，朝云自己拿行李，自己办入住手续，心想，要是老公在，一切都由老公办理，自己可以一身轻松。这么一想，她又骂自己，出来旅行不就是要甩掉老公的嘛，怎么又想起他来了，难道婚姻围城也是一种惯性？破碎的感情很难愈合，就像呵护难以养活的昙花，却仍然想潜心浇灌，费力保护那羸弱的花骨朵儿。世间万物，但凡扯上爱的，总让人心疼。什么是爱？离不开他，或者，不想离开他，这便是爱吧。

酒店早餐后，朝云和女儿终于见到了导游阿波。之后在张家界和凤凰古城的四天旅程中，将由阿波全程陪同。阿波身高起码一米八五，朝云必须抬起头仰望他。他肤色有点黑，脖子上挂着一串暗红色的念珠，腕上戴着一只貔貅和一串银手串，他是土家族人，每个土家族的孩子出生后，父母都会送给他一串银手串，到了十六岁成人礼时又收到一串银手串，等到他结婚就会送一串手串给爱人。也就是说，戴一串手串的土家族人是结了婚的，戴两串手串的是未婚的。

阿波很健谈，他的普通话挺标准，听起来很舒服。他说："湖南山多，所以出土匪，这里大多是土匪的后代。"全车人都笑了。阿波有一肚子的故事让朝云着迷。朝云庆幸遇到了一个好导游。她现在需要一个话多的人赶走她的烦乱，让她没有时间思考。阿波带一家人到了张家界，阿波说："这里的空气太好了，有个外国游客说，在外国这样的空气一口要一美元。"朝云的肺部一向敏感，贪婪地深深吸气，感觉空气特别舒畅甜美。这里的山很奇特，别处的山都是连绵起伏，而这里都是孤峰耸立，犹如将军列阵，群山漂浮，星罗棋布。漫步在金鞭溪峡谷，在幽静的树林之间，十里长溪溪水明净，沿着清溪行走，山回路转，五步一个景，十步一重天，小溪潺潺流经脚下，似琵琶，似古稀，时而叮咚悦耳，时而涓涓小吟，如在画中游。刚刚下过一阵雨，所有花草树木都犹如刚出浴的美人。溪边的木栈道是湿的，木椅也是湿的，朝云和女儿在木椅上坐了下来，买了腊肉串，又去买了酸奶，边吃美食边欣赏白银般的溪水在身边哗哗地流淌，此时身心放松，惬意至极。此时耳边有其他导游卖力地讲解着张良墓的故事，朝云发现阿波有些偷懒，放任他们这一车人随意游览，如放羊一般。不过他的业务倒是娴熟得很，买票时动作麻利，没有让大家等太久。

这时朝云的手机响起来，是朱子奇打来的："怎么样，老婆，玩得开心吧？"

朝云道："当然开心了，只要看不到你的嘴脸，就很开心。"

一席话噎得朱子奇无语。朝云恨恨地挂断电话。

结束金鞭溪游览，一帮人上了车，阿波开始点名。念到一个名字，没有人应。阿波数了数人头，都到了。这时有个游客说："我那个字不是那样念的。"阿波笑了："我这人没读过多少书，家里有五个兄弟，初中时没钱交课本费，所以，实际上我只有小学文凭，很多客人的名字我都念错了。"大家哄堂大笑。

到了购物环节，阿波坦言："各位哥哥姐姐们，我们导游这一行业是比较透明的，你们每消费一百元我可以拿到五元的回扣，请各位哥哥姐姐们多关照，中午我请大家喝啤酒。我们湖南盛产朱砂，这里的朱砂纯度百分之九十五以上，朱砂是至刚至阳之物，长沙出土的马王堆女尸为何千年不会腐烂，就因为该女主人是上层阶级贵妇，长期服用朱砂的缘故。朱砂可以避邪保平安，有兴趣的朋友可以看看。"说着，他指着胸前的那串像是和尚戴的念珠道："我这串朱砂六千多元，挺灵验的。导游这一行经常东奔西走，这么多年我都是平平安安的。"

进了购物区，朱红透明的转运珠很美，但需要六千多元。

朝云在卖朱砂的柜台前流连。朝云的本命佛是普贤菩萨，一尊一千两百元，只能说请，不能说买。朝云犹豫了一下，掏钱请了一尊普贤菩萨。旅游之前朝云本下定决心不买东西的，现在物流方便，所谓的特产在香州都能买到，但朝云耳根子软，一下子就动摇了。到了凤凰古城，古城里也有卖朱砂的，朝云发现这里标价只有一千一百元，而且打八折，也就是说，只需要八百八十元就可以请到一尊普贤菩萨。这两地的价格阿波肯定心知肚明。朝云转头对身后的阿波说："阿波啊阿波……"阿波也笑了。阿波说你们每消费一百元我拿五元回扣，朝云对这个数字要打个问号。朝云想，要是老公在这里，在他的提醒下，她应该不会上当的，老公至少比她见多识广。想到这里，她又怨恨自己为什么凡事都会想到老公，没有朱子奇她活不了吗？骗子，骗子，男人都是骗子！

　　四天的行程很快就结束了，从凤凰古城回长沙的路上，阿波戏剧性地拖出了两个箱子，说是金鞭溪鱼和臭豆腐。大家以为要免费发放，都欢呼雀跃起来，一个游客埋怨道："阿波，你怎么不早说，我早就买好了！"

　　阿波笑而不答，每人分发了一小包给大家品尝，然后言归正传："各位哥哥姐姐们，这是车师傅捎卖的土特产。师傅很辛苦，常年不能跟家人团聚，卖点土特产挣点小钱给孩子花。每包鱼和每包臭豆腐外面都卖七十五元，师傅只卖五十元，每包只赚五块钱，请哥哥姐姐们多多支持。"大概觉得味道不错，几乎全车的人都买了。

朝云拿了一包香辣味的金鞭溪鱼，女儿问："妈，我们都不敢吃辣，你买香辣味的做什么？"朝云说："你爸爱吃辣，买一包给他。"

阿波最后的使命完成了，他回到自己的座位上休息。这时他的手机响了，是下一波客人，他晚上要去接另一团。很快，他的座位上响起了鼾声。

阿波虽然市侩但不乏可爱，朝云这趟张家界之行颇为愉快，她差点忘记了自己的烦恼。回程途中，气消了一大半。进了家门，见朱子奇正在吃方便面，朝云把金鞭溪鱼递过去："拿去配吧，挺香的。"

朱子奇大喜过望："谢谢老婆。"看来，老婆是打算原谅他了。以前，他总觉得老婆和女儿很吵，有时他想创作都静不下心来，搞得他都想租一间画室来创作。这几天倒好，老婆女儿去旅行，家里空荡荡的，他想趁机画一幅画，哪知心浮气躁，打了几次底稿都不满意，揉成一团扔进了垃圾桶。哎，一个人如果心里平静了，哪里都是桃源。要是心烦意乱，再清静的地方他也无福消受。看来，一个男人有一个稳定的大后方是非常重要的。

朝云拿着脏衣服到阳台清洗。这时，她闻到了一阵桂花香，原来是阳台的桂花盛开。这几个月来，朝云断断续续给桂花浇了两盒牛奶，如今桂花为她开出了芬芳的花朵。以前只浇清水，桂花想努力开花，却开不了花。看来，要想马儿跑，还须得给马儿吃草。人只有对别人给予善意，别人才会回报你更多的善意。也许，自己不应该把老公钉在道德的耻辱柱上。人非圣贤，孰能无过？要允许男人偶尔思想开溜一下。给老公一个机会，也是给自己一个机会。一瞬间，朝云决定不再就此事拷问丈夫了。一个走在情感悬崖边缘的男人，你往前推一下，他就到别人的怀抱里了；你悄悄地拉他一把，他就会回到这个筑了二十年的巢里。

第十四章
追账

最近，王金国回家越来越晚，回来总是唉声叹气。小玉自从当上王总夫人以后，就把秘书工作辞了，在家当专职太太。小玉担心，难道王金国爱上了别的女人，难道爱上了新任的秘书？难道历史要重演？小玉闻了闻王金国的西装，没有发现香水的味道，也没有发现女人的毛发。

王金国的苹果手机是需要指纹开锁的。半夜，小玉趁王金国睡熟了，拿着他的手指在他的手机上划拉了几下，手机果然打开了。小玉正要翻看微信记录，刚看了几条，忽听王金国厉声喝道："你在干什么？"

小玉吓了一跳，想要抵赖，但人赃俱获，只好硬着头皮道："人家关心你嘛，看你心情不好，问你发生了什么事，你也不说。"

王金国一把夺过手机:"我警告你,以后不许碰我的手机。你管好家里和孩子就行了。"说罢躺下用被子蒙住头。

小玉隔着被子推了推他:"明天我让陈姐买只龙虾,你早点回来。"

王金国不耐烦道:"有啥好吃的,市场上的龙虾都是人工养殖的。睡吧,深更半夜把人吵醒,还让不让人活。"

望着盖在王金国头上的被子,小玉流下了眼泪。

王金国遇上大麻烦了,出于男人的自尊心,他从未将苗木款无法回收的苦恼向小玉提起。

建设一年的东湖生态园已经向市民开放,成了市民休闲的好去处。东湖就像王金国打造的一幅画,王金国特别喜欢冬天时盛开的腊肠树,金黄金黄的钱币一样的花朵一大串一大串挂满枝头,金灿灿的,特别喜庆。但是,喜悦是别人的,王金国收获的是烦恼与忧虑:绿化工程通过了政府的考察与验收,可公司只收到政府的五千万花木款。左等右等,王金国有些着急了,找到了张主任:"张主任,麻烦您在领导面前说说好话,尽快将那剩余的五千零二十万打入公司账户。我这是小公司,差了五千万,公司就要陷入困境了。您体恤体恤我。"在此之前,王金国已经将张主任的老婆和儿子送到澳大利亚玩了一趟,花了十几万元。

张主任说:"我会尽力的,有机会我会帮你说说话。不过事情成与否,我不敢打包票。你也知道,香州这几年在搞大建设,政府跟银行贷了几个亿,单单付拆迁户的赔偿款还不够。到处要用钱，僧多粥少，要钱的都得排队等。我只能替你尽量争取。你也知道，这事不是我说了算。你再等等，再等等，总有一天会轮到你。"

王金国感激不尽，这次他给张主任带来了两斤顶尖的肉桂。王金国等啊等盼啊盼，一个月过去了，两个月过去了，花木款还是迟迟不见踪影。他又不敢过分打扰张主任，只一段时间一段时间给张主任打一次电话询问情况，他不认识其他人，只能紧紧地抓住这最后一根救命稻草。张主任起初还接电话，说的还是老一套，说政府有困难，实在拿不出多余的钱来，让王金国再等等。一旦有了钱，一定把钱打到公司账户上。这话王金国听得耳朵都起茧了，他一再哀求张主任，有时哀求变成了纠缠，有时都想下跪了。最近，银行信贷主任天天打电话催款，简直要了王金国的命。主任虽然说得没错，总有一天花木款会到位的，但是，人七天不吃饭就会饿死，公司也一样，资金链要是不能及时接上，公司离破产也就不远了。

这天好不容易约了张主任出来，张主任很反常，一直主动和王金国干杯。王金国喝着喝着心里一直打鼓，张主任是个惯于自我约束的人，这样子喝酒，明显是心里有事不痛快。只是这不痛快又不便于向外人说，心中难受，只好借酒浇愁。可他又没有能力帮张主任解忧，于是只能默默陪酒。王金国知道张主任这条线不能断，可现在线断了也没办法，是福不是祸，是祸躲不过。临了，张主任告诉他，孙书记即将上调省里，届时会有新的市委书记空降。你的工程款可能一时半会儿没那

么快……

到后来，张主任竟然连电话都不接了。

电话打不通，王金国寄希望于微信，但张主任的微信从来没有动态，一片死寂。在微信里，一些人，用语音说话；一些人，用文字说话；一些人，用表情说话；一些人，用图片说话；一些人，用链接说话；一些人，用视频说话。而张主任，他潜伏在微信里，什么也不说，却知道别人说了些什么，做了些什么。

沉默，是张主任的姿态。

王金国去找朱子奇商量。妹夫是公家人，虽然能量不大，但多多少少比他懂得体制内的人的心态。王金国对妹夫说："你说张主任为什么躲着我呢？他一定心里有鬼！"

朱子奇摇摇头："不见得。"

王金国急了："他要是心里没鬼，怎么不敢见我呢？"

朱子奇说："有时候我们不见一个人，不是不敢见，是不愿意见，明白吗？"

王金国的脸一下子涨红到脖子根。

王金国悻悻地回到家中，小玉正在敷面膜，见老公回了家，一惊一乍对他说："你听说了吗？香州三中一个高三学生抑郁症，企图跳楼自杀，幸亏救了回来。他爸妈吓得半死，都无心工作了，整天陪着孩子寻医问药，怕孩子再出事。"王金国没好气地说："这有啥大惊小怪的？我都想去跳楼了，你不来关心关心你老公，传这些八卦做什么？

小玉道:"关键是,我听说这个学生是张主任的儿子啊!这孩子每次都考年段第一,是奔着高考状元去的,这次质检考排名掉到了年段第八,班主任把他叫去个别谈话,询问退步的原因,哪知这孩子心理承受能力差,一时想不开竟然……听说张主任的老婆高血压发作住院了……"

王金国惊呆了,放弃了到张主任家找张主任算账的冲动。他本想去张主任家堵他,跑得了和尚跑不了庙,做人不能这样,翻脸比翻书还快,没想到人家遇到了这样大的不幸,自己再去找人家添堵,那自己真不是人了。含辛茹苦把孩子养大,所有的希望都寄托在一棵独苗身上,如今独苗出了这样的事,换了谁谁都无法承受。孩子跳楼前想必有很长一段的心理异常期,估计那阶段正是张主任心烦意乱的时候,自己竟是误解张主任了。王金国庆幸自己的儿子虽然不爱读书,成绩糟得一塌糊涂,但成天笑嘻嘻的,心理素质比张主任的儿子好多了。命在,什么都在;如果命不在了,那什么都化为乌有了。

这样的事是任何人都很难承受的,张主任的感受可想而知。学校积极给予了心理咨询与辅导,而张主任正着手为儿子办理休学手续。听说张主任向上级打了报告,要求不再担任主任的职务。领导体恤他,同意了他的请求,给他安排了一个闲差,基本上等于提前退休了。

王金国呆呆地看着当初签订的合同,合同上写得明明白白,2015年12月31日之前结款,可现在已经是2016年夏天了,拿着合同有什么用呢?上访吗?告状吗?都是旷日持久的精神

折磨。即使打赢了官司，财务人员明明白白告诉你就是没钱，你能怎么办？

这日子，他妈的过不下去了。

王金国急得想吐血。中标之时欣喜若狂，还以为捡到了一块肥肉，哪知却捡到了一块烫手的山芋，真是悔不当初。当初还以为这是命运之神眷顾于他，他还为自己从众多竞争对手当中脱颖而出而洋洋得意，没想到这竟是命运对他的捉弄。去年年底公司没有给员工发一毛钱奖金，公司确实拿不出钱来，尽管王金国一再许诺说等尾款到了一定发奖金，但员工还是怨声载道。王金国实在一点办法都没有，人肉又不能吃，还能怎么样？

有时候，王金国甚至冲动地想让公司里的员工叫上农民工开上大卡车把东湖里那些盆景榕及一些较值钱的树木连根拔起运回苗圃。当然，这只是情绪激动时的想法，他缺乏那样的胆量。要是他真这样做，到时倒霉的是他自己，还会沦为香州城的笑柄，遗臭万年。

只能眼巴巴地等。别无他法，款项遥遥无期，也不知何时会到账。有一阶段，王金国都快变成祥林嫂一样的祥林哥了，他天天问会计到账了没有，会计永远摇摇头："还没有，王总。"

王金国最后东挪西凑给员工补发了春节的奖金。到处都是找他要债的人，银行、供货商、员工……烦躁的时候，王金国真想拿一颗原子弹把这个狗日的世界炸了。

人活在这个世界上，失败感、挫败感、不安全感、恐惧感、自卑感总会时不时地袭击每一个人。王金国一沮丧一愤怒，走在大街上看着熙熙攘攘的人每个都像妖怪，他对这个世界充满了愤恨。他头疼得厉害，生发出一种不真实感。这个坐在车上满身烟味的男人就是他吗？他开着车，只是全凭一点惯性和本能在把控。他知道，他是掉进香州政局变动的缝隙里了。为了要回花木款，他都快变成上访户了。

王金国病急乱投医，去找了孙总，想让孙总分析一下其中的关系，帮他捋一捋，看要如何入手早日把苗木款要回。一整个晚上讨论来讨论去，茶喝淡了好几泡，烟抽光了两包，还是没有答案。王金国突然明白，有时候想急于寻找答案，那只是徒劳。待时间过去之后，自然会给出答案，而且那答案往往不太好。

王金国用了很长时间才想明白与其纠缠无望的事实，不如另拓新路，否则只能困死。

除了工程款，塑胶公司法人的身份带给王金国的焦虑也越来越厉害。到了后来，王金国简直觉得自己掉进陷阱里了。他知道，如果想及早抽身，就应该尽快辞去法人。可是，辞去法人务必会得罪主任，包括得罪主任后面的某人，这后果他承担得起吗？目前他还有很多要仰仗主任的地方，一旦跟主任开口说要辞掉法人，那他公司目前的大宗业务就没有指望了，以后公司也将会被处处刁难，会被封杀。这固然可怕，但比起万一塑胶公司账目出事更可怕。

王金国煎熬了好几个月，好几次想开口，话到嘴边又咽了

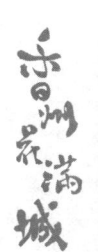

回来。到了这次，财务打电话说要找王金国签字，必须还一笔账给银行。王金国问："多少钱？"

财务说："一千多万。"

王金国吓了一大跳，连忙对财务说："我今天没空，你先别过来。"

一整天，王金国坐立不安，翻了翻日历，看今天是黄道吉日，于是鼓起勇气拨打了主任的电话。那边主任破天荒接了电话："老弟，有什么事吗？"

王金国一咬牙，道："主任，塑胶公司的法人我当不了啦。最近我公司在查账，忙得焦头烂额。人的精力是有限的，我怕耽误了塑胶公司的事，麻烦你尽快另外找个法人。"

那边主任猝不及防，他从没觉察到王金国的这点心思，大为恼怒，声音却依旧四两拨千斤，波澜不惊："怎么，不想当这个法人了？不想当就直说。你怎么突然有这个想法？我说过了，责任我来负。"

王金国豁出去了："主任，对不起了，确实能力有限，还请谅解。"

主任也很干脆："那好，我另外找个人。我让财务尽快去办好更换法人的手续。"主任心里很悲凉，他妈的，你王金国要辞掉法人，这是人走茶凉哪。

结束通话后，王金国沮丧地瘫坐在椅子上。完了，完了，这下全完了。

原以为法人人选不好找，没想到第二天财务就来找王金国签字办更改法人的手续了。财务拿出一大沓表格一边唠叨："王老板，你怎么突然不当法人了呢？你这是要我跑断腿，你不知道更改法人多么麻烦，我一看到这么多表格，想着干脆晕过去算了。"

王金国一边签字，一边瞄了一眼新法人公司的名字，原来是金鑫公司的老板王家强。王金国苦笑一声。也许自己太胆小了？只是隐约感觉草丛后有蛇，还没被蛇咬呢，就自断手臂了，主任大概很瞧不起他吧？但是，万一真有一条毒蛇从草丛后窜出来，万一真被咬了，那可是小命不保。算了，算了，木已成舟，听天由命吧。少赚一些钱，多睡些安稳觉，也许可以多活几年。

王金国很悲哀，企业家在一个地方的地位，时高时低，效益低的时候，生存的机会就少了。撑了这几年，真的快撑不下去了。谁来出手相救啊。

第十五章
小玉

今天，小玉和杨太太逛首饰店，看中了一条钻石项链，要三十万。小玉熟练地摁下了六位密码。服务员微笑着说："对不起，小姐，你刷卡没有成功，里面余额不足，不然你换张信用卡试试？"

小玉的脸霎时青了。她手头只剩下这张信用卡，另外两张上个月被王金国没收了。她尴尬地朝服务员笑笑："不好意思，今天出来得匆忙，拿错卡了。项链麻烦你给我留着，我下次再过来。"

小姐保持着得体的微笑："好的，太太，项链我会帮你留着。不过你要尽快过来哦，我们这里的首饰都是限量版的，如果有人看中了，我是没办法的，先到先得。王太太，这条钻石项链它很配你的，如果你真喜欢，麻烦尽快前来购买，免得被人买走了，那就太遗憾了。"

小玉点头："好的，要是明天有空，我就明天过来。"

这时杨太太伸手过来让小玉鉴赏："你看我这玉镯怎么样？"

"当然好看啦！十万元的玉镯怎么会不好看？"那翡翠玉镯在灯光下散发出迷人的光泽，晶莹剔透。小玉看出那确实是一等一的A货。这几年王总夫人当下来，小玉积累了不少关于珠宝的鉴定知识，几乎可以顶得上半个行家了。小玉暗下决心，只有买下那条三十万元的钻石项链，才能盖过杨太太的风头。

本来，小玉想等老公下班回家跟他开口要钱的，但王金国很晚才回家，回来时臭着一张脸，小玉要说的话被堵在喉咙口，她找不到合适的机会开口。再加上半夜偷看老公手机被他骂了一顿，更不敢开口了。

王金国很快响起了鼾声，小玉却辗转反侧。从什么时候起，老公没有给她零花钱了？以前每月王金国都会按时把十万元打进小玉卡里，可最近两个月老公都没有往她卡里打钱。上次追问他，他说忘了。小玉嘱咐他："有空赶紧把钱打进去啊！不然家里要喝西北风啊！"然而，卡里却迟迟不见动静，难道王金国有小三了？一想到这，小玉就怒火中烧。

早上，吃早餐的时候，小玉一直在找机会。眼看王金国要喝完最后一口牛奶了，再不开口，又得等到晚上。小玉急急道："老公，我昨天看中了一条钻石项链，要三十万，你把钱打进我卡里吧，生活费也没有了，起码要打四十万进去。"

王金国用餐巾抹了抹嘴巴:"你的首饰还不够多吗?满满两大盒,别再买了。"

小玉哀求道:"昨天我和杨太太一起去看的,我撒谎说没带卡,其实是卡里没钱。杨太太说今天要陪我去,我要是不去那脸就丢大了。"

王金国道:"你找个借口不去就是了。"

小玉坐到老公身边撒娇:"可我真的很喜欢那条项链啊。"

王金国不耐烦地甩开小玉的手:"我上班快迟到了,今天有一个很重要的会。"他没有心思跟老婆多费口舌。为了贷款,为了让公司走出危机,有无数关节需要去疏通,有无数数据与资料需要提供,王金国忙得嘴唇起泡。本来,他还盘算着让小玉把那块瑞士表卖了,平时她也没戴,只是躺在家里。但现在还不到那最糟糕的时候,他还坚持着,毕竟那块瑞士表是结婚纪念物。真到了最糟糕的时候,搞不好还得把小玉的那辆红色宝马也一起卖了。他心烦意乱甩开门走出去,门没有关上,又重重地弹了回来。

今天小玉不想出门,她心情不好,没心思参加太太聚会。她打算学烤蛋糕。家里的烤箱是最先进的意大利货。小玉懒洋洋地躺回床上,心烦意乱刷着手机,准备查找做蛋糕的教程,研究一下要做哪一种款式。这时一则新闻跳入眼帘:养不起!马来西亚部长称将把大熊猫送还中国。据说,熊猫饲养费一年六十万美元。继"暖暖"被马来西亚以养不起为名送回来后,马来西亚又打算将他的父母"兴兴"和"靓靓"也送回中国,理由还是养不起。据报道,马来西亚水源、土地与天然资源部部长赛维尔透露,基于政府耗费大笔金钱饲养熊猫,人民对此"表达强烈不满",要求他把熊猫送回中国。小玉冷笑一声,养不起你当初就别要啊,当初抢着求着把熊猫接过去,现在又要送回来,这算哪回事!小玉悲哀地发现,她原本只是一只猫,粗茶淡饭即可养活,三餐只要有鱼就是她的美味。嫁给王金国几年,她生生被养成了一只大熊猫,可王金国现在却说他养不起!一想到那条钻石项链,一想到杨太太那鄙夷的目光,小玉就悲从中来。老公怎么变得这样吝啬?想当初他们结婚时,十二辆奥迪一字排开,让她心花怒放。他还给村里每家每户发了一条中华、一瓶茅台,一时间让小玉家在村里风光无限。想起来一切都仿佛还在昨天,怎么这么快就变脸了呢?

小玉起床洗了脸,坐在梳妆台前,她越想越委屈,泪水掉在梳妆台上。她漫不经心地梳着头发,突然发现梳子上缠绕了一大把头发。最近,她的头发掉得厉害。她在卧室里枯坐了一上午,好像一生的时光都坐完了。

此后几天,王金国和小玉两人一直陷入冷战当中。实在迫不得已要说话时,王金国对着镜子说:"我那条红领带在哪里?"他已经翻了一遍,红领带没有在惯常的位置。

"拿去干洗了,上次你喝醉酒把领带弄脏了。"小玉面无表情。

两人说话都不对视,各说各的,都不看对方的脸,仿佛对方并不是活物,他们只是在对着空气自言自语,而且那团空气很快就飘散了。

王金国悻悻地找了条藏青色的领带凑合。本来，今天是要去谈判的，他想穿得喜庆一点，希望红色能带给他一点幸运。现在他的情绪一下子坏掉了，早餐也不吃，坐上汽车绝尘而去。

百无聊赖的小玉又一次到珠宝店徘徊。她发现今天的服务员换了一个，那些售货员是采用轮班制的。她兴奋地走上前去，假装第一次看见这条钻石项链的样子，一边试戴，一边与售货员砍价。"三十万太贵了，打个折，二十五万元怎么样？"

服务员笑了："美女，你和这条项链太搭了，就好像专门为你量身定做似的。我没有权限降价的，我们店里都是明码标价，少一分都要我们自己垫付。你们有钱人不差这么一点钱，喜欢就买回去吧！"

小玉摩挲着脖子上的项链："看起来是挺漂亮，就是太贵了，不值这个价。"

正在这里，公司的副总张映走了过来："嫂子，这么巧，在这里遇见你！怎么样，看中这条项链了？"

"款式是不错，就是太贵了。"小玉说着就要把项链摘下来。

张映伸手挡住她："既然漂亮就买下来吧。服务员，刷卡！"说着掏出身上的信用卡递给小妹。

小玉慌忙阻止："使不得！"

张映道："嫂子你就别客气了，王总平时在公司对我关照有加。区区一条项链算是我一点心意！"

小玉还推托着，但小妹已经把票开好了。小玉道："那太谢谢张副了！"小玉的心情是矛盾的，一方面为用了张映的钱惴惴不安，这不是几千元，而是三十万！但是，一想到可以在杨太太面前炫耀，小玉就顾不得了那么多了。区区三十万，等老公给了钱再还给张映就是了，就算是先向他借的吧！

张映看着手中的那张小票，微笑着吹了声口哨，上了车。现在，他找到王金国的致命处了。只要王金国负债越多，他扳倒王金国、另起炉灶的胜算就越大。如果王金国倒了，他就可以趁机把王金国的公司吞掉。现在，就剩压死骆驼的最后一根稻草了，这最后一根稻草就是王金国那打扮得珠光宝气的年轻夫人。张映在脑海中描绘着以后的蓝图，越想越兴奋。据说，两只猎犬比一只猎犬单独追逐猎物会更兴奋，如果能扳倒王金国，他将成为苗木界的一匹黑马。胜利就在不远处向他招手。

王金国下班回来，一眼看见了小玉戴在脖子上的钻石项链，顿时睁大了眼睛："你哪里来的钱？"

小玉得意地说："我在珠宝店遇上了公司的张映副总，他掏的钱。"

"张映？你这个蠢婆娘！"王金国咆哮起来。明枪易躲，暗箭难防，偏偏小玉现在平白无故给人送了个靶子。一想到明天公司的高层会议，王金国头痛欲裂，他原准备在会议上号召大家勒紧裤腰带共渡难关，可他夫人却买了一条三十万的钻石项链，何以服众？他完全可以想象出张映那张阴险的笑脸。王金国吼道："我们离婚吧！"王金国觉得厌倦万分，他在近二十年

时间里厌倦了彩霞,现在不到三年便厌倦了小玉。厌倦的时间越来越快。这么快就有了轮回。

小玉像被子弹击中一般,目瞪口呆:"离婚?王金国,我们才结婚几年?你是不是离婚离出了惯性?离婚上了瘾?不然我去问问你前妻,是不是你天生就是这样一个朝三暮四的人?"

王金国气坏了:"去吧,去问吧。我对每一段婚姻都是忠诚的。没有背叛,只有厌倦。"

小玉指着王金国的鼻梁吼道:"王金国,你是个王八蛋!"

王金国都想抽小玉一顿了:"我前妻起码还旺夫!"

"那你的意思就是,现在公司遇到困境都是我造成的了?是我克夫喽?那你结婚前怎么不去算一下咱们生辰八字合不合?"小玉哭得瘫倒在地上。离婚?为了一条三十万的钻石项链离婚?曾经,她是他的无价之宝,如今比一条三十万的钻石项链还廉价。离婚这两个字像一块巨石把小玉砸得晕头转向。她是一心盼着与王金国白头偕老的。本来,她发誓一定要汲取彩霞的教训,千万不要重蹈覆辙。她整天把自己打扮得美美的,告诫自己千万不要成为黄脸婆。没想到今天王金国竟然对她说出了离婚二字!

小玉冲出了家门,她迫切需要买醉。小玉一口气干掉了一瓶啤酒,她喜欢喝酒那种迷醉的感觉。当酒进入肠胃,身体仿佛挣脱了所有的束缚,自由自在地在天地之间飞,全身上下充盈着快感。小玉冲到以前她单身时经常去的那家烧烤摊,用牙齿咬开啤酒瓶盖,咕噜咕噜将一瓶啤酒灌了下去。这时手机响了起来,是杨太太,喊她去喝酒。正好。小玉马上开车到了锦江饭店。

一落座,眼尖的杨太太马上看到了小玉脖子上的钻石项链:"哟,买回来了?真好看。你家王金国对你真好。"

"是的,他对我很好。"小玉强颜欢笑。有些话原本能说,现在不能说了。不多想,不深究,浑浑噩噩,就不会痛苦,慢慢就会习惯,或者麻木。也只有这样,才不会陷入黑洞。当太太们聚在一起,喝起酒,唱起歌,才不会因为无聊和孤寂哭出来。曾经的恩爱像过眼云烟,仿佛是虚假的记忆。小玉都怀疑那段美好的时光到底是真是假。她看着窗外灯光密集的城市,仿佛一片繁星的天空,记忆着繁华,记忆着曾经拥有的一切。然而,在这样的天空之下,繁华只是这样不确定的闪烁的灯光之河。那密集的灯光后面延伸到哪里去呢?好像通往阒暗之处遗失的爱人,连接着散落的回忆,仿佛萎谢的花儿。这些灯光渐次熄灭,四周慢慢沉入黑暗,仅存的几丝灯火用无力的闪烁,坚持证明着曾经光亮的存在。

泪水模糊了小玉的双眼。眼前的刺身、甜点都看不见了,杨太太也不可辨认了,外面的灯河也模糊了,一切就像被风沙掩埋了一般,城市倾颓了,高山崩塌了,海水呼啸着狂拍海岸,一切像魑魅魍魉的幻影,恍如流沙般地空虚。

杨太太关切地问:"小玉,你怎么啦?"

小玉连忙一擦眼泪:"不好意思,突然想起昨晚看过的电影《廊桥遗梦》,太感人了⋯⋯"

杨太太狐疑地看了小玉一眼。

叫了代驾回到家，小玉咬牙切齿地发誓，她再也不要为王金国流一滴眼泪了。可是真正心痛时，眼泪还是忍不住流下来，将桃花枕滴得湿漉漉的。小玉想，那些桃花可能都长霉了吧？以前，她听说有人因为伤心哭瞎了眼睛，她不大相信，如今自己哭一场后，眼睛酸痛苦涩，全身无力，仿佛干了一场大力气活。现在她相信，一个人的眼睛是会哭瞎的。她一个人躲在卧室里蒙着被子哭，怕被做卫生的阿姨听见，让阿姨笑话。

第二天早上十点小玉还在昏睡，手机突然响了。小玉一看来电显示，又是杨太太。她慌忙屏息了两秒钟，沉静了一下自己的情绪，换上一副欢快的口吻："杨太太，刚回家又想我了吗？"

"我们一起去做SPA吧，我这皮肤看来要天天保养了，一天不保养都不行。刚才都忘了，现在才想起来。"那边杨太太满面春风。

小玉撒了个谎："我今天身体不大舒服，改天吧！"

"哦，这么不巧，那好，你好好休息。"

小玉挂上电话，仔细回忆自己刚才说话的腔调，不知杨太太听出她的哭腔没有。

王金国已经三个晚上没有回家了，说是出差。老公这样漠视她，是小玉所无法忍受的。她想象着老公抱着小三翩翩起舞的模样，想象着他们一起喝红酒吃海鲜，想象老公抱着小三上床……小玉的心碎了。现在的她天天喝酒，每当她从宿醉中醒过来，面对又一个空虚的白天，绝望再次涌上心头。她得到了某样东西，但是，好像有更宝贵的东西失去了。她不小心把那宝贵的东西弄丢了。

小玉决定绝食。她把家里的工人都放假了。做饭的阿姨说："太太，我留下来吧，我要是走了，你要吃什么？"

小玉故作欢快："这几天朋友宴请很多，我就在外面吃好了，你就放心回家去吧。"

饥饿的感觉很不好。饿了两顿，小玉的胃就疯狂地疼痛了起来，头晕目眩，出现幻觉。王金国出差回来已是晚上，见家中突然清静了不少，问了句煮饭扫地的阿姨到哪里去了，小玉说给她们放几天假。王金国也没再追问，倒头便要睡。

望着对自己不闻不问的王金国，小玉悲哀地想，自己就是饿死了，老公也不知道。

王金国盯着小玉，喊起来："你不要这样神经质好不好，公司最近情况很糟，我已经快被压垮了！"

"到底糟到什么程度，你告诉我啊！"

王金国冷冷地看着她："告诉你，你能帮我解决什么吗？"

小玉霎时哑口无言。

王金国的脑袋里有什么东西突突地跳着，他知道，自己的高血压又犯了。这十几年来，他的身体为公司的运营付出了惨重的代价：胃溃疡和高血压。

小玉继续逼问王金国："你和陈秘书一起工作到那么晚，到底有没有搞到床上？"小玉悲哀地想，成功男人真好，他任何

时候喜欢上一个新的女人就可以一脚把前一个女人蹬开。

王金国几乎崩溃："看在老天爷的份上，让我睡一会儿吧！"

小玉披头散发："你太冷酷了！"

王金国咆哮起来："你能不能闭嘴？"

小玉真的闭上了嘴巴。眼前这个曾经带给她无限柔情蜜意的男人，如今成了暴君，成了她的敌人。未来是一条漆黑的长廊，它的尽头要么是一扇锁着的大门，要么是悬崖。这阵子，她紧张、失眠、头痛、头晕、目眩、做噩梦、心跳、手要抖、冒虚汗，整件内衣都湿透了。

王金国肯定有问题。男人有翅膀，小玉喜欢他带着她一起飞，可他有时却带着别人一起飞。小玉恨得牙痒痒，如果老公不带她一起飞，那她宁愿剪断他的翅膀，让他不能飞。小玉想再次偷看他的手机，但自从上次她偷看他手机被他发现后，她再也不敢冒这个险了。王金国睡眠极浅，只要她一开次卧的门，就会把他惊醒，再怎么蹑手蹑脚、小心翼翼屏住呼吸都没用，更别说靠近床前拿他的手指划拉他的手机了。

既然这条路堵死了，小玉决定另辟蹊径。她决心破译王金国的手机密码。她试了无数次，王金国的生日、她的生日、她和王金国的生日组合、数字颠倒排列、姓名拼音字母等等，统统试了，还是不行。小玉百爪挠心，那个手机就像一个黑洞，里面潜藏着王金国的秘密。一想到那个不要脸的女人在王金国的手机里面搔首弄姿，说着不要脸的情话，说不定还有裸照，小玉就怒火中烧。她恨不得把王金国的手机砸了。杨太太曾经对她说过，一个男人跟你分享的秘密越多，证明他对你的信任度越高。如果男人什么都不跟你说，意味着他对你的信任度是零。小玉恨不得撬开王金国的嘴。

小玉偷了王金国的身份证复印件，跑到移动营业大厅打印了王金国的通信记录。王金国这个月的通话费用惊人，用了四百多块钱。但里面的手机号码很杂乱，小玉归纳出一个通话频率最高的手机号码，这个月王金国总共与这个号码通话了五十几次，但这个手机号码小玉很熟悉，这是王金国公司另一个副总的号码。难道王金国用副总作掩护，两人沆瀣一气，明修栈道，暗度陈仓，副总为了讨好王金国，私底下为王金国拉皮条？一想到这，小玉就气不打一处来。

等着吧。她不是傻子。谁也别想把她当傻子糊弄。

小玉静心观察，突然发现，王金国称公司里其他女孩子的时候都是称小陈、小孙，但对广告科的欧阳萱却直呼其名，看起来两个人的关系不一般。她就像一只嗅觉灵敏的狐狸排除了陈秘书的嫌疑，把目标锁定在欧阳萱身上。她已经好久不去公司了，自从成了王总太太，她一概不插手公司的业务。今天，她决定到公司里去一趟，巡视一下她的领土。

前台小姐朝小玉甜甜一笑："夫人早上好！"

小玉理都不理她，径直往王金国办公室走。

前台惴惴不安，不知自己哪里得罪了王总夫人。她做梦也想不到，自己是受了欧阳萱的株连，因为小玉最近恨欧阳萱恨得牙痒痒，而前台是欧阳萱的死党，所以莫名其妙的小鞋从天

而降，把前台砸得晕头转向。

王金国不在。

小玉到了广告科，欧阳萱也不在。

小玉面色铁青出了公司，她开着车四处乱转，查看了四五个王金国常去的会所，疯狂地想从茫茫人海中把这对狗男女捞出来，可惜一切都是徒劳。小玉趴在方向盘上痛哭。一颗心已经死去，躯壳仍在尘世中匆忙。大街上人来人往，川流不息，红尘灯火明明灭灭，她现在犹如一只痴呆的提线木偶，不知何去何从。人生若只如初见，该有多好啊。可惜再好的感情都经不起时光的腐蚀，慢慢变质，最终变成灰。独自留下凄惶的她站在时光的路口，看着南来北往的车辆，你来我往的人群，哀伤地流泪。

小玉完全不知道王金国的公司所遭遇危机的严重性。现在欠钱的成大爷，资金链断了，银行贷款已到期，信贷员天天打电话催债，王金国身心俱疲。他想垂死挣扎，不甘心束手待毙。此时，他哪里有心思儿女情长？只痛恨小玉长了一只猪脑袋，整天疑神疑鬼。他怎么会看上这样一个愚蠢的女人？这只能说明自己和她一样愚蠢。一想到这，王金国恨不得抽自己几个耳光。公司是他的命根子，是他一生的心血。公司是随着香州市的发展壮大起来的，如今香州经济形势一片大好，公司倒闭不应该呀！一想到公司濒临倒闭，王金国就睡不着。不行，无论如何要想尽办法保住公司。他干脆起来找酒喝。酒柜里高档酒一字排开，但王金国喜欢喝的那瓶 XO 却空了。王金国不甘心地摇了摇，里面一滴不剩。在以前，他会定期买上一箱好酒藏在酒窖里，他喜欢 XO 的口感，喜欢冰块加在 XO 里面那种迷人的透明的琥珀色。但他知道，现在酒窖里也是空的，这是酒窖里的最后一瓶。一瓶酒大几万，转眼间喝下肚就不见了，还是能省则省吧，将就一点算了。他打开一瓶葡萄酒，倒了满满一杯，轻轻摇了摇，让葡萄酒醒一会儿。喝了一口，王金国皱起了眉头，这葡萄酒怎么像白开水一样有气无力？他现在需要的是高度烈酒，可以让他迅速地像火焰一样燃烧起来，然后让他在火焰中睡去。

  王金国跟着公司广告科的员工欧阳萱来到后山脚下的一个秘密会所。走进曲折通幽的会所，王金国微笑："咦，这么好的地方，怎么不早推荐给我啊？"他心里有些惴惴不安，来之前，欧阳萱神神秘秘地对他说带他去一个地方，可以帮他解决公司资金链的问题，他抱着宁可信其有，不可信其无的态度跟她来了。也不知道这个欧阳萱是不是在装神弄鬼。

  欧阳萱压低声音："这是我爸爸的房子，从没带别人来过。公司里，王总您是第一个呢。"

  王金国道："荣幸之至啊。"

  欧阳萱一挑眉毛："王总，我知道你最近有点烦心，公司缺少资金运转，对吧？"

  王金国有些尴尬："我不只是有点烦心，跳楼的心都有了。你一个外人都知道我烦心，可偏偏小玉还大手大脚花钱，整天缠着我要我陪她去欧洲玩……"王金国苦笑。

欧阳萱意味深长一笑："我爸爸可以想办法贷款给公司，让公司渡过难关。"

王金国精神一振："真的？"

"当然是真的。"欧阳萱肯定地点点头。

王金国突然颓了下来："条件呢？"他知道，天底下没有无缘无故的午餐。他惴惴不安地想，难道欧阳萱家觊觎他在公司的股份？如果欧阳萱家狮子大开口，那他就再也无法掌控公司。

欧阳萱神秘一笑："我们还是先吃饭吧。吃完饭再聊公事，免得被公事影响心情。这里的澳洲龙虾不错，从澳洲空运过来的，非常新鲜。厨子是专门从香港天香楼请来的。怎么样，规格够高吧？"

王金国道："还是先聊公事吧，一件事吊着，龙肝凤胆吃着也不香。说吧，究竟是什么条件？也许我办不到。"

欧阳萱再一次笑了，她凑近王金国："只要王总愿意，你一定可以办到的。"她的眼睛里戴了美瞳，幻化出类似妲己般的魅影。

王金国心头一震："说吧，到底是什么条件？"

欧阳萱放声大笑："看你这着急样。好吧，我就不吊你胃口了，我要你跟小玉离婚，跟我结婚。"

王金国大吃一惊："你没有开玩笑吧？"其实，王金国很早以前就隐隐约约感觉到眼前这个小员工可能喜欢自己。之前公司好几次聚会K歌，王金国天生一副好嗓子，只要他一开口，就会赢得满堂喝彩。他的拿手歌曲有通俗的，也有高雅的，跟客户去，他往往唱《忘情水》；跟政府官员去，他会唱《北国之春》。欧阳萱听着听着，就在歌声中迷醉了：要是这歌是专门唱给她一个人听的那该多好啊！欧阳萱父亲也是开公司的，偏偏欧阳萱不爱在父亲公司做事，觉得人家会说闲话，说她是傍父亲的势。如果她在父亲公司工作，别人势必让着她，宠着她，得不到真正的锻炼。所以她宁愿跑到别的公司上班。之所以选择金国花木公司，完全是因为有一次听父亲说，王金国唱歌跟刘德华有得一拼，简直可以上星光大道！欧阳萱被王金国的嗓子迷住了，连听他说话都是一种享受。他的嗓音真的是老天爷赏给他的，五线谱都不识一个，音准却天然地到位，一些音乐专业的人都没有他的嗓音好听。随便一首歌，只要他听一遍，就能够准确地唱出来，令人羡慕不已。

去年冬天，公司接到了一个国外大单，王金国请几个重要员工一起庆祝。在喧闹的包厢里，时不时传出起哄声、喝彩声。他们定了个大包厢，大家鼓掌欢迎王总先唱，欧阳萱不由分说敏捷地将话筒递到王金国手里。然后站在手触点歌器前一口气为王金国点了《忘情水》等五首歌。电视画面清晰，两个男女在里面深情拥吻，欧阳萱自告奋勇和王总对唱，赢得阵阵掌声。好歌犹如五彩缤纷的彩霞，随着能量的释放，每个人都轻松起来，快乐起来。生命里的歌，汇成河，写不尽，唱不完，我与你同在，共同谱写这首生命的歌，欧阳萱唱道："相逢是首歌／同行是你和我／心儿是年轻的太阳／真诚也活泼……相逢是首歌／歌手是你和我／心儿是永远的琴弦／坚定也执着。"她款款唱着，一双眼睛火辣辣地看着王金国，毫不隐瞒。其他人见了便互相挤眉弄眼。

"不知是冰化了火，还是火融化了冰，日子天天过，做人就得这么活，我心中有个你，你心中有个我，红尘处处都是歌，生命的歌，生命的河，美丽的人生，汇成美丽的河，千支歌，万支歌，歌中唱着你和我，有你有我……"到了后面，欧阳萱随意篡改歌词，胡乱唱了。

王金国假装听不懂，插科打诨，对办公室的小陈说："小陈，欧阳这首歌是唱给你听的。"小陈还未来得及接话，欧阳萱一本正经地说："王总，这首歌是献给你的。"灯光打在她脸上，显得她的脸特别柔和。今天她用心化了妆，显得特别妩媚动人。王金国尴尬不已："谢谢，谢谢，下面我唱一首献给大家，谢谢大家齐心协力，公司才会有今天的好局面。"

之前王金国装聋作哑，如今欧阳萱开门见山了。她收起先前那副调笑模样，一本正经道："我是认真的，绝无戏言。"

王金国喃喃道："事情来得太突然，你给我几天时间想一想。"王金国从没想过卖身这种事也会发生在自己身上，上天也太会开玩笑了。

欧阳萱突然幽幽叹了一口气："我刚到公司的时候，你已经使君有妇。我是个心高气傲的人，绝不用别人用过的东西，我要的东西必须是全新的。哪知道一眨眼，你竟然离了婚，娶了小玉，我不服气。我哪一点不如小玉？她不过是一个乡巴佬，到现在我才知道我要的是什么，我不想再错过了。"

王金国突然结巴起来："你们这些年轻人，要玩就找同龄人，我都可以当你爸爸了，不要耍我。要玩找别人玩去。"

欧阳萱突然生气起来，一拍桌子，吼道："你是傻瓜吗？我要是想玩玩你，那我跟你结婚干什么？"她的眼里涌出了泪水。

王金国赶紧向她道歉："对不起，对不起，事情来得太突然，我的智商都变成负数了。"他拿了纸巾递给她，欧阳萱突然扑到了王金国怀里，王金国尴尬地试图推开，但欧阳萱固执地牢牢将他抱住。

王金国大脑瞬间短路了，不知如何是好。他现在处在人生的最低谷，他需要奋力穿过阴暗的隧道，穿过幽寂的森林，穿过沉默的海洋。这是一场艰难的意志力的考验。他该怎么办？他一时之间分辨不清欧阳萱是善意还是恶意。红尘沉浮，欢笑伤痛，美好与丑陋，光明与黑暗，一体两面。他，要堕落成一个两面兽吗？不，不，不，人不应该往下堕落，而应该向上飞升……

小玉想过最糟糕的结局：王金国喜新厌旧，再次离婚。假如真这样，她要向王金国要一个亿。前一阵子杨太太跟她的老公离婚，在惨烈的婚姻大战中大获全胜，争到了一幢别墅和两亿元的现金。她只要一个亿，对得起王金国了。这一个亿她要存进银行里，当作自己下半辈子的体己，谁来要都不给，包括亲生爹娘。她不想让母亲知道王金国向她提离婚的事。她完全可以想象母亲要是知道了这事，势必往她伤口上撒盐：我就知道会有这么一天。你看，不听我的话，现在报应来了……

小玉觉得天都塌下来，整日以泪洗面，不吃不喝，寻死觅活，整个人形同枯槁，极速暴瘦，嘴里说得最多的就是"我什么都不会，我以后怎么办呢？"她就像一只失去了飞翔能力的金丝雀在寒风中瑟瑟发抖。她躺在床上不停地流泪，泪水把桃花枕都弄湿了，小玉只好把桃花枕换了一面，没想到，泪水很快就又把另一面濡湿了。枕头散发出一股霉味。小玉把枕头拆开，看见里面那些干瘪的桃花长满了斑点。

小玉把桃花枕扔进了垃圾桶。

窗外，暴雨如注。隆隆的春雷霹雳炸响，闪电的白光刺破了天空，暴雨如铙钹飞鼓一般击打着屋顶，鞭挞着，戟刺着，无情地劈打着，仿佛天地之间有着满腔的怨怒，有着不可解的矛盾，让颓丧软弱的生命瑟瑟发抖。

王金国回来了。见小玉独坐窗前，他问："喝一杯吧？"

小玉点点头："好，喝一杯。"

王金国拿来葡萄酒和两个高脚杯："我记得你爱喝红葡萄酒。"

"谢谢你记得。"

王金国说："小玉，事情真的不是你想象的那样。咱们之间的问题绝不是因为我有了小三……"

小玉冷冷地打断他："不要再说了。我不想破坏现在的心情。反正你记住，你要跟我离婚，我就要你一半家产。"

王金国冷笑："你要分我财产可以，你去看看公司的账目就知道了。"

听老公话里有话,小玉追问道:"公司到底怎么啦?"

事已至此,王金国只得和盘托出:"最近公司出现了财务危机。公司几千万的苗木款、工程款还拖欠着,我的钱都变成香州各大公园里的花花草草和观赏树了。前任领导刚调走,我去找他,他让我去找新领导。新领导也没说不给,只是说目前市财政紧张,等财政宽松了一定把款项打到我公司里来。我本来不想跟你说的,怕你担心。公司现在欠银行贷款一个亿,你要一半财产?可以呀。"

小玉哭了。她捶打着老公:"咱们是夫妻,你为什么不早告诉我?"

第三天,小玉又去了那片桃园。途中一路春色,养眼,怡心,花草树木在春天里肆意生长,青翠欲滴。可惜的是,曾经盛开的桃花,如今都枯萎了。桃园外是一条荒芜的小径。小玉突然想起了王金国最近两鬓之间突然冒出的星星点点的白发,有点像山上的芒草,像一片灰蒙蒙的乱絮,有了临近暮年的苍老与茫然。

小玉突然活过来了。只要不是男人变心,任何事她都有勇气承担。对女人来说,男人就是她的天,男人不要她了,她的天就塌了。现在老公遇上了经济危机,她需要变成一个勇士,和老公一起面对人生的风风雨雨。小玉决定,她要回公司去。在老公困难的时候,帮老公一把。曾经,她堕落成了金丝雀,如今该是清醒的时候了。她跟着他享受过荣华富贵,现在是共患难的时候了。即使王金国现在同意离婚，她也是坚决不离了。

过了不久，幸运的事情发生了。新任市委书记雷厉风行，要求财政局向他汇报往年的财务情况，得知东湖生态园还欠着民间企业家的苗木款，大手一挥："把这笔账结了吧。以后香州建设需要企业家的支持，不能寒了企业家的心。"资金一到，公司犹如久旱逢甘霖的草木马上起死回生。过了不久，公司又接到了一个外贸大单，如此一来公司虽然还是艰难度日，但总算不至于倒闭了。这个馅饼来得真是时候。王金国非常感激书记：领导英明，才有企业家的春天！

第十六章
李兰

自从勇夺菜刀被评为市劳模后,王光辉的虚荣心有些膨胀起来。镇里工作虽然千头万绪,但有一个同事,让王光辉感到一种隐秘的快乐。

王光辉办公室里传来一阵银铃般的笑声。

是李兰的笑声。李兰在镇政府有个外号叫花瓶,据说,每个单位都会有一只花瓶,负责单位的迎来送往。比如上级单位领导来检查,花瓶就要出场,用纤纤细手泡出一杯杯香茗端给领导。在舒适气派的会议室里,她会翘起好看的小指拎着壶耳,一手托住壶嘴儿恰到好处地斟七分满,另外三分留白,让茶烟缓缓飘香。与会的领导端起杯,闻香,嗯,此味可慢慢品尝也。啜,含,润喉,咽,然后长长地吐出一口气。看他们的样子,她便轻轻地笑了。泡茶也是一门修身哲学,泡出来的茶若是能让饮者把五内浊气以一种优雅的方式吐出，那便是成功了。李兰的泡茶功夫堪比茶楼的茶艺小姐。

领导喝了茶后身心舒畅，心情便愉悦起来，有些可以睁一只眼闭一只眼的事情就这样过去了。花瓶必须活泼，如果花瓶太过于内向是不行的。花瓶肩负调节气氛的使命，尴尬的时候、冷场的时候，花瓶都必须救场。花瓶更是餐桌上必不可少的摆设，虽然八项规定以后禁止公款接待，但工作餐还是可以吃的。花瓶笑靥如花，举着饮料频频出击，场面就热闹了，人就 High 起来了。花瓶功不可没。从这个意义上来说，如果哪个单位没有花瓶，都会想方设法弄一只花瓶来的。花瓶不是人人都有资格当的，除了长相，最好还能歌善舞。三十多岁的花瓶最合适，有了人情历练的通达与从容，不像二十几岁的小女孩，太过青涩与拘谨。除了能歌善舞、人情练达，最好还善饮。李兰美中不足的就是不会喝酒，她是典型的一杯倒。不过办公室副主任却是千杯不醉，两人搭配那是绝代双骄，所向披靡。

所以，王光辉经常表扬办公室的工作，表扬了办公室，基本上就等于表扬李兰。王光辉说："办公室工作很重要。一个是对上对下的服务；一个是机要、保密工作。这几项任务都很重要。办公室是决策的参谋部，始终围绕着机关领导工作。参谋工作水平高，能推进单位方针、政策的顺利贯彻实施；水平低，就会影响全局工作，甚至造成严重后果。办公室对内掌握单位的核心机密，泄露了重大机密，就会造成损失。即使是一个人事问题的泄露，也会影响领导班子的团结，使事情变得复杂起来。办公室对外还起一个'窗口'作用。基层的同志，外来的同志对镇政府的印象如何，对班子的印象如何，很大程度上同办公室的工作相联系。办公室工作出色，人家就会说这个单位工作真不错；办公室同志如果工作得很草率，或者是作风态度生硬粗暴，人家就会说这个单位的工作很糟糕。所以办公室工作与全局工作密切相关。最近咱们办公室的每一位同志都辛苦了，整天有干不完的事，经常加班加点，甚至通宵工作，连星期六也难以休息。赶写材料的秘书更辛苦，工作强度很大，超过了一般部门的工作量。东汉刘桢的《杂诗》写道'驰翰未暇食，日昃不知晏；沉迷簿领书，回回目纷乱'就是形容办公室的同志埋头文件，忘记吃饭，不知早晚，头昏眼花是常事。事务繁杂，上至重要决策，细至室内卫生、干部生活；上至接待领导，下至联系百姓；内至核心机密，外至社俗民情，什么都要参与。就内部分工来说，有调研、信息、查办、信访、接待、机要、档案、文印、收发等各项工作。办公室干部每天都要处理好几件、几十件、百多件事情，弦绷得紧紧的，琐事应接不暇。要表扬办公室的同志，他们的工作难度大，但他们迎难而上，既要处理好上下左右、方方面面的关系，又要适应领导的工作风格和方法，搞好领导班子的服务工作。领导交办的事情千头万绪，有的是刻不容缓，马上就要落实的，有的则是常抓不懈，时时要催办、督促的。要把握好轻重缓急，做到不遗漏、不误事，的确很费脑筋，神经始终处于高度紧张状态。同时，办公室日常事务繁多，出成绩时大家可能是无名英雄，寂寂无

闻；在遇到问题时，可能成为矛盾的焦点，尝尽酸甜苦辣。有时候还得代人受过，委曲求全。可以说每一项工作都凝结着办公室同志的心血。办公室的同志懂得权衡大事小事、急事缓事，抓大事不放，抓急事先办；沟通上下左右，做到上情下达、内外有别，使各项工作有条不紊地进行。能够运用辩证法，分清层次，认真思考，'审大小而图之，酌缓急而布之，连上下而通之，衡内外而施之。'"

当王光辉在大会上表扬办公室的工作时，几个女同志就会对看一眼。其实，如果不带任何主观感情色彩的话，李兰的笑声还是动听的，清脆悦耳。在男同志听来，这是一种让人全身骨头酥软的笑声，想一头扎进她的温柔乡里醉生梦死永不醒来。但是，在镇里那些嫉恨李兰的女同事听来，这笑声像打碎玻璃一样刺耳。凭什么，我们干得累死累活，人家只需要笑笑。其实，她们不知道，每天每时面对各色人等都要笑脸相迎是多么累人的工作，当你想哭的时候你还必须笑，这就十分为难了。

几个女同事围在一起叽叽喳喳讲李兰的坏话。办公室主任朱雯不屑地撇撇嘴："那只花瓶，肯定跟咱们头上过床了。你瞧他们那说说笑笑的热乎劲。咱们头是四季脸，见到咱们是冬天，见到花瓶马上变成春天。你们别看花瓶现在这么得意，花瓶碎得快，不信我们走着瞧。"朱雯嫉恨李兰很久了，李兰抢了她办公室主任的风头。

已是下班时间，她们关着门，没想到王光辉从她们科室门前走过。她们做梦也想不到王光辉这时会在单位里，因为王光辉今天下乡。王光辉忘拿了一份资料，本来应该让司机小刘上来取的，但文件太多，怕小刘一时还找不到，不如自己上来取更快捷。王光辉走路很轻，这是多年养成的习惯。

花瓶还没有碎，朱雯的生活就先破碎了。她被调到另一个边远的镇政府去上班，美其名曰交流锻炼。朱雯怒了，一个个找当时一起叽叽喳喳的女同事对质，女同事个个发誓说她们不是犹大，绝没有做告密的事儿。朱雯看每一个女同事都有嫌疑，跟原来的女同事都绝了交，灰头土脸到了新单位。朱雯不仅恨女同事，她还恨花瓶。肯定是哪个女同事跟李兰告的密，然后李兰又跟王光辉那个猪头吹枕边风，她才落得如此凄惨的下场。朱雯临到下属单位报到前，把李兰约了出来，将她骂得狗血淋头，然后扬长而去，留下李兰愣怔在原地。饶是如此，还是不足以泄她心头之愤。她本想在微信上再骂骂李兰，但又怕留下书面证据，只能躲在家里骂。

李兰真是冤枉。纵然王光辉做事大刀阔斧，杀伐决断，极有男性魄力。但李兰的老公年轻又体贴，两人腻歪得很，她怎么可能红杏出墙？虽然李兰欣赏镇长身上无形的霸气，却也只限于欣赏而已。对于单位领导偶尔的亲昵之举，她也是视为领导对自己工作的满意，喝酒时领导偶尔拍拍她肩膀，或者跳舞时手往臀部不经意地触碰一下，只能一笑置之。她很知道自己的美在男人心中引起的波澜，从中学起她就以一种宽容的心态对待男人，甚至有一种施舍的心态，对别人笑笑，也许会让这个人愉快一整天。很多美人是冷冰冰的，她不是。

经镇党委研究决定上报县委批准，由李兰担任办公室主任一职。李兰劳苦功高，镇里的文明奖、绩效等都有她的一份功劳，平时经常加班到深夜，这些领导都看在眼里。公示期过后李兰正式上任。李兰一上任，女同事看她的眼光更是异样。李兰跟她们打招呼，她们都是皮笑肉不笑的，就像看茶花女的眼光。干得好不如长得好，长得好不如媚功好，人家小钱也长得好呀，你看看小钱，整天素面朝天，穿着朴素，就像一挂素面；而李兰呢，天天穿着时尚衣服花蝴蝶一样飞来飞去，领导的眼都被她飞乱了。人家是"五陵年少争缠头，一曲红绡不知数"，哎，同人不同命啊，学不来的。

别人用有色眼光看李兰，李兰岿然不动。清者自清，无须去辩解。这主任的位置，她是清清白白得来的，连送镇长一盒茶叶都没有。倒是请王光辉到县城喝过一次茶，原本邀请了陈副一起的，结果陈副临时有事，只剩王光辉和李兰两个人。茶馆主人心思精巧，室内峻池，流水潺潺，池上搭着小木楼，檐边垂下浪漫的常春藤，像吹动的卷帘。走廊悬挂着红色宫灯，一团明月映照在水面上，简直像洞房花烛夜。这气氛也太暧昧了。李兰很是尴尬，她后悔没有事先前来查看一下，只是听说这里茶楼气氛极好，没想到是这样的好法。

进了雅间，李兰点了最贵的牛栏坑肉桂，一泡三百。她刚要撕掉包装，王光辉阻止她："喝我的吧。"说着从公文包里摸出三袋小包装茶叶。

李兰拿起一包手工铁观音撕开，倒进紫砂壶中。加入沸水，将第一泡迅速倒掉，清掉灰尘，再加入沸水，稍等片刻，因为第二泡浸久些，才会甘甜出味。"王镇长，茶叶你爱浓香还是清香的口味？说来惭愧，来镇里小半年了，我还不是很了解。"李兰问。她确实是搞不清楚，据她平时观察，王光辉好像都是来者不拒的模样。

王光辉笑道："我都爱。只要是好茶，不管浓香还是清香我都喜欢。"

李兰本要随手将外包装扔进垃圾箱，突然看到"李金登手工茶"字样，不禁惊叫起来，"这是李金登亲手制的茶吗？荣幸之至，这可是有钱也买不来的呀。"

王光辉颔首："那是。小李，我考考你，你说什么样的人才喝得上好茶？"

李兰思索片刻："制茶人自己？"

王光辉摇摇头。

李兰再猜："茶商？"

王光辉笑了："真正的好茶在领导手里。商人自己大概留半斤，送出去两斤。"

两人谈着茶事，没想到王光辉对喝茶甚有心得，从《茶经》谈到茶器，滔滔不绝。李兰只是擅于泡茶，而王光辉才是真正的饮茶者。王光辉说，浓茶解烈酒，淡茶养精神，花茶和肠胃，清茶滤心尘。李兰听得津津有味。喝到第三泡，李兰觉得自己有些茶醉了。第三泡是上好的乌龙，冲饮到第七杯，喉鼻畅通，满腔清香，只觉醺醺然。李兰上了一趟卫生间，走路好像误入

仙人花巷，可见"七碗歌"绝非子虚乌有。

回到雅间，李兰对王光辉说："这次提拔，非常感谢镇长。我这是新手上路，请您多多指导。以后办公室服务保证做到及时周到，尽力为领导分忧解难。开会前一定先到场做好会前准备工作，会议结束后撰写好纪要、文件，检查落实反馈情况。还有，关于接待方面，我有自己一个不成熟的想法，伙食按规定标准，突出地方特色，可以搞个地方菜谱，既有特色又省钱；既不超过规定，又让大家吃得满意，还顺带推广我们的地方饮食文化，何乐而不为呢？对外来宾客生活服务要周到热情，努力做到设身处地，急人所急，解人所难。"

王光辉满意地点点头："你的想法很不错。看来这个办公室主任我选对人了。办公室的工作牵动全局，这就要求你们办公室干部要具备严肃认真的工作态度和一丝不苟的工作作风。办公室工作涉及大量机密，每一份文件传达到什么范围，都有具体规定，决不能马虎从事。要有高度的责任心，有保密意识，不得出去乱传乱说。办公室工作一定得细致。古人云'一字之失，一句为之蹉跎；一句之误，通篇为之梗塞。'"

李兰说："谢谢镇长教导！镇长满腹经纶呀！我要向镇长学习。我以茶代酒，感谢镇长栽培！"

王光辉摆摆手："你太没有诚意了吧？一杯茶就把我打发了？起码要有酒呀！茶水刮油，需得大荤大腥才压得住。我们去吃消夜吧。"

李兰有些为难。时间已晚，但见王光辉兴冲冲的模样，只好答应了。她不想做一个扫兴的人。况且，王光辉是自己的恩人。现在拒绝消夜，让人感觉过河拆桥，会让人心寒。王光辉是她的贵人。当初她研究生毕业工作没着落的时候，父亲带着她四处求人，是王光辉给了她一条生路，为她量身定做了一个岗位。虽说她本身也很努力，但有人指点和没人指点、有人罩着和没人罩着是两回事。王光辉给了她一个铁饭碗，为她一步步铺好前程，又提拔她当办公室主任，她还不得肝脑涂地，竭力相报？

两人并肩走在大街上，夜空特别亮，一轮圆月挂在天上，清辉洒满人间。王光辉闻到李兰头发上散发出的某种洗发水的芳香，李兰的身上也有一股清香。月光照在她脸上，有一种朦胧的光晕，让人怦然心动。王光辉想伸手摸摸她的脸，最后还是克制住了。王光辉想，什么是良宵，这就是良宵了。有这么一个红颜知己走在身边的夜晚，人生无比美好。他感觉走在身边的李兰很放松，也敢在他面前说些真心话了。这是王光辉希望的。他不喜欢一个下属，看见领导成天毕恭毕敬，那样缺乏人情味。

如果说有什么缺憾的话，那就是，眼前这个美好的女人不属于自己。王光辉想起自己的老婆，身上总是带着一股厨房的油烟味儿，让人败兴。曾经，老婆也是香的，谈恋爱时吹气如兰。老婆是什么时候变成这个样子的呢？

他们去新潮味消夜，点了椒盐虾菇等几样下酒菜，喝了一点酒，尽兴而归。王光辉用滴滴叫了的士，亲自将李兰送到小

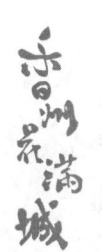

区门口。临下车时，王光辉对李兰说："小李，谢谢你，谢谢你陪我度过这样一个轻松快乐的夜晚。你不知道中年男人的苦闷，头上一顶乌纱帽，看似轻飘飘的，实则重似千钧。我好累呀！"

李兰赶紧道："谢谢王镇长信任。能够帮王镇长减压是我的荣幸。以后有机会再向王镇长取取茶经。"

李兰上任后，她到安德鲁森买了很多糕点带到办公室，其中有一种蝴蝶酥，是很好的茶点；还买了很多水果，有车厘子、波罗蜜、山竹等等，她真心要和同事分享自己的喜悦。镇里女同志偏多，办公室原有五个人，朱雯调离后，剩下四人。办公室原是副主任肖贝贝主持工作，李兰突然上位，肖贝贝根本不买她的账。李兰布置工作，或询问肖贝贝之前的工作细节，肖贝贝总是一问三不知，任何事都冷嘲热讽，搞得另外两个年轻的办事员小陈和小朱左右为难。小陈是个小伙子，跟李兰倒是不敌对，但一个大男人被一个年轻女人领导着，心里总是别扭。小朱原本和李兰走得挺近，因为两人是平等的关系，现在自己突然成了李兰的手下，那种难受劲就别提了。汇报工作的时候，本来要喊兰姐的，但外人在场，小朱只好称呼李主任。第一声喊出口后，以后就顺理成章喊李主任了。兰姐的称呼不见了，两个女人昔日的友谊也结束了。

李兰喊大家吃东西，肖贝贝看也不看，仿佛那东西有毒。小陈吃了两粒车厘子，笑嘻嘻道："真好吃！主任你这是花血本了！我妈小气，央求她买个车厘子，她买回个樱桃，还笑嘻嘻地说反正是近亲，气得我差点跟她断绝母子关系。我这回算是解馋了，主任万岁！"

小朱从电脑前抬头说："我手脏兮兮的，等活干完了洗好手再吃。"

李兰拿了一些水果和糕点到其他科室，五六个女人工作之余正在嘻嘻哈哈地聊天。一见李兰进来，都有些讪讪的。大家礼貌性地尝了一两个水果，有的说要上厕所，有的说要打电话通知村委来开会，有的说一个文件还没打完，转眼间就散了，都回到自己的电脑前。李兰灰溜溜地回到办公室，她知道，她和姐妹们是有了一层隔膜了，大家都把她看作是王光辉的心腹、卧底、间谍，不能让她看到偷懒的样子，一个个在她面前摆出勤快的姿态，而且在她面前要谨言慎行，千万不要被她卖了，惹不起还躲得起呢。想到这一点，李兰有些泄气。做人难，没想到戴上一小顶乌纱帽的女人更难。

下了班，李兰随口问小陈："有女朋友了吗？"

小陈摊摊手："还没有啊。我是困难户。兰姐帮我介绍一个？"

李兰说："我还真认识一个姑娘。女孩眼光太高，挑挑拣拣转眼就二十八岁了，是个护士，你觉得怎么样？"

小陈大喜："那就烦请兰姐把她的照片和微信名片发给我。要是成了，我一辈子感激兰姐！"

李兰道："瞧你客气的，举手之劳而已。我乐于成人之美。等着哈，晚上我发给你。"

李兰没想到，上次那番关于取茶经的客套话，王光辉竟然当真了。有了第一回，就有了第二回，第三回。

这天送走了县里下来检查的工作组成员，李兰的微信叮当一声："到兰轩喝茶如何？"

她吓了一跳，下意识顺从地回复了一个字："好。"

镇长任何工作上的吩咐，她都是回复一个"好"字，已经成了惯性。发出去后，她马上后悔，可是又覆水难收。

于是到了兰轩茶楼。茶楼坐落在一个偏僻的小巷子里，一两台车子进去，很快消失在巷子深处。很少有领导干部坐着自己的车进来。他们在贵五室。贵五室朝南，又背街，既照得进阳光，又很隐蔽。这个茶楼的老板太精明了。懂得隐蔽，懂得内敛，懂得领导心理与官场规则。怪不得许多领导喜欢到这里喝茶。

冬日的阳光静静地躺在大理石桌上，窗台上挂着的蟹爪兰开着一朵朵红蟹夹。电壶里的沸水扑哧扑哧响，炉座上亮起一点红灯便有了热闹的感觉。只见壶嘴浮升着烟，经阳光一照，倒像人世间的聒絮。看得久了，让人产生恍惚之感。

王光辉说："你要好好感谢我啊，这次你这个办公室主任是我大力提议的。多少人做了一辈子，老死在科员的位置上。你年纪轻轻有这个起点很不错，将来大有前途。"王光辉见李兰多次接受了他喝茶的邀请，觉得李兰默许了些什么。但每次喝茶聊的都是风雅之事，又让他有些着急。

李兰没想到王光辉说话这么直接，她飞红了脸："谢谢王镇长！我记在心里呢。改天我和我老公请你喝酒，一醉方休。"

王光辉不置可否地笑笑。他借着起身上卫生间的机会，回来的时候一屁股坐到了她身边。李兰蓦然感受到他粗重的呼吸。爱茶本是风雅之事，没想到图穷匕首现。李兰全身紧张起来，不由自主绷直了后背。王光辉说："我会看手相，我帮你看看手相吧。"说完不由分说抓住她的手端详起来。王光辉的手胖胖的，软软的，甚是温暖，跟她爸爸的手有些相似。王光辉说："你这是富贵手，一生吃穿不愁。"

李兰咯咯笑了起来，如果这样是看手相，她也会啊。

王光辉又说："你最近桃花很旺啊。"说完就把他的手放在李兰腿上。李兰吃惊地站了起来："王镇长，我头有点晕，想先回家休息，您也早点回家休息。谢谢您对我的栽培！"说完不由分说拎起坤包夺门而出。被扔下的王光辉郁闷地拿起桌上的提拉米苏蛋糕咬了一大口："葫芦里卖的是什么药？是欲擒故纵吗？"他是认真的，工作这么多年，他是第一次这么失态。

李兰一脸惊惶回到小区，一颗心怦怦直跳。她拿出钥匙想打开电控门，却怎么也插不进锁眼去。弄了老半天，才发现钥匙拿错了。她无力地靠在电控门上。从小到大，她一直很顺，周围的人争着宠她，无数的男孩朝她献殷勤，从没有任何一个人这样对她非礼。她自然很感激王光辉，一直认为他是个大度、有魄力的好领导，没想到他竟然会失态。

回到家里，老公见她一脸惊惶，问她怎么了。李兰说，我们镇长好像对我有点想法。老公一下子就怒了："那个姓王的王八蛋！他以为镇长有多大！一个破主任，有什么好稀罕的？咱不干了！"

李兰忪着想明天要怎么面对王光辉，不知王光辉会不会给她小鞋穿。她一脸发愁："不干了，我要去哪里？"

"我老早就说过了，你在家里待着就好，我养你。"老公是一家小公司的副总，养活她没问题。

李兰摇摇头："这个问题咱们讨论过无数次了，我不想待在家里。我一定要工作。"她当年考公务员考了四次才考上，做的习题车载斗量，脑细胞死了几亿个，近视加深两百度，求了无数人，她不会这么轻易放弃公务员的职位。

老公恨道："你怎么这么顽固！"

李兰撒娇："谁让你把顽固的美女娶回家？"

老公无奈："你绝不能继续在那里上班！我不放心！我相信你，但我不相信那个王八蛋。你即使调到另一个镇政府，只要还在同一个系统，还是逃不出那个王八蛋的手掌心。"

李兰苦着一张脸："那怎么办呢？明天我都不知道要怎么去上班。"

老公想了想，说："这样吧，我一个朋友在建材公司上班，他正好缺一个人力资源管理师，跟你专业也对口。你明天先请个年休，到建材公司实习看看，要是适应，你这边就正式辞职。"

李兰夫妇俩不知道，这个目前被他们称之为"王八蛋"的男人日后竟做出了令他们感佩的举动。

第十七章

选择

李兰鼓起勇气拿了年休的条子找王光辉批。临进镇长办公室前，她深吸了一口气，对自己说："加油！没什么好怕的。"

王光辉笑了："怎么了，刚上阵就撂挑子？这阵子工作比较多，等这段忙完了你再休假。"

李兰点点头，逃出镇长办公室。她佩服王光辉，脸上云淡风轻，仿佛什么事都不曾发生一样。难道昨晚的事是自己的幻觉？是自己的臆想？

事情僵在那儿，李兰只好继续挨下去。没想到继茶楼不愉快之后，李兰又踩了个雷。这天办公室接到县里电话，说需要上报一个统计数据，时间在今天上午十二点之前。事情火烧眉毛，这项工作原本是小朱负责的，李兰打小朱的手机没人接，打她家里的电话也没人接，微信不回，短信也不回，可局里又

显示小朱有签到。李兰派小陈到各科室瞄一眼，看小朱有没有在其他科室串门。不一会儿，小陈气喘吁吁地回来说没看见小朱。李兰急火攻心，想打开小朱的电脑看看她以往的工作记录，可小朱的电脑又设了密码，恨得李兰直想把电脑砸烂。

小陈小心翼翼地问："怎么办？我大概记得一个总数，不知是1087，还是1089？不会差很多，就是这两个数当中的一个，要不，就先报上去？"

李兰说："不行，数据一定要准确。不怕一万，只怕万一，到时上面要是追问起来，会被通报批评的。做工作一定要扎实，不能敷衍了事。再说了，只报个总数，各个村的分数据总不能瞎编吧？我们要赶紧核实数据。"

于是，李兰和小陈迅速开始分工。蝴蝶镇辖有十个村，她和小陈一人五个，不停地打电话，不停地解释说明加询问，有时村里负责此项工作的同志刚好不在，又得等候村里辗转联系到该同志，而该同志则说他的数据保存在电脑里，还得托人上电脑查看……一上午折腾下来，总算把数据汇总了。眼看着小陈把数据发到县里，李兰长长地松了一口气，看一眼时间，十一点五十七分，好险。

这时李兰才觉察到喉咙丝丝作痛，她泡了菊花茶，加了冰糖，倒了一杯给小陈。而肖贝贝仍然假装在电脑前忙碌些什么。肖贝贝特别看不惯小陈对李兰的巴结劲儿，不就是帮他介绍了个女朋友嘛，至于嘛，好像要卖给她似的。

李兰刚才再着急也不敢使唤肖贝贝，招呼她只能是自讨没趣，把自己气上加气，到时脑袋瓜不清醒，连任务都完不成，还是先干活要紧。至于以后如何安排肖贝贝干活，那需要从长计议。

小陈接过李兰的菊花茶，说了声："谢谢！兰姐这么体贴，姐夫肯定很幸福吧？"

李兰笑了："女人的温柔都是给别人看的，女人在家都是母老虎。"

正说笑着，小朱上气不接下气跑进办公室："李主任！对不起，我刚看到手机上的未接电话和微信留言，有什么要紧事吗？"

李兰板起脸："你一上午哪里去了？"她心里气得不行，却还要装出一副平静的样子。

小朱嗫嚅道："对不起，早上上班我从宣传科经过，张科长说他有个宣传视频需要修改，他知道我在这方面比较擅长，让我到视频放映室去帮忙处理弄一下……"

李兰道："那你是想到宣传科上班去吗？"

小朱慌了神，脸涨得通红："绝对没有这样想。李主任，我错了，我应该先跟您汇报一声的，但一忙起来就忘了。我干活时习惯把手机调静音的……"

小陈在旁边把事情如此这般说了一遍，抱怨道："本来只要把你保存在电脑里的数据找出来发到县里就好了，可你这么一消失，害我和李主任忙活了一整个上午！"

小朱一直赔罪，李兰还是余怒未消。这算怎么回事？自己

的办事员需要办事的时候不在岗，却跑去其他科室帮忙干活儿？她冷冷地说："你要当雷锋我没意见，但你首先要做好自己的本职工作。我不希望以后工作的时候又找不到你的人。"小朱忙不迭地点头。她不想到宣传科去，宣传科现在任务越来越重，时不时得加班加点，而且要动脑筋，而她是最怕动脑筋的。办公室是阶段性忙，有时还能清闲个一天两天的，办公室的联络工作只需要动动嘴皮子，活儿她已经上手了，如果调到宣传科还需要一段时间的适应过程。再说了，要是李兰不要她了，她被扫地出门，面子上可真不好看。就她所知，好几个同事羡慕她在办公室的位置呢。自从朱雯被调离，这几个同事还悄悄跟她打听过办公室还要不要人。要肯定是要的，就是不知道要谁。小朱沮丧地收拾东西下班。心想自己怎么就这么倒霉呢，她又没偷懒，一整个上午都在干活儿，却遭受了严厉的批评。宣传科科长也是不好得罪的，如果她回绝张科长，那张科长也可能对她怀恨在心。小人物怎么这么难呢，就像风箱里的老鼠两头受气。平时在办公室里也没啥事，怎么今天一离开办公室就出了事了？真衰啊。

  一波未平，一波又起。宣传科的宣传视频播出时挨了批评，原因是办公室小陈提供的一个数据出错，在交流会上受到了兄弟乡镇的质疑。王光辉脸上特别挂不住，会后严厉批评了宣传科。张科长一问，是办公室数据出错，才连累了宣传科。谁知道办公室提供的数据是错的？张科长把小陈叫到宣传科，狠狠批评了一顿。小陈心虚极了，面红耳赤。他无话可说，他平时就是个马大哈，可能真的是他疏忽大意了，数据那么多，他也忘记了自己当时报的是什么，可能真是自己弄错了。都怪自己平时工作潦草，才导致今天这样的局面。因为心虚，小陈根本不敢反驳，面对张科长的狂轰滥炸只好全盘接收。

在哪里跌倒，就在哪里爬起来。回到办公室，小陈打开电脑仔细核对数据。突然，他惊喜地发现自己报给宣传科的数据是对的！是宣传科的同事把数据前的"了"字看成了"3"，本来是5927，变成35927。小陈简直不敢相信自己的眼睛，又仔细核对了几遍，终于大叫起来："我是被冤枉的！我是被冤枉的！"

本来，李兰正垂头丧气坐在办公桌前。刚上任不久就捅了这么个娄子，自己作为办公室主任实在是颜面扫地。管理不力啊！人家说强将手下无弱兵，现在自己手下出现这么一个弱兵，那她这个"将"也必是个怂将了。可她又不好马上批评小陈。肖贝贝正在旁边等着看笑话呢，本来肖贝贝就很反感小陈跟她站在同一条线上，现在本来好成一团的两个人突然反目，肖贝贝不躲在被窝里笑死！

李兰正颓然坐在办公桌前，忽听小陈这么一嚷嚷，赶紧凑到小陈电脑前看是怎么回事。她将传出去的数据连续核对了几遍，确认无误后，不禁拊掌大笑！幸亏自己刚才忍住了，不然，寒了小陈的心，办公室人心四分五裂，今后工作更难开展了。

有了底气，小陈雄赳赳气昂昂地跑到了宣传科，把电脑邮件打开指给张科长看。张科长一看，果真不是小陈的错，是自

己科里办事员的错。张科长脸一沉，马上把办事员叫过来批评，把王光辉发泄在自己身上怒火转泄到办事员身上。

办公室这下阴转晴，小陈哼唱着"解放区的天是明朗的天"。他沉冤得雪，特别扬眉吐气，走路特别带劲。李兰临时召开了办公室成员会议，宣布了几项纪律："一、上班时确保在岗，手机确保24小时畅通。二、工作作风一定要踏实，特别是有关数据的东西一定要反复核实。三……"

张科长脸上乌云密布。原本，他是想在这次经验交流会上一鸣惊人的，他还特意请了小朱把视频整得很漂亮，没想到竟然栽了个大跟斗。根据交流会上兄弟乡镇提出的建议，张科长还想请小朱重新把视频整一整，准备参加评奖。哪知刚开口，小朱一脸惶然："对不起，张科长，上次我帮忙修改宣传视频，被我们李主任狠狠批了一顿。我先回办公室去了。我也很为难的，请张科长谅解！"

张科长一口气堵在心里。这个李兰！她以为自己是什么玩意儿！一个花瓶而已，竟然踩到他头上来了！张科长是县长的亲外甥，镇里领导都让他三分。

下午全镇干部例行会议。王光辉总结了上星期的工作，布置了这星期的几项任务，正准备散会的时候，张科长站起来说："我补充几句。上次交流会上宣传视频数据出了差错，是宣传科工作不够仔细，作为科室负责人我要自我批评。宣传科一定吸取教训，不再重蹈覆辙。还有一件事，可能大家不是很清楚，上次我请办公室的小朱帮我美化宣传视频，后来听说她挨了批，说是为什么帮别的科室干活儿。平时局里各科室工作都是互帮互助的，没想到小朱因此挨了批。如果我的所作所为引起谁不满的话，我愿意为此负责。小朱不应该挨批评。"张科长说话掷地有声。

大家都蒙了。李兰坐不住了，当时因为急着把数据上报县里又找不到小朱，她才急火攻心的，而张科长避重就轻，混淆视听，把她描成了一个心胸狭窄、只顾自己一亩三分地的小人。她站起来："我也说几句。办公室就是为了服务大家的，做好后勤工作是我的职责。我会带领办公室全体人员竭诚为同志们服务。在这里我表个态，我所做的一切都是为了单位，凡是镇里的工作我都会积极完成，凡是领导决定的我都坚决拥护……"她沉着镇定地说着，竭力控制住自己声音不要哽咽。

王光辉见状，连忙说道："同志们工作都非常努力，非常辛苦。人不是机器，难免会有出纰漏的时候，今后尽量避免就是了。以后同志们在工作中多沟通协调，以免产生误会。大家配合好了，工作就能够顺利地开展。好，今天的会议到此为止。散会。"

下面的人偷偷交换了眼神。有人想，李兰新官上任就弄了个鸡飞狗跳，蚂蚁都被她踩死了。那架势比当选新西兰女总理还要大，要找当官的感觉也不是这么个要法。也有人想，张科长是公子爷，要惹谁也别惹他呀。但没有人敢当面嚼舌头，大家纷纷散了。

李兰在座位上缓了缓，强作镇静地走回办公室。回办公室

必须经过宣传科，张科长腿长，早一步回到了科里。他背对着李兰，嘀咕了一句："花瓶而已，做什么妖啊！"他熟悉李兰的高跟鞋声，也熟悉李兰走廊上飘来的香味。声音不大不小，刚好够李兰听清。

李兰回到办公室，愣怔着看办公桌上花瓶里的百合。她喜欢鲜花，经常三天两头买束鲜花插在花瓶里。百合已经开始萎谢，掉了一瓣在桌子上。她想，也许鲜花的美丽也是一种错误。她是一个外柔内刚的人，如果说在会议室面对张科长的发难，她热血上涌还想迎战的话，刚才在走廊里听到的一声"花瓶"就足以击溃她。她面色惨白，颤抖着手端起水杯喝了口水，却被呛着了，不禁一阵猛咳。

最难受的是小朱。她知道，在李主任和张科长眼里，她一定变成了犹大。李主任一定会想，是她跑到张科长那里哭诉委屈，说不定李兰还会展开想象的翅膀，想象她在张科长面前哭了个梨花带雨的画面。

小朱无意中得罪了两个中层领导，难受了几天，又不敢跟人吐苦水，怕生出更多的是非。小钱跟她交好，主动对她说："那天的会议，真是有意思呀！场面好像要失控了。这么多年，没开过这么有意思的会。"小朱眼圈马上红了。小钱连忙安慰她："神仙打架，殃及无辜。你理这破事干吗。那是他们之间的事，他们爱怎么过招，与你无关。"小朱后来就慢慢把自己劝开了，天要下雨，娘要嫁人，随它去吧！爱咋咋的。既然仕途无望，自己就另辟天地，活人总不能被尿憋死。她在外面和朋友合开了一间店，公务员不能营业，营业执照是朋友的，她算是入股。外面有事情忙乎，单位的事就渐渐看淡了。

　　李兰空有一腔工作热情，却把局面弄僵了。王光辉终于批准李兰年休，这是破了先例，镇政府的干部除非病得要上手术台，否则都是轻伤不下火线的。李兰年休第一天马上到建材公司上班，倒也很适应，空气自由，不必对人点头哈腰，不必时时微笑。李兰回想发生在单位的一幕幕，简直像一个梦境。李兰不禁苦笑，自己头脑简单，还真只是一个花瓶，他们说的还真是没错。办公室政治是花瓶应付不来的。年休结束后，李兰正式递了辞呈。

　　王光辉没有批准李兰辞职。这不是打他的耳光吗？辞职意味着员工抛弃单位，她有更好的发展空间，或者是，因为在单位里待得不愉快，所以员工才会辞职，特别是公务员辞职，这其中必有蹊跷。现在考公务员是千军万马过独木桥，公务员编制是多少人一生的奢求，如今李兰来这么一出，让王光辉恼怒不已。这事要把它消灭在萌芽状态，否则事情一扩散，让人浮想联翩，到时什么猜测都有，什么传言都有，就很被动了。王光辉坐在办公桌前，看着从玻璃窗外射进的阳光光柱里浮尘飞舞。这个李兰，怎么这么拧呢，难道是自己看走了眼？

　　星期五下午，朱雯从乡下开车回城里。一路上，青山在车窗外掠过。其实，穷乡僻壤风景秀丽，空气清新，还真是养生的好去处。朱雯在那边干得不错。虽然被贬，但新同事都同情她，知道她是因为一只花瓶进谗言才被贬的。朱雯生性活络，

手头有不少资源，到新单位很快打开了新局面，领导相当看重她。有时朱雯想，这也许是因祸得福呢。不过她马上打消了这个想法。祸就是祸，是实实在在的，这祸都拜那只花瓶所赐，单单这五十公里的车程，汽油费不知耗费了多少，孩子的学习也顾不上。人生中途生变，实在是莫大的悲哀。回到家，朱雯给王光辉夫人打电话："玲姐，最近王光辉和李兰走得很近啊。他们经常出去喝个茶什么的。"她虽在乡下上班，消息却灵通得很，她有的是天线。

赵玲大怒。她原以为天底下的男人都出轨了，就她的老公不会出轨。因为她知道，自己的老公是爱江山胜过爱美人的。朱雯虽然轻描淡写，但没有十足的把握朱雯是不会乱说话的。她从电视剧里学到了丰富的斗争经验。首先一定要拍照，一定要留下证据。这次她一定要李兰这个骚狐狸精好看，要让她声名扫地。这狐狸精吃了豹子胆吗？兔子还不吃窝边草呢，李兰竟敢在太岁头上动土！

华灯初上，赵玲喊了闺蜜远远跟着王光辉的车来到了兰轩。她在老公的车上安装了监控器，很隐秘。感谢现代高科技，为保护婚姻内的糟糠之妻做出了卓越的贡献。之所以喊上闺蜜，是怕寡不敌众。赵玲要了305的雅间，闺蜜快速打发走服务员，将门斜开着，死死盯着不远处的318，大概盯了二十分钟。狗男女总不至于一见面就脱衣服，总得有一个调情的过程，就像做菜需要讲究火候。赵玲打量着茶馆的装潢，越看越怒火中烧。老公从来没带她到这样有情调的地方来，连陪她散个步都不愿意。在家里总是说累，在外面像打了鸡血。赵玲警惕地盯着318，端起茶喝了一口，却被烫得跳起来，她低声骂了句脏话。估摸差不多了，她和闺蜜冲到318门前，原以为需要撞门，没想到门一旋就开了，赵玲用力过猛，差点跌倒在地，闺蜜举着早就调到照相机页面的手机，不管三七二十一，一通乱拍。

没想到里面却是两男一女。三个人都莫名其妙地看着她。

王光辉低声喝道："阿玲，你干什么？"随后尴尬地向李兰夫妻俩介绍："这是我夫人。"

坐在李兰身边的陌生男子主动朝赵玲伸出手："嫂子你好，我是李兰的老公，喊我小徐就可以啦。"

赵玲尴尬地跟小徐握了握手。心想这是什么鬼？怎么会是这样？嘴里却急中生智地说："老王你忘啦，是你喊我过来喝茶的。我看这里装潢挺美的……"

赵玲一边说着谎话，一边带着闺蜜落荒而逃："你们聊吧，我和阿美还要到美容院去，我先走了……"

王光辉也只能尴尬地笑笑。

赵玲就像《西游记》里莫名其妙的一阵妖风，平白无故地刮来，又平白无故地刮走了。

接着，王光辉诚恳地说："小李，你辞职这事我希望你慎重考虑考虑。当初我从县局把你调上来可不容易，是看中你的才华。我知道，你辞职是因为上次茶楼的事。今天，我当着你先生的面，郑重向你道歉，也向你先生道歉。窈窕淑女，君子好逑，爱美是男人的天性，但我忘记了有些美是不属于我的，我越界了。请原谅我的失态，我向你们保证，这样的事以后再也不会出现了。"

李兰夫妇被感动了。李兰原本就舍不得辞职，她之所以提出辞职，是怕今后在王光辉手下工作不安全。现在王光辉的一番话让李兰放心了，当即表态说："谢谢镇长！你是我的伯乐，我一定努力工作，报答您的知遇之恩！"

小徐说："镇长，你是条汉子！是个磊落的君子！走，喝酒去！"

回家的路上，王光辉感慨万分。香江上星光点点，夜色跟前几次到兰轩喝完茶后一样迷人，只不过心情完全不同了。李兰这个女人，有着与其他女人不同的胆量和骨气，倒是要敬重她几分。这个女人，颠覆了他对花瓶的看法，也让他懂得了今后在工作中与女同事打交道的分寸。

第十八章
共渡难关

朝云远远打量着这间自己工作了十几年的诊所。招牌已经换了两次，最近这个是刚换的，显得特别精神。前面的那个因为风吹日晒，有的笔画都看不见了，林振坤诊所变成"木辰坤诊所"。多年的经验让朝云扎针输液又快又准。遇到再细的血管她都可以做到一针见血。诊所里有两个护士轮流，另外一个技术相对差一点，有时小孩哭闹一下，该护士便心慌意乱，一连扎了四五次都扎不出回血，家长心疼，便叫嚷着让那个会打针的护士来。有了那个护士的衬托，朝云便越发被诊所老板看重。诊所里生意很好，因为免去了大医院挂号、排队、取药等烦琐细节，方便快捷，收费也不贵，所以周围的居民小病小痛都到这诊所来。老板有了三套房子，家里每人开一辆车。现在老板的宏愿是争取申请医保定点，这样有医保卡的人也可以到他诊

所里来看病，可以从大医院手中抢更多的生意。没想到这一次朝云却惹出了大祸，那个不会打针的护士反而相安无事。

一个小男孩发了高烧，连耳朵根都烧得通红，父母两人带着孩子到诊所来输液。药单是老板开的，老板本身是主治医生，看感冒发烧熟门熟路，问清没有什么药过敏，便刷刷刷开了药方。朝云按药方配了药，开始给小孩输液，小孩一开始睡得晕晕沉沉，到了第三瓶的时候，孩子父亲想喊儿子起来小便，母亲说："让他睡吧，高烧损耗体力，让他多睡一会儿。"哪知等四瓶药水输完后，小孩突然呕吐抽搐起来，是典型的用错药的症状。朝云一看不对劲，失声喊了起来，老板也急忙过来听了心跳，慌道："赶紧送大医院急诊抢救！"

小诊所离大医院只有一公里，也来不及喊救护车，老板直接开了自己的私家车将小孩送到医院急诊，哪知到了医院孩子已经不行了，没有了心跳。家长呼天抢地，当父亲的打了老板一个耳光："你这黑心老板！无良医生！我要告你！"

老板孙子般地向家长赔礼道歉，就只差下跪了。他申辩说他的药方绝对没问题，并且马上打电话到诊所让朝云把自己刚才开的药方送过来，请市医院医生过目。医生看了看，说确实没问题呀！家长听了又大怒起来："没问题我儿子会死？"现在都是独生子女，宝贝得什么似的，独生子女夭折，就是要了爷爷奶奶父母的命。

老板转身把怀疑的目光对准朝云："是不是你配错药了？"朝云大喊冤枉："我干了十几年，轻车熟路的，怎么会配错药？"

诊所里有监控,可以去看监控。"

一行人便吵吵嚷嚷回诊所看监控。监控却坏了,老板后悔得想抽自己耳光。之前知道监控坏了,但老是忙忙忙,拖到现在都没有去买个新的回来,一个像素高一点的监控才一百多块钱,可他现在却要付出无数倍的代价!朝云更是揪心,这个坏掉的监控把她的最后一丝希望都掐灭了。老板先拿了三万元作为丧葬费,家属骂骂咧咧,扬言要砸店。诊所里出了这样的大事,一时间病人都不来了。诊所里的气氛特别压抑,如丧考妣。家长已经一纸诉状将诊所告上法庭,老板已正式收到了传票。

出事那天本来是阿萍的班,阿萍说肚子疼,央求朝云跟她换班。朝云原本是要带女儿一起去东山玩的,但经不住阿萍一再恳求,朝云的心肠软,只好答应了。女儿非常不高兴,一再指责:"妈妈,你不讲信用!我再也不跟你好了!"女儿的眼眶里含满了泪水,她盼这次短途旅行盼了好久了。妈妈总是忙忙忙,好不容易答应了带她去玩,她昨天到超市买了一大堆好吃的,牛肉粒、卤蛋、哈密瓜等等,还在网上预订了一家民宿,没想到一切都泡汤了。朝云连连向女儿道歉,并且发誓下星期一定带她去东山玩,一定要好好补偿她。女儿嘟着嘴不理她,砰的一声关上了房门。

谁知道今天上班会发生这件倒霉事呢。早知道如此,朝云打死也不会跟阿萍换班。后来看到阿萍发了朋友圈,原来阿萍并没有肚子疼,而是和男朋友到金汤湾玩耍去了,阿萍发朋友圈忘了屏蔽朝云,朝云看了怒不可遏,然而事情已经演变到如此地步，也许是造化弄人。

诊所的监控器坏了。这么多年来，诊所一直平平安安地开着，所有监控器已经坏了半年了，老板也没想着要去更换。孩子家属把老板和朝云一起告上了法庭，要求赔偿两百万。两百万！即使老板和朝云各负责一百万，把朝云卖了也凑不够一百万！

朝云哭哭啼啼，朱子奇陪她到诊所里见了老板："老王，朝云在你们诊所这么多年了，她的工作能力你是知道的，闭着眼睛也不会出错。"

老板一听也火了："不是她的错，那是谁的错？我的药单大医院医生说看过了，绝对没问题。肯定是她把药弄错了！照道理应该由她赔两百万才是，我也跟着成了被告，生意也跑了，最倒霉的是我！"

朝云急得死的心都有了。可恶的监控，为什么偏偏坏了呢？这下没有任何东西能够证明她的清白了。朝云不死心，她把当天用的药全部拿去化验，结果出来时，连老板也惊呆了：头孢药有问题！里面包含的头孢是正常含量的两倍！是药物出了问题，不是医生和护士的问题！

老板和朝云似乎看到了一线希望。店里的药一直是跟本地的大药房购买的，他们找到大药房，大药房说他们是跟厂家购买的，跟他们无关。好不容易打通了天津厂家的电话，对方一听是人命关天的大事，马上撇得一干二净："我们一直向全国供货，从来没有出现过这样的问题。谁知道药是不是被你们调换过了？"说着啪的一下挂断了电话。

老板和朝云急得团团转。他们拿着那盒头孢到了药监局备案，而药监局的调查要一段时间。老板和朝云一起坐飞机到天津药厂找厂长，找药房主任，厂长一直拍胸脯保证他们的药没问题，而且流通的中间环节太多，谁知道是在哪个环节出了差错。老板苦苦哀求："你们查一下好不好？药都是有批号的。这也是为了你们自己着想，万一同一批的药再出事，那可是个大麻烦。"厂长才勉强答应查一下生产线。然而，一个月时间过去了，天津那边的药厂毫无消息。朝云盼啊盼啊，后来才发现自己的天真，在这个社会，谁会主动把过错揽到自己身上呢？她不能寄希望于别人的良心发现。

老板找大药房复印了向厂家进货的那张单子，又把自己向大药房进货的单子复印了一份，向法院提起了上诉，他要状告大药房。大药房也觉得自己受了天大的冤枉，诊所告药房，那大药房岂不是要状告天津药厂？

就这样，老板和朝云既成了被告，也成了原告，生活变成一团乱麻，整天焦头烂额。女儿也不敢吵着要去旅游了，她知道妈妈惹上了大麻烦，小小年纪的人儿眼睛里也有了焦虑与担忧。

一审判决下来了，老板和朝云需要负赔偿责任，各赔一百万。老板和朝云不服，提起上诉。

朝云再也开不了口跟哥哥借钱了。她知道，政府欠了大哥几千万的苗木款，大哥的公司也处于极艰难的状态。怎么办呢？要是不能及时把钱赔偿给孩子家长，她是会锒铛入狱的。

朝云一个人失魂落魄在东湖边徘徊。外面正下着雨，她没有穿雨衣，也没有撑雨伞。朝云仰头看天空，晦暗的天空压在她头顶，她任由雨水滴在脸上。湖中的游船冷眼看着她，周遭的草叶在雨中瑟瑟发抖。管理处一盏昏黄的灯连同路灯也亮起来了，那个驼着背的管理人员好奇地望着她。朝云想，那管理人大概是担心她寻短见吧。假如她真跳了湖，那驼背的人会冲过来救她吧？朝云往另一边走去，此时，她不想置身于任何一个人的目光注视之下，她只希望天地间只剩下她一个人。

回到家里，湿漉漉的衣服把地板都滴湿了。等朝云换上干净的衣服，朱子奇端上来一碗热乎乎的姜茶。朝云的眼泪滴进碗里。眼前这个男人，朝云恨过他，在他出轨的时候，朝云甚至决绝地想跟他分开。但现在自己摊上了事，有这么一碗姜茶，就足够她与他相依偎下半辈子了。

朱子奇说："把房子卖了吧，现在只剩下这条路了。"

朝云含着眼泪说："我舍不得这房子呀！"他们夫妻奋斗大半辈子，就只剩下这套房子。小区绿化不错，首付跟王金国借了一部分，装修时像蚂蚁搬家一样一点一点地进行。先弄好了水电，再刷墙壁、铺地板砖。他们搬进新家时几乎是家徒四壁，家具是一件件慢慢买回来的，就像燕子衔泥筑巢一样。夏天实在太热了，先是攒了钱买了一台空调，装在女儿那间卧室。到了第二年，才又攒钱买了第二台空调装在他们夫妻的卧室里。然后是电冰箱，洗衣机。沙发一开始买的是几百元的便宜货，女儿小时候把沙发当蹦蹦床在上面蹦来蹦去，沙发很快就塌陷了，剩下几根弹簧，客人来了实在有碍观瞻，后来年底发了绩效奖金，夫妻二人才直奔家具店买回了早就看好的红木沙发。这个家凝结了夫妻俩的全部心血，如今竟然要卖了！朝云梗着脖子说："不卖！大不了我去坐牢！"

朱子奇说："别傻了！钱以后再挣，真的去坐牢，出来了整个人都废了，咱这个家也就完蛋了！"

所幸卖房很顺利。当初他们买房子时一平方一千多元，现在房价已涨到了七千多元，他们家的房子结构好，坐北朝南阳光充足，只因急着要卖掉，又急着要现金，所以价钱比市面上的一平方便宜了一千块，而且家具都原封不动留给买家，买家只需拎包入住就行。扣掉中介费及七七八八的税，到手的是五十八万。先赔了五十万给对方，手头留八万应急，尚欠五十万须半年内还清。

现在当务之急的是租房子。夫妻俩看了好几个地方，最后决定在女儿学校附近的小区租一套五十几平方的房子，一个月房租一千元。没想到搬个家这么麻烦，日积月累的瓶瓶罐罐那么多，还有朱子奇的书，不胜累赘。女儿则关心她的布娃娃，还有她的学习资料。

住惯了一百平方的房子，突然住进五十平方的房子，一家三口都觉得束缚，好像整个人被压缩了一半，束手束脚地伸展不开。真的是一夜回到解放前。以前的家是亮堂堂的，现在满眼都是旧家具，人好像也变陈旧了。以前的房子是坐北朝南，周末坐在家里泡茶，外面阳光明晃晃的，感觉心里特别敞亮。现在这个住处朝向不好，光线整天都是昏暗的，女儿白天写作业都要点灯。在这样的环境下，朱子奇一点画画的心情都没有。他悲哀地想，穷人连享受阳光的权利都没有。

这天女儿放学晚了一小时才回到住处，朝云问她："你怎么这么晚才回家？急死妈妈了。"

女儿说："我忘记了咱们现在住在这里，不知不觉就骑着自行车回到咱们原来的小区了。到了那里才发现不对，又拐了回来。"

朝云心中一酸："先吃饭吧，我帮你把菜热一热。"看着女儿默默吃饭的小身板，朝云在心中发誓：一定要重新买一套房，让女儿过上从前的生活！

受害家长天天打电话催讨未付的五十万，走投无路的朝云只好又回去跟大哥讨主意。小玉一见小姑子又回来了，就耷拉下脸来。人家说女儿贼女儿贼，小姑子就是典型。每次朝云回来，王金国都会送给小妹吃的喝的用的，每次带走一盆鲜花，而且是挑最漂亮的那一盆，从不空手回去。买商品房要借钱，做生意亏本也要借钱，这次朝云惹上官司又来借钱。这个小姑子就是一个填不完的无底洞。每次王金国都说钱已经还了，小玉根本不信。小姑子夫妻领的都是死工资，不吃不喝也还不清。

朝云见了大哥就流下泪来。王金国慌忙安慰小妹："还没判呢，说不定事情有转机呢。"朝云哭得上气不接下气："不可能出现奇迹的。我这辈子算是完了。也不知道我上辈子作了什么孽,遇上这么大的倒霉事。要是拿不出钱来赔偿,我估计要去坐牢。"

王金国也感到头大。五十万,如果在以前,对他来说那是分分钟的事。但自从公司资金链断掉之后,他自己都水深火热,实在是爱莫能助。他感到惭愧,父母去世后,剩下他们兄妹二人。他曾经发誓,一定要好好照顾妹妹。如今妹妹遇上了难事,他却无能为力,只好安慰妹妹:"天无绝人之路,我们一起慢慢想办法。别怕,天塌下来大哥和你一起顶着。"

朝云一听,心中大受感动,眼泪更加汹涌地流了下来。

这阵子,每次去法院,朝云都感到心悸。她本是一个沉默寡言的人,不善于为自己辩护,只会反反复复说自己干了十几年护士了,从来没有出过差错。但是,法官是不会采信她的。十几年不出差错,并不能保证这次就不会出差错。人无完人,哪有不出差错的时候?法院要的是证据,证据。而朝云什么证据也没有。更糟糕的是,自从药监局查出那盒头孢不合格后,不仅没有为诊所洗脱罪名,很多病人纷纷质疑小诊所卖的是假药,赚的是黑心钱。老板虽然状告药房,司法程序却无限漫长。最悲哀的是,药已经流通到诊所里了,而且生产批次写的都是合格。这好像是堂吉诃德跟风车作战,敌人是在虚空中的,你找不到对手在哪里。

上诉前前后后进行了半年。在这半年里,朝云异常烦闷,就像一场没有下透的雨,空气中没有一丝风,感觉就像一个人脾气没有发完,最恶毒的话还没有喷出来,让人异常烦躁。朝云已经做好了最坏的打算，只盼着这场官司赶紧结束，就像盼望着暴雨彻彻底底下透。朝云瘦了十五斤，整个人只剩下皮包骨。

朝云浑浑噩噩，不知下半辈子该怎么走。如果去其他地方应聘，人家一听说她出过这样的大事，谁敢用她？现在，整个香州医疗界都知道她的名字。如果自己开诊所，那简直是蜀道难，难于上青天。本来审批手续就很繁琐，她有了这样的污点，人家更不会批准。她只会这么一手技能，难道让她去卖水果？当收银员？踩三轮车？

朱子奇生怕老婆想不开，一直安慰老婆，车到山前必有路，船到桥头自然直。他读过一本书，作者说，只要活着，就会有好事发生。朝云苦笑："这只是骗人的心灵鸡汤。我看这个世界上有些人就是无路可走。"其实朱子奇心里也没底，也不知道老婆将来的路在哪里，小家庭将来何去何从，他见这些虚的安慰不了老婆，只好给老婆打强心剂："其实情况并没有想象中的那么糟，至少你没有坐牢，这就是好事。高尔基说过，假如你被钉子刺痛了手指，你要庆幸屁股没有被刺痛。女儿刚刚上初中，她非常需要你。这个家不能没有你。你以前不是说过，要等着女儿长大成人，打扮得漂漂亮亮出嫁，你还要帮女儿带孩子？"

朝云听了心中一动。是啊，还有这么多牵挂，女儿还要考大学，还要找工作，要是自己真想不开走上绝路，对小家庭是致命的打击。那自己真是死不瞑目。她感激地看了老公一眼，老公，她在这个世上最亲的人，在她遇到倒霉事的时候，没有逃避，没有火上浇油，而是为她宽心，为她遮风挡雨。下半辈子，她要与他长相厮守。

可是，现在的处境真是太难了，遍地荆棘，要怎么走出一条路呢？

朝云无处可去，只好到大哥的苗圃里当一名杂工。有时给苗木喷农药，有时干搬运的活儿，哪里需要她就去哪里。平时拿惯了针头，轻松惯了，突然干起了农活，一天下来朝云腰酸背痛。朝云告诉自己要坚持，自己原来就是农民的女儿，只不过是十几年没有干农活而已。其实，身体的劳累并不可怕，朝云最害怕的是苗圃里工人七嘴八舌的询问："你真的一针把人打死了吗？""到底是怎么回事啊？听说药有问题？"这些问话把朝云好不容易结痂的伤口又重新扒拉开来，伤口再次流血，揪心地疼。苗圃里的工人来来去去，有时朝云不得不重复好几遍事情的经过，兰婶儿问她："法院是什么样子？法官很凶吗？听说被告站在笼子里？"朝云实在受不了了，大喊一声："不要再问了！"

众人谈兴正浓，突然被她这样大喊一声，都静了下来，不知所措。兰婶儿撇撇嘴："老板的妹妹有什么了不起！这苗圃又不是你说了算，你在这里耍什么威风？"

朝云泪流满面，扔下喷了一半的喷枪，跑出了苗圃。

人一倒霉，喝凉水都塞牙。天色已晚，家里冷锅冷灶，女儿住宿，老公出差，朝云想着在路上随便买点吃的。本想吃一碗卤面，但卤面店前有三个交警在查无牌电动车，一个被拦下来的电动车主正在跟几个交警吵吵嚷嚷，虽然朝云的电动车有绿牌，但朝云不想往有是非的地方去，就扭头走了。平时她爱吃鸡蛋灌饼，哪知那灌饼摊前乌压压围满了刚下课的中学生，真要等下去，起码要半个小时后才能轮到她。口渴心焦的朝云就想先买杯柠檬红茶喝，到快乐番薯店一看，居然也是人满为患，好像东西都不要钱似的。一股绝望涌上心头，是不是老天爷存心不让她吃饭？有钱也买不到吃的。朝云无头苍蝇般在街上转来转去，此时正是饭点，到处熙熙攘攘，没一处可以马上买到热乎的东西。没办法，只好回家胡乱煮了碗清汤面，放了几片瘦肉和榨菜。吃着面，朝云悲从中来，眼泪大颗大颗地掉进碗里。

第二天，朝云原想赌气不去苗圃，可不去苗圃，生活费从哪里来呢？总不能将生活的重担都压在老公身上吧，要是靠老公养，保准不出一个月就得吵架。没办法，只好硬着头皮去到苗圃。兰婶见了朝云甚是意外："哟，我还以为你今天不来了呢！"朝云任由她冷嘲热讽。她发现，这半年来自己的脸皮变厚了。说得好听点，是心理强大了吧！想到自己变成了一个"心理强大"的女人，朝云不禁苦笑。

在朝云身背五十万元巨额债务的时候，她的卫校同学陈红给她打电话，说是要到香州玩几天。陈红是朝云在卫校读书时最好的朋友，两人形影不离。陈红家在东山，曾经邀请朝云去东山看海，还吃了几天的海鲜，那是朝云这辈子吃过的最多最好的海鲜。照道理，这次陈红来香州，朝云应该好好陪同招待才是。然而囊中羞涩，实在挤不出多余的钱来。朝云一边接电话一边翻了翻自己的口袋，里面只剩下二十多元，朝云只好说："哎呀！真不凑巧，我要到省里参加防疫培训，咱们姐妹俩只能下次再聚了！"

陈红有些失望："那真是太不巧了！我好不容易才有了假期，想着顺便去看看你，没想到却见不着。"陈红不大相信朝云的话，她们同在卫生系统，省里有没有进行防疫培训她一问便知。陈红心里十分鄙夷，朝云呀朝云，你什么时候变得这样小气呢，全然不顾同学之情，我去香州玩，你请我吃一顿饭，带我去景点玩，能花你多少钱？我们多年的同学情谊就不值这几个钱吗？对于家里拥有两艘大船的陈红来说，几百块钱实在不值一提。陈红越想越生气，这样虚情假意的人实在不可交。本来，她要去香州前还为朝云准备了一大堆鱿鱼干、墨鱼干，还选了八只膏红肥得流油的母蟹，既然朝云无福享用，那就留着自己吃吧。

婉拒了陈红，朝云也知道自己这么做不好，她是不善于撒谎的人，她甚至觉得陈红猜到了自己在撒谎。她也很想做个慷慨的人，可是严峻的现实容不得她慷慨。因为穷的关系，她将要失去她青年时期最好的朋友了，实在是痛心，可是她真的一点办法都没有。其实最明智的做法就是如实相告，可是，她的自尊心不允许，她的虚荣心不允许。她混得这么惨，活得这么狼狈，她不想让任何人同情她，可怜她，只好违心地撒谎。

就这样行尸走肉般过了几个月，那天朝云急匆匆到菜市场买菜，买完菜要准备好炖汤，之后还要赶去苗圃那边。朝云正在海鲜档买鱼，边上两个妇女在挑拣花蛤，两个妇女是熟人，热火朝天地聊起来，那个声音尖细地说："老三家的小敏真可怜，被诊所里的护士一针打死了。小敏是独苗，老三家以后日子可怎么过呀！"

朝云顿时一惊，唯恐被人认出痛骂一顿，付了鱼钱想快快离开，又禁不住好奇心，想听听别人是怎么骂自己。只听那个大嗓门的说："是呀，活蹦乱跳的一个孩子，那天小敏还在我家喝酒呢，没想到第二天就死了！真作孽呀！谁料得到呢！"

喝酒？酒后可是禁用头孢的呀！朝云一颗心怦怦跳了起来，她迅速掏出手机，假装看微信的样子，悄悄打开了视频录制，将声音开到最大。市场里人来人往，没有人注意朝云的举动。

那尖细嗓门说："小敏才七八岁，怎么会喝酒呢？"

那大嗓门道："是他爸爸让他喝的啦，他爸爸说自己酒量天下第一，儿子也遗传了他的大酒量。旁边的人不信，他爸爸就让小敏喝了白酒，用的是一口杯，连喝了三杯，我亲眼看见的。"

两人又絮絮叨叨谈了许久。朝云已经录到了最需要的信息，唯恐被人发现，急急忙忙离开了菜市场。她顾不得将菜拿回家，直接冲到了诊所。老板刚刚开门，还在打呵欠。朝云语无伦次："老板，我们有救了！"老板莫名其妙，朝云将视频打开给老板，老板边听边睁大了眼睛。看完后，老板兴奋地大喊："快转发给我！这份视频很宝贵，你可千万要保存好！"

朝云将视频转发给老板，老板说："这下好了！家长没有将孩子喝酒的情况告诉我们，他们至少得承担一半的责任！"两人都欢欣鼓舞。说良心话，孩子去世是任何人都不愿意看到的结果，假如自己女儿摊上这种事，朝云也会跟人拼命。朝云不敢奢望二审判定责任全由对方负，假如责任各负一半，那剩下的五十万就不用赔了，生活的压力就不会这样大了。

二审开庭的时候，那个大嗓门的妇女本是不愿意来作证的，但法官让她看了视频，并且说明作证是每个公民的义务，那个妇女白了脸，心不甘情不愿地出庭作了证。妇女想，祸从口出啊，阿敏家肯定恨死她了，两家多年的关系算是断绝了。以后一定要少说话。

证据确凿，二审结果很快下来了，正如朝云所盼，对方也承担了一半的责任。朝云看到了生活里的一丝亮光，开始觉得活着有盼头了。老天爷待她还不算太差。

王金国本想让朝云到公司里管理财务，遭到了小玉的坚决反对："你脑子进水了？这样咱们家底有多少，你那个宝贝妹妹不是全知道了？你是不是想把整个家送给你妹妹？"

无奈，王金国对妹妹说，不然先委屈一下你，先当个普通的业务员。没想到朝云已经有了自己的主意："哥，我就不去你公司搅浑水了，免得大嫂有意见。我已经想好了，我想开个奶茶店。现在不少年轻人几乎一天一杯奶茶，我看人家奶茶店生意火爆得很，应该能挣钱。"

王金国一直很相信自己的妹妹，妹妹办事稳重，她看准的事情应该不会错。他拿起手机忙乎了一会儿，对妹妹说："我从微信上转了五万给你，当作你的创业基金。"

朝云很感激："哥，我赚了钱一定还给你。"

王金国说："好好干啊！你要是过得不好，人家不单单笑话你，还会笑话我，说我这个当大哥的不帮衬你。咱们兄妹俩一定要齐心。"

朝云点点头，起身告辞，王金国在背后叮嘱她："不要告诉你大嫂。"妹妹的事需要王金国插手帮忙，瞒不过去的，他就跟小玉说；能瞒得过去的，索性不让小玉知道，这五万块钱是他硬挤出来的。朝云也知道哪些事是该瞒着嫂子的，哪些事是不能瞒的，总能和哥哥达成高度的默契。有时候王金国也心生内疚，好像他们兄妹俩联手把老婆欺负了似的。毕竟他和小玉才是两口子啊。事情怎么就慢慢地演变成这样了呢？手心手背都是肉啊。可是，顾得了手心，就顾不了手背；顾得了手背，就顾不上手心。

朝云回头冲大哥一笑："放心吧，我知道的。"

第十九章
百川归大海

　　朱子奇家附近有一个综合大市场，有五金店、门窗店、水管店、瓷砖店等等，要是有了大宗的买卖，基本就可以半年不开张，开张吃半年。那些店老板下午时经常在店门外泡茶聊天，夏天时，光着个膀子，胡吹神侃，桌上常有麻糍、粉粿等茶点。他们悠哉悠哉的生活状态让朱子奇羡慕不已，美术馆最近出勤抓得紧，朱子奇每天上班打卡，犹如一头牛被拴在木桩上。朱子奇对朝云说："每个月领着一点点死工资，什么时候才能再买套商品房啊！要过上小康生活真不容易。虽说前途是光明的，道路是曲折的，可这道路未免也太曲折了！"

　　朝云说："可能是我这个人缺乏打拼精神，像阿珍，她敢折腾，会折腾，现在都有两套房子了。"

　　阿珍是朝云的初中同学，不爱读书，初中毕业后就走入社

会。阿珍开了一家小店，夏天卖四果汤，冬天卖小龙虾，荔枝成熟了批发荔枝，柑橘成熟了批发柑橘，总之，当季流行什么卖什么，头脑非常灵活。如今阿珍已成为老板娘，只需要动动嘴，再也不需要动手干活了。

家里急需要钱。经历了医疗事故风波后，朝云本想自己开个小诊所，当个老板多好啊，可以使唤人。不过，她没有开店的资质，需要聘请医生，再聘请护士，一想到工商税务医监所等等那么多关节需要去打通，她就头大，看来这辈子只有当护士的命。

朱子奇女儿大学毕业了，她读的是美术专业，嚷嚷着要自己创业，想减轻家里的经济负担。她先在步行街开了一间文创店，主要卖各种手工肥皂。开业那天很热闹，亲朋好友来了近百人，门口放满了小静自己从花店订购的花篮。红玫瑰娇艳欲滴，特别喜庆。小静兴致勃勃地想，要是成功了，她准备开分店。然而，第一天的热闹过后，文创店门可罗雀，有一天仅卖出了一块十二元的手工皂，后来竟然连续三天成交额为零。小静急得嘴唇起泡，要知道，文创店单单装修就花了八万，房租每月四千，加上请了一个店员，月工资三千，还有水电费等，再这样下去那还了得！小静使出吃奶的力气到处宣传，发传单，发公众号，发动七八姑八大姨转发朋友圈，然而都是雷声大雨点小，收效甚微。她还做了一次活动，买一送一，客人来了不少，但小静发现虽然店内看起来热闹得很，实际上却是倒贴着钱来做生意的。

就这样硬撑了四个月，文创店不得不关门大吉。要是继续硬撑着死要面子活受罪，只能亏本得更厉害。

王金国安慰外甥女："没关系，一次失败不等于永远的失败。以后先调查研究一下市场再投资。"王金国亲眼看过很多年轻人开文创店，开了关，关了开，一年到头来来去去换了许多新面孔。这所谓文创真是害人，骗了不少年轻人。而年轻人呢，只有自己碰得头破血流后才能体会长辈的苦口婆心，才知道长辈是真心为他们好。然而等明白过来的时候，他们已经跌了一大跤。

几经考察，朝云母女俩决定一起开个奶茶店。现在的年轻人爱喝奶茶，朝云经常看见奶茶店外年轻人排着队。她们把奶茶店地点选择在香州古城区。鉴于上一次文创店的教训，她们前期考察做了很细致认真的功课。古城区是香州政府近年来开发保护的老街区，已经成了旅游景点，游人如织。夜晚的古城灯火辉煌，从天街进来有酒吧，休闲吧，各种奶茶店四果汤等，这里是晚上休闲的好地方。公园四果汤现在已经是网红店了，是夏天年轻人必打卡的网红地。还有小吃一条街里面的菜头果，海蛎煎，沙茶面，五香面，牛肉面，肉粽都是香州驰名的小吃。在古城孔子庙和彩虹桥一定不能错过，每年高考的时候学生都会去孔子庙拜拜，保佑自己能考进理想的学校。彩虹桥在古街的街尾，靠近江滨公园，晚上时整座桥灯光璀璨，是一个优美的小提琴形状，可以去那里吹吹风，看看夜景，桥的尽头是东湖公园，也是香州一个不错的公园。

游客到了古城通常会到古城纪念馆去，了解香州历史、名人、特产，古城还有一个灯谜馆。白天，可以从中山公园正门进，侧门出，去看老字号药店；也可以去晓风书屋喝茶、看书、写明信片。闽味沙茶面，好吃不贵；圆圈卤味，味道一绝；烤猪蹄，巨香、不腻、不油、没有毛；四果汤，也是天天都要喝的，不甜腻、滑溜溜、有果香、还Q弹。有一家比较大的店面，里面的潘记肉粽，五块钱一个，特别好吃，料非常多：咸蛋黄、板栗、花生、三板肉，配上他家好喝的茅根水，特别爽口。

古城是市中心保存较好的老街区，街口明代石牌坊巍然屹立，街内商铺林立，骑楼成排，保留了最纯朴的香州古貌。街两边整齐排列着两座两层楼房，式样有南洋味，民国时期陈炯明主政香州时曾作为"迎宾旅馆"接待来宾，看样子是经过精心修葺保存下来的闽南民居建筑。走到台湾路后拐个弯，就到了香港路，立在路两端的两座明代牌坊是这儿最古老的遗迹了。一座是"尚书探花"坊，另一座叫"三世宰贰"坊，都是在明万历年间所立。还有鼎鼎有名的"天益寿"药店，这家老字号的药店有一百五十多年的历史，是"中华老字号药店"，一直享誉遐迩名扬海内外。再走几步，你会惊喜地发现一个民国时期的商务印书馆代理处，虽只是个遗址，却让人遐想联翩。

由于古城深厚的历史文化底蕴，吸引了源源不绝的人流，朝云开的奶茶店门前经常是排着一条长龙。也许是否极泰来，朝云这一次踩准了自己人生的点。朝云母女俩的奶茶店布置得清新典雅，这里面有女儿的大部分功劳。她家的奶茶味道好极了，材料货真价实，奶香醇厚，焦糖甜而不腻，不像有些奶茶喝起来有一股过期红糖的酸味。朝云店里的招牌是芋圆奶茶，芋圆是她亲手做的，独此一家。红茶奶茶，绿茶奶茶，波霸奶茶，甚至有冰激凌奶茶，双皮奶，特别是芝士玛奇朵青茶，走的是文艺清新路线，很受顾客欢迎。香州师范大学就在附近，学生们喜欢坐在奶茶店聊天，他们喜欢奶茶店典雅与浪漫结合的情调。经常是男孩女孩面对面坐着，女孩笑了，天真而烂漫，真挚而坦诚。杯子被水雾罩上朦朦胧胧的月色，斟满花露，斟满黄昏过后的野风，斟满了女孩羞涩的微笑，男孩不禁心醉，是被女孩的微笑熏醉了。

　　奶茶店里还奢侈地放着书橱，暖阳照射时，可以点杯奶茶静静地坐着看书。奶茶店一切已步入正轨，朝云喜欢坐在一个靠窗的位置。透过清晰透明的落地窗看着蔚蓝的天空中白云慢悠悠地晃荡，慵懒地看着街道上过往匆匆的人们，却不被嘈杂的喧嚣声所围绕，耳边是优雅缓慢的轻音乐，舒缓低回的音乐，有一种甜蜜的温柔。黄昏时，夕阳如奶茶店中颇具情调的暗黄灯光一样晕染在墙壁上，散发着宁静的气息。

　　奶茶来了，一股浓浓的奶茶味扑鼻而来，朝云深深地吸了口气，看着店员忙碌的身影，心情就更舒畅了。感觉这里好像是个世外桃源。这家奶茶店，就是她下半辈子的安身立命之所了。

　　朝云如今手头宽裕了，她意外得知陈红到香州开会，真心实意地邀请陈红到家里玩，并为当年的事道歉。坐在装修得简

约现代的客厅里，她们一起喝着下午茶，朝云将当年的困境和盘托出："现在不怕你笑话，可是，当年真的不愿意让你知道我真实的处境。"

陈红万分感慨："你真傻！要是你把这事说了，我也许还能帮你一点点。"朝云知道陈红的话是真心实意的，一切都已成往事，如今两人都已两鬓斑白，没有往事可回头啊。

转眼五年时间过去了，美术馆宣传科主任光荣退休，朱子奇终于扶正。多年来的等待与期盼即将结出果实，朱子奇反而有些神思恍惚。幸福往往这样，你憧憬着，向往着，可一旦真的到了，你又会感到恍惚，甚至感到等待的辛酸，当然，也有奋斗多年终成正果的欣喜。

以前他当副职的时候，主任总是叫他替会。如今风气变了，不能替会了，朱子奇只能亲力亲为。

现在的朱子奇，不再像以前那样浮躁了，他尽量推掉一些无关的聚会，潜心创作。果然，他迎来了创作上的小高峰，在全国大赛中屡获金奖。他的画越来越受欢迎，经济状况有了很大的改善，重新买了一套一百三十平方的商品房。从此，朱子奇再也不为职位职称焦虑了，只要认真履职，每月工资能准时打进卡里就行。回首往事，朱子奇有恍若隔世之感。再想想1998年下海养花种花卖花的自己，简直是另外一个人。人世苦短，何必计较那么多呢？你得到太多，老天爷会收回去；你失去了，老天爷又会补偿你。一转眼，他已经五十岁了，人生无法从头再来，他现在静等退休了。

相比朱子奇的岁月静好，老同学张锦城的势头蒸蒸日上。鉴于他以往优秀的工作表现，张锦城被提拔为香州高新区副区长。香州高新区的目标很明确：高起点建设现代化工业城市。香州高新区组织召开工程建设项目审批制度改革工作推进会，管委会、规划局、建设局、发改委、财政局等单位领导都到场了，各个部门的工作有着千丝万缕的联系，需要梳理，需要通力合作。张锦城发言："香州高新区坚决贯彻落实市委市政府'大抓工业、抓大工业'的战略部署，围绕'科技兴工、产业强区'的发展思路，着力做好工业发展、城市建设、科技创新'三篇文章'，以项目建设为抓手，加快打造高新技术产业集聚、创新活力的产业新空间。上半年，全区完成固定资产投资72.6亿元，增长8.4%；同口径一般公共预算总收入增长17%，地方一般公共预算收入增长10.5%，实现'双过半'。强化中心城区意识，高起点建设现代化工业城市，便是其中重要内容。我们目前重点推进六个道路工程。同志们，我宣布一个好消息。香州市工业园区的主体建筑混凝土结构全部封顶了，而南江滨路预计年底前全线建成通车。"仲夏时节，香州市高新区内一片火热，各个项目现场传来令人振奋的消息。

　　提拔后的张锦城比以前更忙了，在家的时间越来越少，他老婆对他说："你这是把整个人贡献给国家了，三天两头不见人影，我越来越孤单了。"张锦城安慰老婆："等我退休了，我一定好好陪你游山玩水，把亏欠你的全部补回来。"

　　老婆苦笑："那我伸长脖子慢慢等吧。"

张锦城到同城大道四标段现场调研，他戴着安全帽走进施工现场，只见机械轰鸣，施工车辆来来回回，由于受上一阶段雨季影响，进度有些放缓，现在趁着大晴天，加大人力、材料、机械的投入，把进度赶上去。同城大道是高新区东西走向的"大动脉"，也是全市对外交通、疏通中心城区交通压力的重要干道，主车道设计车速60公里/小时，道路红线宽50～70米，目前Ⅰ、Ⅱ标段约7.5公里已建成通车。

太阳很大，汗水把张锦城的白衬衫都浸湿了。他感觉一阵头晕恶心，司机小李说："区长，你怕是中暑了吧，我先送你回去休息。"

张锦城实在无法坚持下去，只好同意了。坐在车里，张锦城掏出笔记，一看，上面还有密密麻麻的工作计划，比如民生补短板这一块，还有生态环保这一块，都需要花大功夫去做，只有这些配套真正做好了，才真正实现了小康的目标。

过几天，新城莲棚户区（危旧房）改造项目02地块1幢、7幢至13幢楼、地下室主体工程就要竣工验收了。民生补短板这一块还有一个大项目就是香州市职业教育园区，也是香州教育系统近年来一次性投资最大的建设项目。项目总投资10.7亿元，将建成香州高新职业技术学校校区和香州市高级技工学校等新校区，总用地面积512.22亩，总建设规模达26.5万平方米。目前，香州市职业教育园区的主体建筑混凝土结构全部封顶，争取年底前实现所有单体工程全部完工。

张锦城疲惫地闭上眼睛。经济发展和环保是一个相对矛盾体，环保问题任重道远。高新区不断优化生态环境，持续深化"一湖两海"生态项目建设，提升城市区域价值，全力打造"生态高新"金色名片。需要加快推进市医院总部、中职园区、香州工业废弃物处理中心等项目建设，全面开展辖区黑臭水体整治，推动马洲污水处理厂项目进入实质性建设阶段；推动新城东部组团片区开发，积极谋划发展现代会展经济新业态。前路漫漫，需要一边充电一边前行。

自从高新区成立后，区委书记陈斌一直强调要撸起袖子加油干，抢抓机遇，加快建设高新区。陈书记在接受采访时说："高新区既面临加快发展、加快转型的'双重压力'，也面临招商局与省里深化战略合作、同城化发展的'两大机遇'，要全面实施'转型升级，跨越发展'的主战略，全力加快新区建设。要与时俱进推动解放思想和改革创新。深刻领会和准确把握中国特色社会主义理论体系的基本内涵和精神实质，着力提升对外开放水平，不断提升开发区发展层次和速度，推动加快转型发展。"

张锦城的工作笔记上记得密密麻麻的，不到一个月，一本厚厚的笔记本已经快用完了，其中有两段加了着重号：

要加快经济发展方式转变。一手抓增长、一手抓转型，增强经济发展的均衡性、协调性和可持续性。加大配套设施建设投资，培育做大花卉物流基地，扎实推进电力、玻璃、化工产业集群；另一方面大力发展高新技术产业。特别是培育以欧中现代农业中心为龙头的现代农业研发基地，扎实推进以蛇口网谷为模式的高新产业园建设；同时大力发展现代服务业。出台扶持服务业发展政策，鼓励创新服务业发展模式，吸引服务业入区发展。

要持之以恒推进生态文明建设。注重人与自然的协调发展，正确处理好经济建设和生态环境保护的关系，走生产发展、生活富裕、生态良好的可持续发展之路。要全力以赴增进民生福祉。突出保障安民、实事惠民等重点，使发展成果更多更好地惠及群众。

如今，高新区处处碧水蓝天，日子一天比一天好，芝麻开花节节高。张锦城想，我们应该乘胜追击，把香州的明天建设得更加美好。这就需要干部们拥有更大的政治勇气和智慧，以及高度的工作热情。

而老同学王光辉意外地过早离开了这个令人眷恋的世界。他牺牲在一次抗台风工作中。那一次，名叫玛丽亚的风胎（闽南人都把台风称为风胎）来势汹汹，全镇干部除了值班人员外集体出动，下到村里帮助老百姓转移生命财产。

在现场指挥的王光辉全身都湿透了，衬衫都贴在身上，鞋子里灌满了泥浆。他反复跟住在山下的村民强调："要及早转移，万一发生泥石流，后果不堪设想。"

大部分村民都服从指挥撤走了，唯有张老汉固执地不转移："去年也是强台风，好好的，什么事也没发生。"

王光辉喊了一天，此时喉咙已接近沙哑："今年的台风最大风力是十六级啊，不开玩笑。"不远处的山洪在怒吼，浊黄的急流裹挟着树枝和垃圾从山上倾泄而下，天地在咆哮，山林在颤栗。周围的树已横七竖八倒了好几棵，还有几棵站立着，空中的树枝一律往同一个方向倒伏，无数的树叶苦苦地挣扎着，哗哗地响成一片。一些树枝被折断了，就像折断的手臂。

张老汉还是摇摇头："我不走，我走了，家里的鸡鸭怎么办呢？"

王光辉急了："赶紧走，多待一分钟就多一分钟的危险。你那些鸡鸭我赔你。"说着把口袋里的五张百元钞票塞到张老汉手里。

张老汉嘟嘟囔囔道："那好，要是台风过了，鸡鸭没跑，我再把钱还你。你等我一会儿，我去取一下存折。"

王光辉心急如焚："你快一点。"

"好的，我尽快。"

张老汉果然快速拿到了存折，王光辉搀着他迅速往山下安全地带撤离。刚走出五百米，张老汉突然回头往家的方向跑："不行，我那过世的老太婆一条金项链忘了拿出来。"

王光辉拉他都拉不住："命重要还是金项链重要？"

张老汉不顾一切地挣脱他："我一定要把金项链拿出来，不然到了地下，老太婆会怪我的。"张老汉冲进房里东找西找，王光辉在外头喊："快点啊！这房子好像摇了一下！搞不好会塌下来！"此时天空中一个炸雷，炸得人心头一震。窗玻璃咔咔作响，四面八方的风都在呜呜地尖啸，犹如无数只野猫在凄厉地

嚎叫。张老汉终于找到了金项链，从里屋冲了出来。只听哗啦一声响，屋子坍塌了。王光辉想都没想，一个箭步冲上前去将张老汉一把推开……

在王光辉的追悼会上，身着孝服的赵玲哭得撕心裂肺。她哭喊着："光辉，我不要你提拔，不要你挣大钱，我只要你活着……"她哭得全身瘫软："光辉，你怎么这么傻，怎么不早点撤离，怎么不懂得躲一躲……"她哭得在场的人都跟着她掉眼泪。镇里两个工作人员一左一右搀扶着她，李兰拿出纸巾帮她擦眼泪："别哭了，人家说，眼泪滴在死者脸上，他会走得不安心。就让王镇长安心地走吧……"李兰说着说着，自己也哭了。

听了这话，赵玲努力控制着眼泪，却仍然抽噎不止。透过泪眼，她再次凝望自己的老公，想把他的笑容深深刻在脑海里。王光辉生前喜欢鲜花，现在，他的四周被鲜花簇拥着，面容很安详。

张老汉扑通一声跪下来，朝着遗体用力磕了三个头："对不起，王镇长，是我害了你，我不该只想着那条金项链。我太蠢了，我后悔死了，早知道这样，无论如何我都不会回头去找那条金项链……"

灵堂里挤满了人，村民们自发前来为王镇长送行。县委书记也来了："沉痛悼念王光辉同志！王光辉同志心里装着老百姓，全体党员干部要向他学习！本来，这次王光辉同志是准备提拔到县里的，这是我们党的损失……"

朱子奇、张锦城等一帮大学同学都来了，一起帮着忙前忙后接待客人。在一帮大学同学当中，王光辉走得最早，英年早逝，感觉一个班级当中空缺了一大块，从此，同学会再也看不到王光辉的笑容，再也听不到他爽朗的笑声，怎能不让人痛惜！

王光辉的不幸极大地触动了朱子奇。人生在世，原来健康平安才是最宝贵的财富。活着多美好啊！每天可以看到初升的朝阳，可以听到芬芳的花香，可以在灯光下和家人共进晚餐，这样的人间，平凡而温暖。这个世界因为有了王光辉这样的人的付出，才变得越来越美好。因为王光辉的英年早逝，朱子奇最近对人事浮沉失去了兴趣。平日里瞎忙，朱子奇惊觉自己小半年没回家看看老父亲老母亲了。他买了两样水果，香蕉和水蜜桃，都是父亲爱吃的。父亲年纪大了，牙口不好，喜欢吃软烂的东西。回到家里，父亲和母亲正在吵架，起因是亲戚生了小孩，父亲说包一百元就好，而母亲包了两百，母亲说，现在两百元都买不到什么东西，包一百太难看了；父亲则指责母亲对别人慷慨，对他吝啬，他想买个猪腰母亲不肯，战火不断升级，往日的恩恩怨怨都翻出来大吵，最后父亲大喊："我没吃你的！"母亲也喊："我也没吃你的！"见儿子回来，两个老人争相向儿子告状，指责对方的不是。

朱子奇哭笑不得，只好居中调停，不偏不倚，以免引火烧身。父母亲吵了一辈子了，他的青少年时代是在他们乒乒乓乓的吵闹声中度过的，那时他最大的愿望就是逃离这个家，逃得越远越好。无奈，他现在离父母最近，父母年迈，他不得不经常回来看看："爸，你吃根香蕉吧！"说着掰下一根香蕉，把皮剥了，递给父亲。

老父亲吃了一口皱了皱眉头："怎么一点都不甜？还有点涩？"

朱子奇一尝，果然如此。朱子奇有些懊恼。这香蕉还是进口的，一斤要五元，外表看起来相当漂亮，哪知金玉其外，败絮其中。他也有些埋怨父亲，儿子好心好意买了水果来探望，父亲还不领情，一会儿说水果不甜，一会儿说他送的夹克太窄，买的鞋不够保暖。父亲就是这样的人，还经常念叨："你买商品房时我赞助了三万元哩！"老父亲全然忘记了，去年他心脏病手术，花了八万多元，都是朱子奇出的。人老了就是这样，只记住自己对别人的付出，忘了别人对自己的付出。跟父亲相处很少有愉快的时候，朱子奇坐了一会儿就想逃回市里。他有些同情母亲，他还有地方逃，而母亲无处可逃，两个老人在一起天天硝烟弥漫，烽火迭起。

朱子奇现在唯一可解压的就是去找大舅哥王金国喝两杯。王金国现在做安乐公了，在公司最困难的时候，他有了一个意外的收获——儿子突然间懂事了。小松自从刑满释放以后，再加上父亲的公司突然濒于破产的边缘，他突然长进起来，一直跟在王金国身边努力学习经营管理。他热衷于电商业务，他发现国内虽然已有上千家花木专业物流企业，但现有运输能力和路线远远不能满足市场需求，冷链物流在国内还没有形成大气候，导致运送成本高。而且由于花木产品的特殊性，物流中苗木损耗大，季节性问题突出，这个问题需要慢慢摸索解决。他亲自到苗圃中看着工人对苗木进行分拣，捆扎，通过电商分销全国各地。公司还有一项很重要的进出口业务，金国花木公司的观叶植物、绿化树已远销到欧洲、澳洲等地区，他需要经常上网捕捉最新的苗木种植、销售信息。太多的知识和业务需要他去学习和掌握，他后悔以前没认真读书，电脑和手机只用来玩游戏，其实电脑和手机更是赚钱的工具，他要学会看报表，于是恶补电脑知识。

如今，王金国退居二线，具体事务都让儿子操持。奋斗了一辈子，终于可以喘口气休息了。美中不足的是，由于近期房价有所下跌，他的好几栋房子贬了值，交物业费交得心痛。王金国抱怨道："没想到房子还会成为拖累！"他发愁的是店面，现在流行网购，实体店受到严重冲击，他有一间店面已经有三个月没有出租，即使把价格一再下降也无人问津。记得大作家陈忠实在《白鹿原》里写过："房是招牌地是累，攒下银钱是催命鬼。房要小，地要少，养个黄牛慢慢搞。"看来此话不假。不过，经历了前几年的大风大浪，王金国也看开了。

又一个周末，朱子奇接待了北方来的画家朋友。美丽的蝴蝶岛给朱子奇挣足了面子。他们下榻于蝴蝶岛海滩边上的一个四星级酒店。在靠向海滩的一侧，酒店专门设置了一个就餐区域。地面完全用木质地板铺设而成。圆形餐桌有十几张，每张

餐桌有一个大型的太阳伞，非常讲究，客人坐在那里可以品尝生猛海鲜、美酒佳酿，还可以观赏湛蓝的大海，海面上不时有飞一般划过的快艇，也有用快艇拖带腾空而起的降落伞和冒险者；晚霞映照下的海水泛起五光十色的波纹，仿佛是晶莹剔透的明珠撒落在海面上；戏水的人群身着鲜艳夺目的泳衣，点缀着金黄色的沙滩。不远处的海鲜市场熙熙攘攘，短短一条小街，两边是渔港，里面停泊着很多渔船，渔船的主人就地售卖着海鲜。海鲜市场虽然不大，但海鲜种类无比丰富，有很多海鲜是画家朋友从未见过的，更别说吃过了，比如其中有一种螃蟹，长得很像一个圆圆的法式面包，把它抓出水面，两只大大的蟹钳会张牙舞爪地左右晃动，样子特别可爱；还有一粒粒珍珠一般大小的鱼子，闪着琥珀般的光芒，勾引着沉睡在钱包里的人民币；此外还有许多奇奇怪怪的海鱼，有长条形的、椭圆形的、圆形的等等，颜色更是五彩斑斓；当然还有许多常见的海鲜，比如皮皮虾、螃蟹、大白虾、鲍鱼等等，每一种都新鲜得不得了，画家朋友原本以为这些海鲜很贵，想不到价格相当便宜，把它们放到蒸笼里蒸熟，然后蘸醋吃，那味道别提有多鲜美了，特别是大虾的肉，鲜嫩无比，宛如滑溜溜的果冻一般，那种鲜甜与空运到北方冰冻过的大虾味道有天壤之别。

　　他们跟着一个船老大一起出海。船只像一片树叶，又像在茫茫大海波诡云谲的浪涛间惊惶跳跃、挣扎的一只鸟雀，忽而被汹涌的海浪推上高峰，举到云端，倏忽间又滑向深谷，跌进深渊。魂飞魄散之际，忽然间云开浪散，它又跳出浪谷，再一次跃上波峰。一排排雪浪扑打到甲板上，又化作无数水流流回到大海里去。"哗啦啦"只几个回合，很多没上过船、出过海的人会被颠簸得五脏六腑都跟着翻江倒海，晕得连眼睛都不敢睁，骇得连大气都不敢出，蜷缩在船舱里呕吐不止。说来也怪，画家朋友不仅不害怕，而且不晕船。他紧紧抓着船舷，欣赏着这群看似普通实则不凡的渔家汉子顶风斗浪，脚踏狂澜，喊着粗犷雄壮的号子撒网、收网、启帆、落帆，啧啧赞叹着船主人驾驭惊涛、耕海犁浪的豪迈。

　　船上的饭菜最大的特点就是新鲜。新打上来的鱼宰杀干净，就用海水直接炖熟，葱姜蒜、花椒大料一概不放，真正的原汁原味，海鱼本真的鲜美犹如名伶大家的清唱，毫无任何虚饰，却令人心醉，令人为之倾倒；新捕获的大螃蟹，学名梭子蟹，当地人叫它飞蟹，大的足足有一斤多重，两只钳子伸展开来，尺把长，青盖儿煮熟了红彤彤的，肚皮则一片雪白，十分诱人。八月十五中秋前后，蟹子正肥，打开蟹盖儿来满满的蟹黄压着白花花的蟹肉，香气四溢，令人食欲大增。有的对虾，一只就足有四五两重，煮熟了，通红的虾身弯曲成耳郭的形状，虾头上两根桅杆似的虾枪依然令人生出几分惧怕，揪掉虾头，拨开红塑料一样的虾壳，那白里透红、红中泛白的虾肉立刻会让人流出口水来。

　　画家朋友连吃了两只螃蟹，直呼过瘾。母蟹膏腴丰肥，里面的肉雪白，可惜有壳壁像石榴籽里面的壳壁一样隔开，让人心急，正因为这心急，吃蟹才更有一番乐趣。海鲜生腥，需要用酒压住。画家朋友带了两瓶茅台，本想留一瓶在最后一夜开启，禁不住海鲜诱惑，两瓶都启开喝了。海螺蘸上芥末特别美味，更有那从未吃过的虾菇，把背上把那层壳揭开来，美味的肉便呈现在眼前，椒盐味鲜香，或者煮虾菇芥菜汤也极为鲜美。特别是白灼小管，一盘不够，又上了一盘。画家朋友大快朵颐，一场海鲜宴从晚上七点吃到十二点才散场。朱子奇扶着醉醺醺的画家朋友回房间，朋友对他说："子奇，你是有福之人。吃着这么美味的海鲜，看着这么美丽的海景，一定要好好往前走呀！"

画家朋友第二天醒来，高声对朱子奇宣布："我要在这里买套房子！每年夏天都来这里度假！"

送走朋友，朱子奇回到市里。清晨，他习惯性地到江滨公园散步。晨露未散的时候，人走在其中，鼻腔里都是甜丝丝的空气，肺腑里的细胞快活得每一个都在叫喊。朱子奇悠哉悠哉地走着，一边欣赏两旁的花儿、草儿，听着林里鸟儿的鸣唱，一边则聆听着广播里播放的优美音乐，这是一天当中最放松的时刻。江面上的白鹭是妩媚的舞者，在河面上展现着曼妙的舞姿。一处处美景，装扮着魅力水乡。香江，如同一条善舞的飘带展现着香州城日新月异的美。朱子奇想，即使这时有机会调去省城甚至北京工作，他都不会挪窝了。家乡变得这样漂亮，这里有熟悉的人，熟悉的美食，他这辈子就生于斯老于斯了。

漫步在香江边，享受着绿色天然氧吧。这里春有花、夏有荫、秋有果、冬有绿，水清天蓝，是香州人娱乐休闲的好去处。

两岸河滩的风景随着季节变换而更替，春季万物生发，夏季热烈奔放，秋季五彩斑斓，冬天岸边的美人树风情万种。精力充沛的孩子时常找些石子玩打水漂的游戏。男人们每到傍晚工作归来也会走向江边，到江里游游泳，舒展舒展筋骨。岸边树木丛生，高低错落有致，每到四月天，就可听到那树上的鸟鸣，田野里的蛙声，花儿的芳香弥漫了香江两岸；夏天可以听那树上蝉儿的嘶鸣，热了可以一个猛子扎进江里痛痛快快洗个澡，江水亲吻着人的肌肤，让你觉得仿佛回到了母亲的怀抱。游累了，可回到岸边亭子里小憩，细细感受阳光、空气，看周边男女老少悠闲踱步，感觉岁月静好。

偶尔，韵荷的音容笑貌还是会浮现在他脑海里。韵荷非常决绝，微信拉黑了他，手机号码换了，离开了香州，没有她的任何音讯。她这是真正伤心了。她是朱子奇这辈子唯一对不起的人。没办法，只能欠她一辈子的情债了。其实，如果真正要找她也不是没有办法，找公安局的朋友打听一下，应该可以打听得到。可是，打听到了又能怎样呢？唯有相顾无言。那就相忘于江湖吧。

江滨公园视野开阔，山水花草满眼入怀，任你看波光潋滟，赏花草美景。奔跑在红色的塑胶跑道上，畅快淋漓出一身大汗；或是走近清澈的江水，掬一捧水用手感受那份清凉；也可以躺在柔软的草地上望一望白云如何在蓝天上变幻，或者平视对岸放牧的水牛，俗世的烦闷和苦楚皆可抛之脑后，一时间身轻如燕，心情格外舒畅。

远处青山如黛。一棵高大的凤凰树默默站在江边，凤羽纷披，年年开出美丽的花朵献给它的香江爱人。近处几个妇女在河边淘洗衣裳，一边说说笑笑，在张家长李家短中打发一段快乐的时光。孩童们边跑边笑，响亮的声音飞入云天，给宁静的香江增添了无限悠然闲适的情趣。

一阵热风吹过，香江水汽蒸腾。朱子奇庆幸自己赶上了好日子，太平盛世，物质丰足。回想贫瘠的童年，恍若隔世。这么多年了，身边所有人所有的努力，无非就是让生活更美好一些，物质上富裕了，精神世界也会更丰富。朱子奇深深吸了一口气，空气里带有香江特有的水气，是他熟悉且喜欢的。木棉花开了，鸡蛋花也开了，有淡黄色的，也有紫红色的，一切都是那样生机勃勃，那样美好。多年以前，他一直希望走出去，却没有成功地出走，如今他惊喜地发现，自己一直想要离开的地方，变成了自己眷恋的地方。这是生他养他的土地，他将在这片土地上终老。